Einaudi. Stile Libero Big

GW00976284

Niccolò Ammaniti
Il momento è delicato

Einaudi

© 2012 Giulio Einaudi editore s.p.a., Torino

Per i racconti *Rane e girini* tratti da
Massimo e Niccolò Ammaniti, *Nel nome del figlio*
© 1995, Arnoldo Mondadori editore s.p.a., Milano
su gentile concessione di Arnoldo Mondadori Editore s.p.a.

www.einaudi.it

ISBN 978-88-06-21240-7

Una delle prime cose che ho imparato facendo il mestiere dello scrittore è che i racconti non vendono, anzi i racconti non fanno una lira, visto che era il lontano 1995.

Questa terribile verità me la svelò Gian Arturo Ferrari in persona, gran capo della Mondadori, dopo un viaggio terribile.

Quella mattina ero partito in treno da Roma per Milano, tutto nervoso con la giacca buona di mio cugino. I giorni prima, tra i miei amici, c'era stata una lunga diatriba sulla cravatta.

Esistevano due scuole di pensiero: quella con cravatta, per dare l'impressione di essere una persona seria, e quella senza, per dare l'impressione di essere un artista.

Alla fine, l'importante era che gli facessi impressione. Decisi di andare senza.

Durante il viaggio ero molto agitato.

Il professor Ferrari mi voleva incontrare perché aveva deciso di ricomprare il mio primo romanzo, *Branchie*, pubblicato con modesto successo dalla Ediesse, una piccola casa editrice, e lanciarlo di nuovo sul mercato con la potenza di fuoco della Mondadori.

L'idea mi sembrava meravigliosa, anche se avevo parecchi dubbi che la transazione riuscisse. I vecchi compagni della Ediesse mi avevano detto: «Noi non diamo nulla a Berlusconi, tanto meno il tuo romanzo».

Io capivo il loro punto di vista, eccome se lo capivo...
Però vedere il mio *Branchie* con la copertina dura e con
le lettere d'oro in rilievo non mi faceva proprio schifo. E
chi lo sa che pubblicando con un grande editore non sarei
diventato uno scrittore professionista.

Comunque, tornando al viaggio, ero cosí agitato che,
superata Bologna, per lo stress sono crollato in un sonno
pesante e mentre dormivo mi hanno sfilato il portafoglio
dalla giacca.

Quando sono sceso alla stazione di Milano (il treno
aveva fatto pure ritardo) ero un uomo allo sbando. Senza
cellulare, perché a quel tempo i cellulari erano incastona-
ti nei cruscotti delle automobili di lusso, e senza una lira.
Per finire, non avevo alcuna idea di dove fosse 'sta bene-
detta Mondadori e il capo mi aspettava da piú di un'ora.

– Scusa, hai duecento lire? – La frase classica del tossico romano è uscita anche dalla mia bocca in un giorno
del 1995.

A farla breve, dopo l'elemosina ho telefonato alla Mondadori e ho chiesto di Ferrari. La centralinista mi ha detto
che lí c'erano almeno sessanta Ferrari. – Con quale vuole parlare?

– Con il capo.

– Il capo di che?

– Il capo... Il capo di tutto. La persona piú importante
che c'è là dentro. Il boss.

C'è stato un attimo di silenzio, poi un sussurro deferen-
te: – Gian Arturo...?

– Sí! Esatto. Lui!

Sono passato attraverso una segretaria molto professionale e alla fine ci ho parlato. – Scusi... – ho balbettato. – Ho
avuto un po' di problemi... Il treno... Dove devo venire?

Ho preferito sorvolare sul fatto che ero stato derubato.

– E che ci vuole? Prendi un taxi. E dici che devi andare a Segrate, alla Mondadori.

– Perfetto!

Perfetto un cavolo. Non avevo un soldo.

Ho preso coraggio. – Ecco... Mi... Hanno rubato il portafoglio. A piedi è lontano?

Insomma, il taxi lo ha pagato Ferrari in persona e poi mi ha portato su nel suo ufficio all'ultimo piano.

Branchie, come immaginavo, non glielo vendevano. Mi chiese se avessi un altro romanzo.

– No... In questo momento no... – buttai lí. – Però avrei un po' di racconti.

Gentilmente mi disse che i racconti non li voleva, non vendevano, ma che se avessi scritto un nuovo romanzo l'avrebbe letto volentieri e, se fosse stato degno, pubblicato.

Tornato a Roma scrissi *L'ultimo capodanno dell'umanità*, che era una via di mezzo tra un racconto lungo e un romanzo, e la Mondadori, con questa corposa aggiunta, alla fine decise di pubblicare il libro dei racconti. Il titolo era *Fango*. Da allora sono passati parecchi anni e *Fango* mi ha dato parecchie soddisfazioni. Anche se, come aveva previsto il boss, è forse quello che ha venduto meno di tutti.

Detto ciò, mi resta ancora oscura la ragione della scarsa appetibilità del genere «racconto» per i lettori.

Dormo poco.

Ho sempre dormito poco, ma ogni anno la vecchiaia si ruba un po' del sonno che mi resta.

La sera, troppo presto, crollo in un sonno sordo, ma con il passare delle ore diventa sempre piú leggero e intermittente. Un nonnulla e gli occhi si sgranano pronti a ricominciare. Per prima cosa guardo i numeri rossi della sveglia. Le quattro e ventisette. Le quattro e cinquanta-tre. Le cinque e venti.

Per un periodo mi sono alzato e sono andato al compu-ter e con la cuffia in testa ho combattuto contro orchi e elfi in un gioco on line insieme ad altri insonni sparsi per la penisola. Alle otto ero uno straccio da buttare.

Adesso non gioco piú e me ne rimango a letto. Me ne sto lí, al buio, in silenzio, il tempo non passa e spero di riaddormentarmi ma non succede quasi mai.

Durante queste ore di veglia non penso granché.

Nel caldo del letto, la nuca affondata sul cuscino, le braccia serrate al petto, i cani che mi pesano sulle gambe, ricordo un sacco di cose del passato e contemporaneamente mi stupisco di come il mio cervello, se lasciato a se stesso, indisturbato da stimoli esterni, possa tornare indietro nel tempo di decenni e mantenere inalterati (a me almeno pa-re cosí) ricordi che non sapevo nemmeno piú di possede-re, piccoli fatti quotidiani che incrostano i neuroni come denti di cane lo scafo di una barca. Tornano su di notte, come gnocchi nell'acqua che bolle, facce di gente conosciu-ta in una vacanza in Grecia a diciotto anni. Mi ritrovo a tavola in un ristorantino sotto un carrubo dove tra la feta e i pomodori si muovevano pigre larve bianche. Ricordo il sapore di burro di cacao delle labbra di una di Monte Mario con cui mi sono baciato sul treno che mi portava in Inghilterra. Mi commuovo ripensando ad amici a cui avrei regalato un rene e che ero certo che niente e nessuno ci avrebbe diviso e che ora non so nemmeno piú se sono vivi.

Questo vortice che mi trascina indietro mi porta inevi-tabilmente a modificare i ricordi, a inventarmi nuovi ter-rificanti finali.

Che ne so... Mentre mi bacio con quella di Monte Mario assaporando il burro di cacao, dalla cuccetta di sotto emerge un essere sottile e lungo come un insetto stecco che ci osserva senza parlare. Gli occhi neri e senza sclera. Respira con il naso. Allunga un braccio. E in mano ha un passero morto e ce lo porge mentre un sorriso si apre sulla bocca senza labbra...

Quasi sempre queste storie con la luce del giorno, davanti allo schermo del computer, si rivelano fiacche e velleitarie. Non mi fido tanto delle trame che fioriscono dal cuore delle tenebre, sono parenti strette dei sogni, roba buona per gli psicoanalisti, ma non per scrivere qualcosa di decente.

Ma per fortuna non sempre è cosí. Ogni tanto il nucleo primordiale di un racconto, una situazione paradossale, un lato inaspettato del carattere di un personaggio mi appare chiarissimo.

Per fare un esempio, per il primo racconto, *Giochiamo?*, qualcuno mi aveva raccontato che al policlinico di Roma degli infermieri bastardi puntavano i vecchi in fin di vita e se vivevano soli gli rubavano le chiavi di casa. Nel momento in cui se ne andavano al creatore gli ripulivano l'appartamento.

«E se...?» Ecco come mi parte una storia. Da una semplice (e spesso inverosimile) ipotesi.

E se l'infermiere entra nella casa e dentro ci trova un mostro, un nipote mostruoso e disperato per la mancanza della nonna?

È una domanda che produce un'invenzione, la molla che mette in moto ogni racconto che scrivo.

I protagonisti sono quasi sempre persone comuni. Come reagirebbe Pennacchini, il mio vicino di casa, trovandosi di fronte un alieno? A una notte di sesso accidentale che gli ribalta tutte le certezze? Un pavido, un soggetto deriso da tutti, può salvare il mondo dalla catastrofe? E un vincente, uno che si sente un Cristo in terra, può trasformarsi in un pusillanime, può, dopo avere investito un pedone, abbandonarlo mezzo morto sul ciglio di una strada di campagna?

Improvvisamente sono quasi accecato dalle mille possibilità che mi offre una trama, mi toglie quasi il respiro. Non posso piú stare a letto e mi alzo di scatto e vado a scrivere nel buio del salotto.

Questo fenomeno notturno succede solo per i racconti. I romanzi li scrivo di giorno.

I romanzi assomigliano a montagne altissime e per affrontarli ci vuole la luce del sole. Dal fondovalle riesco a intravedere appena la cima avvolta dalle nuvole. Riconosco una possibile via di arrampicata attraverso guglie affilate e morene, poi gobbe morbide dove potrei sistemare il campo base, poi piú in alto i campi successivi.

Attacco la montagna dal basso con in testa un'idea chiara su come conquistare la cima, poi scalando scalando mi accorgo che devo variare il percorso, che certe pareti sono troppo lisce per essere affrontate di petto. Ogni tanto (raramente) ho dovuto rinunciare. Un lavoraccio, insomma.

Forse per questo amo i racconti. Sono corse a occhi chiusi. Sono scatti di potenza. Non hanno bisogno di grandi sviluppi psicologici dei caratteri, di architetture complesse, ma di colpi di scena che ribaltano il corso degli eventi.

Fioriscono di notte, ma mentre sono lí che batto furiosamente sulla tastiera, il soffitto si fa piú chiaro, gli uccelli cominciano a cinguettare, il camion della spazzatura a sbuffare all'angolo della strada e la luce smorta dell'alba inizia a premere contro i bordi degli scuri delle finestre. Il tempo per il racconto è svanito, lo riprenderò la notte successiva.

Allora mi alzo, prendo i cani e andiamo fuori a passeggiare.

In questa raccolta ci sono due racconti scritti a quattro mani con Antonio Manzini.

Antonio sa fare molte cose: è un bravo attore e sceneggiatore e un ottimo scrittore. Ha pubblicato due romanzi.

Con Antonio siamo amici da un sacco di tempo e abbiamo scritto, oltre a questi racconti, tre sceneggiature.

Perché scrivere racconti in due?

C'è solo una risposta. Perché è divertente, se hai lo stesso sense of humour e ti piace farti una chiusa in un posto per un paio di settimane.

Ci capita spesso di viaggiare assieme o per piacere o per lavoro. E dopo un po' che si chiacchiera del più e del meno si passa inevitabilmente a parlare dei libri e dei film che ci sono piaciuti. Da lí è un attimo... Partiamo a inventarci delle nostre storie... È come con il Lego, ognuno mette il suo mattoncino e alla fine una cosa che più o meno si regge riusciamo a tirarla fuori. La gran parte viene scartata, ma alcune resistono al passare del tempo. Quando ci rincontriamo le rinfreschiamo, ci aggiungiamo particolari e ci prendiamo qualche giorno per buttarle giú. Scrivere racconti in due è una specie di vacanza in casa, e non ha gli inconvenienti delle sceneggiature in cui continuamente ti chiedi come verrà fuori sullo schermo, se piacerà al regista, chi saranno gli attori, se il produttore accetterà che un camion precipiti giú dalla costiera amalfitana.

Una festa, ecco cos'è lavorare con Antonio. E quindi bisogna divertirsi. I racconti devono essere commedie grottesche e un po' caciarone. Non penso proprio che potrei scrivere in due storie drammatiche e intime. In due, certi argomenti non si toccano.

C'era una parte poco frequentata delle edicole della stazione, quasi abbandonata, quella dei tascabili.

Tra i libri accatastati, nascosti dietro un vetro, avvolti nella plastica e ricoperti di polvere cercavo le raccolte di racconti.

Era un momento tutto mio, un piacere solitario e veloce perché il treno stava partendo.

Studiavo un po' i disegni della copertina, pagavo e infilavo il libro in tasca. Appena mi sedevo al mio posto, gli strappavo la plastica che non lo faceva respirare.

Aprivo una pagina a caso, trovavo l'inizio del racconto e attaccavo a leggere. Altre volte, invece, guardavo l'indice e sceglievo il titolo che mi ispirava di piú

E mentre il treno mi portava via finivo su pianeti in cui c'è sempre la notte, su scale mobili che non finiscono mai e tra mogli che uccidono i mariti a colpi di cosciotti di agnello congelati.

Quella era vera goduria. E spero che la stessa goduria la possa provare anche tu, caro lettore, leggendo questa raccolta di racconti che ho scritto durante gli ultimi vent'anni. C'è un po' di tutto. La gran parte sono usciti su riviste o giornali, e alcuni in antologie di autori vari. Non devi per forza leggerla in treno. Leggila dove ti pare e parti dall'inizio o aprendo a caso.

Ecco, se dovessi fare un paragone azzardato, il romanzo è una storia d'amore, il racconto è la passione di una notte.

Per finire, devo ringraziare il fidato Antonio Manzini, il marmoreo Aurelio Picca, la splendida Alba Parietti e la dolce Angela Rastelli per la loro disponibilità.

Ah, giusto... Un'ultima cosa. Ferrari quando gli ho proposto i racconti di *Fango* mi ha detto: «Caro Ammaniti lasciamo perdere, il momento è delicato». Poi sono passati gli anni e ogni volta che proponevo una nuova raccolta mi sentivo ripetere da quelli di Mondadori, e da quelli di Einaudi: «Noo... Meglio un romanzo, il momento è delicato».

Ora che viviamo un momento veramente delicato mi sembra giusto intitolare cosí questo libro.

Bene, mi pare che quello che avevo da dirvi ve l'ho detto, spero che vi divertiate.

NICCOLÒ AMMANITI

Roma, 22 marzo 2012.

Il momento è delicato

Giochiamo?

scritto con Antonio Manzini

> Il pesce gatto è come la natura stessa. Esiste e basta. Non ha principî morali di per sé, è mera ostinazione cieca. Continua a presentarsi perché non sa niente altro e non capisce quel poco che sa.
>
> JOE R. LANSDALE

1.

Nonna Flaminia a ottantasei anni teneva ancora botta. Le avevano portato via un paio di metri d'intestino, ma resisteva in quel letto del policlinico, attaccata alla vita come una zecca.

Suo nipote, Fabietto Ricotti, le era seduto accanto. In mano stringeva un libro ingiallito dall'uso. – Nonna, allora, vuoi che ti leggo una favola?

La donna con le braccia lungo i fianchi respirava a fatica nella maschera a ossigeno.

Fabietto spostò lo sgabello e si fece piú vicino.

Aveva gli occhi socchiusi e non si capiva se fosse sveglia o stesse dormendo.

Il padre a Fabietto l'aveva detto: «Tua nonna è una Ricotti. Ricordati che al tuo bisnonno sul Grappa gli hanno sparato in petto, è tornato a casa e ha fatto sei figli. Noi siamo duri a crepare».

– Nonna, sei sveglia?

L'avevano imbottita di morfina e chissà se capiva qualcosa.

Vabbè, io gliela leggo, almeno passa il tempo... si disse Fabietto e attaccò a leggere.

Tutti i giorni dopo la scuola i bambini andavano a giocare nel giardino del gigante. Era un giardino grande e bello coperto di tenera erbetta. Qua e là spuntavano fiori simili a stel-

le. Gli uccelli si posavano sugli alberi e cantavano con tanta dolcezza che i bambini smettevano di giocare per ascoltarli.

– Quanto siamo felici qui! – si dicevano.

Un giorno il gigante ritornò. Era stato a far visita al suo amico, il mago di Cornovaglia, una visita che era durata sette anni.

– Che fate voi qui? – domandò con voce burbera e cosí i bambini scapparono.

– Il mio giardino è solo mio! – disse il gigante. – Lo sanno tutti: nessuno, all'infuori di me, può giocare qui dentro.

Cosí costruí un muro tutto'intorno e vi affisse un avviso:

GLI INTRUSI SARANNO PUNITI

Era un gigante molto egoista.

I poveri bambini non sapevano piú dove giocare. Cercarono di giocare in strada, ma era polverosa e piena di sassi. Dopo la scuola giravano attorno all'alto muro e parlavano del giardino.

– Com'eravamo felici! – si dicevano.

Poi venne la primavera, e dovunque, nella campagna, v'erano fiori e uccellini.

Solo nel giardino del gigante regnava ancora l'inverno. Gli uccellini non si curavano di cantare perché non c'erano bambini e gli alberi si scordarono di fiorire.

Soltanto la neve e il ghiaccio erano soddisfatti. – La primavera ha dimenticato questo giardino! – esclamarono. – Perciò noi abiteremo qui tutto l'anno.

Invitarono il vento del Nord. Esso arrivò, avvolto in una pesante pelliccia, e tutto il giorno fischiava per il giardino e abbatteva i camini.

– È un luogo delizioso, – disse. – Dobbiamo invitare anche la grandine.

E la grandine arrivò. Tre ore al giorno essa picchiava sul tetto del castello finché ruppe le tegole.

– *Non capisco perché la primavera tardi tanto a venire*, – *diceva il gigante egoista guardando dalla finestra il suo giardino gelato e bianco*. – *Mi auguro che il tempo cambi*.

Fabietto sbuffando chiuse il libro.
Troppo caldo. Magari la neve e il ghiaccio venissero ad abitare al policlinico.
Nonna Flaminia russava. E pensare che nemmeno quindici anni prima era lei a leggergli le favole d'estate nell'appartamento vicino alla pineta di Torvajanica.
Proprio da questo libro qua. Lo poggiò sul tavolino e guardò l'orologio. Mancavano ancora tre ore prima che sua sorella Lisa gli desse il cambio.
Raccattò da terra «Quattroruote». Sfogliò per la centesima volta la maxiprova dei Suv.
Non c'era storia, il Cayenne dava in culo a tutti
Solo che il Cayenne gli albanesi te lo inculano che è una bellezza e te lo ritrovi a Tirana carico di cipolle. Mi potrei fare il Rav4 della Toyota. Ha un ottimo rapporto qualità prezzo.
Erano pensieri in libertà. Le condizioni economiche di Fabietto Ricotti sfioravano l'indigenza. Non era nemmeno riuscito a rimediare cinquecento euro per farsi una settimana a Creta con la fidanzata Alexia.
Prese il cellulare e cercò sulla rubrica il numero di Alexia, ma rimase a lungo con il dito sul tasto di chiamata e poi rinunciò.
Costava troppo e quella cretina non aveva attivato nemmeno l'offerta Summer Passport.
Ma un sms però potrei mandarglielo.
Era partita da tre giorni e non era riuscito ancora a parlarci. Le aveva spedito una decina di sms senza ricevere uno straccio di risposta.

Forse a Creta non c'è campo. O forse li legge e non risponde.

Al pensiero di essere ignorato, gli risalí un gas acido dallo stomaco.

I cornetti mi fanno venire la gastrite, perché continuo a mangiarli?

La verità era che gli mancava da morire la sua puffetta e questa cosa gli procurava la colite nervosa.

Io non sono mai stato male per una donna in vita mia, che è 'sta novità?

Era sempre stato un sostenitore accanito della coppia aperta.

«Alexia, ascoltami, se stiamo sempre appiccicati ci stufiamo subito. Se uno vuole farsi un viaggio da solo, o uscire due volte a settimana con gli amici, è una cosa normale. Se uno si fida dell'altro che problema c'è?» le aveva detto quando si erano fidanzati sei mesi prima.

Il problema invece c'era.

Alexia aveva preso un po' troppo alla lettera questo discorso. Si faceva i cazzi suoi alla grande, talmente alla grande che a Fabietto cominciavano a girare le palle.

Questa impostazione moderna al rapporto, Fabietto l'aveva data pensando di farsi l'estate a Minsk con gli amici a rimorchiare le bielorusse e che Alexia sarebbe andata come sempre a Soverato dai nonni.

Ma il destino aveva scompigliato tutti i suoi progetti.

Lei se n'era andata con quelle della palestra in Grecia, e lui era inchiodato al capezzale di sua nonna senza una lira.

Topolone, un amico che la sapeva lunga, lo aveva avvertito. «A Fabie', ma che stai a fare? Se te alle donne gli dai la libertà, quelle se la prendono e non le rivedi piú».

La prova che Topolone aveva ragione era che Alexia non rispondeva ai messaggini. E che a Creta non c'era campo era una stronzata, quelli del punto Tim di piazza Bologna gli avevano detto che l'isola era coperta.

Se la vedeva Alexia insieme a Lalla e Loredana con le tette all'aria sulla spiaggia di Xanià a fare le idiote coi turisti tedeschi.

Si mise una mano sulla fronte.

Che cazzata che ho fatto!

Devo raggiungerla. Cosí non posso andare avanti. Le faccio una bella sorpresa. Sai come ci rimane contenta Alexia?

Il problema però era che i soldi per andare in Grecia pure con il piú sfigato dei charter non li avrebbe mai trovati. Li aveva chiesti in prestito a Lisa, ma quella stava messa peggio di lui.

Non gli restava che friggere e guardare sua nonna che moriva.

Se almeno mi facessi una storiella estiva con una rizzacazzi qualsiasi.

Ma Roberta era a Riccione e Giovanna era partita per la Spagna. Aveva conosciuto lí al reparto un'infermiera, una biondina di Ceccano che forse ci stava, ma era andata in ferie pure lei.

Fabietto si passò le mani nei capelli. Erano bagnati. C'era un'umidità in quel posto che ci crescevano i licheni sulle pareti. Aveva letto da qualche parte che con l'umidità il calore si moltiplica per tre, una cosa del genere.

Questa è la sanità italiana. Bravi. E noi ancora che paghiamo le tasse.

Si alzò e cercò di regolare il condizionatore d'aria. Era scassato. Faceva il rumore di un'impastatrice di cemento.

– Flavio! Flavio! Il cane non deve stare sul letto.

Fabietto fece un salto per lo spavento.

La mummia nel letto accanto a sua nonna era resuscitata.

– Flavio! Ti prego, fai scendere il cane, – continuò la donna.

Fabietto si avvicinò a osservarla. La faccia era un teschio con un po' di pelle sopra. Due tubi le uscivano dal naso e le labbra erano risucchiate nella bocca sdentata.

Sta delirando.

– Flavio...?

Fabietto si grattò la nuca. – Signo', non c'è nessun Flavio!

– Ah... bravo... Flavio... gioca gioca... il cane, Flavio.

Fabietto alzò il volume della voce. – No signora, nun so' Flavio e il cane non c'è! Lei sta in ospedale!

La donna sembrò per un attimo aver inteso qualcosa, si azzittí, ma sollevò la mano livida e deforme e se la portò alla faccia cercando di strapparsi i tubi dal naso.

Fabietto le bloccò la mano. – No signo', bona con quelle mani... lasci stare i tubicini!

La vecchia si calmò. Stese le braccia lungo il corpo e cominciò a russare. Fabietto stava per tornare da sua nonna quando un urlo attraversò la corsia: – Iolanda!

Era ancora la vecchia.

Fabietto si poggiò la mano sul petto e si girò rabbioso verso la vecchia: – E che cazzo signora! Cosí mi fa veni' un ictus!

– Iolandaaa! – urlò ancora piú forte la donna.

– Nun ce sta Iolanda! Lo vuole capire?

– Flavio! Flavio!

Oramai si strillavano addosso.

– Mannaggia a te! Nun ce sta Flavio, nun ce sta Iolanda! Nun c'è sta 'n infermiere, nun ce sta nessuno, porco due!

La vecchia gridava come se stesse subendo un giro di ruota della santa inquisizione.

Fabietto cominciò a strillare impazzito verso la porta della corsia: – Infermieraaa!

All'improvviso la vecchia si azzittí e rimase immobile con gli occhi sbarrati.

Il tracciato dell'elettrocardiogramma sul monitor accanto al letto era una linea orizzontale.

– Oh! Signora... nun me faccia brutti scherzi, eh? – Le prese una mano. La scosse, ma non successe niente. Mollò il braccio che ricadde senza vita sul materasso.

Fabietto si mise le mani sulla testa. – Mannaggia signo'... mi dispiace... – Premette il pulsante per chiamare l'infermiera. – Te ne sei andata sola come un cane... che brutta morte –. Si aggiustò i bermuda a vita bassa e si mise a camminare per la stanza scuotendo la testa. Poi allungò il braccio verso il corridoio. – Guarda te se viene qualcuno! 'Sti medici di merda! Non ci si crede... – Si andò ad affacciare al corridoio. Deserto.

Stava per mettersi a sedere, quando vide lo sportello del comodino accanto alla morta aperto. Dentro c'era una borsa di Vuitton.

Lascia perdere... Mo' arriva pure l'infermiera.

Si alzò e andò alla finestra. Fuori non c'era un'anima viva. Il piazzale dell'ospedale bolliva e le cicale urlavano sui pini rinsecchiti.

Si avvicinò circospetto al comodino con le mani in tasca. Si guardò intorno.

Tanto a te... non ti servono piú, no?

Prese la borsa. Dentro c'era un'agenda, un mazzo di chiavi e il portafoglio. Lo aprí. Cinquanta euro. Li intascò rapido.

Nel portafoglio c'era la carta d'identità. La foto era vecchia, almeno di una ventina di anni. Una signora elegante. Guardò il nome. Letizia Tombolino Scanziani.

Ha il doppio cognome. È una nobile. Questa ha i soldi.

Guardò l'indirizzo. Via Gramsci 39.

Parioli.
E quelle lí dovevano essere le chiavi di casa.

2.

Il quartiere Parioli sembrava evacuato per un virus letale. Nelle gabbie dello zoo gli animali se ne stavano in silenzio, rimbambiti dal caldo. Perfino i licaoni e gli avvoltoi si erano azzittiti.

Fabietto Ricotti in sella al suo scooter Kymco 125 si aggirava per le strade deserte. La testa, nel casco, gli pulsava come in un forno a microonde. Salí via Monti Parioli e scese per via Gramsci. Inchiodò davanti al civico 39.

La strada era sgombra di macchine e non passava nessuno.

Si tolse il casco, smontò e poggiò l'infradito sull'asfalto. Il sandalo gli affondò nel manto stradale mollo. Si accese una sigaretta. Cacciò fuori una boccata di fumo e osservò il palazzo di Letizia Tombolino Scanziani.

Tutte le finestre avevano le serrande abbassate.

Si mise una mano in tasca e strinse il mazzo di chiavi. Gettò la sigaretta e con passo disinvolto si avvicinò al portone. Guardò i nomi sul citofono. Portiere. Int. 2, De Marzio. Int. 3, Avv. Vitiello. Int. 4, Clodia cinematografica Srl... Int. 18, Tombolino Scanziani.

Allungò l'indice e suonò all'interno 18.

Bzzzzz.

Attese. Se qualcuno avesse risposto, era pronto a darsela a gambe, come da bambino quando faceva gli scherzi nel condominio di Tor Marancia.

Suonò di nuovo.

Bzzzzzzzzzzzzzz.

Niente.

Fabietto sorrise e tirò fuori il mazzo di chiavi. Ce n'erano tre piccole e una lunga. Cominciò infilando la piú piccola. Non girava. Passò alla seconda, ma neanche entrava nella toppa.

Ecco la sfiga, queste non sono le chiavi.

Infilò l'ultima e il grosso portone si aprí silenziosamente e una folata di aria fresca gli accarezzò la faccia sudata. L'androne era in penombra. Marmo a terra e appesa a una parete un'enorme litografia del Colosseo. Sulla sinistra c'era la guardiola. Dentro, su un tavolino di fòrmica, c'erano pile di riviste e della posta. In un angolo un piccolo televisore in bianco e nero acceso e senz'audio.

Da qualche parte, nel palazzo, doveva esserci il portiere.

Fabietto si avvicinò alle scale che si avvolgevano a spirale intorno alla gabbia dell'ascensore. Stava per premere il pulsante di chiamata, quando si accorse che le corde si muovevano.

Qualcuno sta scendendo!

Prese le scale e cominciò a salire i gradini cercando di non far rumore, ma le infradito schioccavano sul marmo. Se le sfilò e proseguí a piedi nudi.

Arrivato al primo piano si schiacciò contro il muro. Cigolando la cabina di vetro gli passò davanti. Dentro c'era un uomo smilzo, sulla sessantina, con una divisa scura e un annaffiatoio in mano.

Il portiere...

Fabietto ricominciò a salire. Al sesto piano sopra una porta massiccia con le maniglie d'ottone annerite dal tempo, c'era una targa con inciso « 18 ».

Prese la chiave piú lunga e la infilò nella toppa.

Hmm... E se c'è l'antifurto?

Il portiere l'avrebbe sentito sicuro, ma era vecchio e sarebbe salito su con l'ascensore e lui avrebbe avuto tutto il tempo per darsi alla fuga giú per le scale.

La serratura era dura e girava a fatica.

Dopo tre mandate finalmente la porta blindata si schiuse sull'appartamento della contessa Letizia Tombolino Scanziani.

3.

All'interno era buio e si schiattava di caldo.

La vecchia doveva aver chiuso tutte le finestre prima di ricoverarsi. C'era silenzio, solo il rumore di una pendola batteva il tempo nell'aria viziata.

Un odore di lucido per mobili e di polvere si mischiava a un puzzo acre e dolciastro, come di carne andata a male.

Che schifo, la vecchia avrà dimenticato il polpettone fuori dal frigo...

Fabietto tastò il muro e trovò l'interruttore.

Le applique di ceramica illuminarono un corridoio coperto da una carta da parati a fiori stinti. Appesi ai muri c'erano dei quadri a olio, ma il tempo e la polvere avevano tolto tutta la lucentezza ai colori. Macchie nere da dove spuntavano occhi, mani e denti.

Poggiò le chiavi sulla consolle di mogano.

Ma da quanto tempo non entra qualcuno qua dentro?

La prima cosa era trovare una borsa per metterci dentro la refurtiva.

Aprí una porta del corridoio ed entrò in un salone. Le serrande erano abbassate e dai fori tra le stecche s'infilavano dei raggi di luce in cui danzava la polvere. Un divano capitonné e tre poltrone damascate lise stavano davanti a un Saba a colori degli anni Ottanta.

Vedi che cacata 'sto televisore.

In fondo al salone c'era una vetrinetta che proteggeva una collezione di piatti di ceramica dipinti. Su un carrellino di bambú tarlato erano posate decine di bottiglie impolverate. Rosolio, Mistrà Pallini e Batida de Côco.

L'eccitazione del primo momento stava passando.

Ripensandoci, perché una impaccata di soldi schiattava all'ospedale pubblico e non in una bella clinica privata? La vecchia puzzona doveva essere una di quelle contesse decadute senza lo straccio di una lira.

Fabietto tornò in corridoio. *'Sta mondezza manco alle bancarelle dei russi a Porta Portese!*

Spalancò un'altra porta e si ritrovò nella stanza da letto. Il letto matrimoniale con una lugubre testiera di legno nero scolpito era proprio al centro. Sulla rete erano impilati tre materassi di lana coperti da una trapunta all'uncinetto. Due file di cuscini alti e duri si appoggiavano alla testiera. Sopra il letto pendeva un cordoncino elettrico con la peretta di marmo. Fabietto la spinse. Un lampadario di vetro di murano si illuminò. In un angolo vide uno scrittoio con uno specchio opaco e sul piano di marmo, in ordine perfetto, limette, forbicine, pinzette, matite da trucco, vasetti di crema e pennelli coperti di polvere.

I cassetti erano pieni di scatoline di velluto. Ne prese una e la aprí.

Una collana di perle.

– Porco due! – se la infilò in tasca.

Cominciò ad aprirle tutte. Anelli, braccialetti, spille di diamanti, orecchini. Fabietto si infilava tutte le gioie nei tasconi laterali dei bermuda. Quando aprí l'armadio e ci trovò una collezione di monete d'oro, dovette sedersi sul letto e riprendere fiato. Gli tremavano le mani.

Quanto poteva valere quella roba?

Abbastanza per andare a Creta.

Doveva esprimere la sua gioia.

Chiamò Topolone.

– Ciao secco.

Fabietto mise una mano sul microfono. – A Topolo', non puoi capire...

– Non ti sento. Che è successo? Nonna è morta?

– No, macché. Ma dove cazzo stai? Sento un casino!

– Sto a Ostia. Ai cancelli.

– Topolone, ti devo dire una cosa... Sto in un appartamento. Ho inculato le chiavi a una morta in ospedale. Non sai la roba che ci ho trovato!

Topolone s'era eccitato. – Noooo... Ma che te stai a fa' 'n appartamento? Sei un grande! Massimo rispetto –. Poi ci fu una pausa. – Ahò, però mi raccomando Fabie'. Se ti beccano, coi precedenti che hai, due anni a Rebibbia non te li leva nessuno!

Fabietto, circa un anno prima, per la festa dei suoi diciannove anni aveva ricevuto un bel tocchetto di fumo da suo cugino Brando. Mentre tornava a casa, a piazza Risorgimento, s'era incuneato come un aratro con la ruota anteriore del Kymco nelle rotaie del 30 barrato. Era scivolato sui sampietrini e s'era stampato contro la macchina della stradale ferma al semaforo. Gli avevano beccato il fumo e l'avevano processato per direttissima. Non avendo precedenti penali se l'era cavata, ma s'era macchiato la fedina.

– Tranquillo Topolo'. Frate', però me devi dare una mano a smerciare i gioielli.

– Be'... ci sarebbero Bresaola e Pitbull, ma quelli si pigliano solo gli stereo e i cellulari. Non lo so se trattano pure i gioielli...

– Vabbè, ci organizziamo. Se beccamo stasera al pub, va bene?

– Certo. Ahò, ma ci scappa qualcosa pure per me?

– Tranquillo Topolo', gli amici non se scordano. Ti porto a Creta con me.

– Grazie fratello!

Fabietto tornò in corridoio sfregandosi le mani. – Certo pure 'sti tappeti sarebbero da portarseli via... solo che cazzo... sto in motorino... – Aprí il cassetto del trumò di mogano. C'erano delle agende, penne, e un pacco di bollette unite con una graffetta a tre banconote da cento euro. – E vai cosí... contessa Strozzi Capozzi de 'sto par de cazzi, – sghignazzò soddisfatto per il battutone.

La puzza era diventata asfissiante, e man mano che avanzava nel corridoio, diventava piú forte.

– Aria...! – Tirò su la serranda di una portafinestra e apparvero centocinquanta metri quadrati di terrazzo. Nei vasi le piante erano tutte morte. Un tempo doveva essere stato un vero e proprio giardino pensile. Adesso rose, buganvillee, glicini, ibiscus erano sterpi gialli e rinsecchiti.

Uscí a prendere una boccata d'aria.

Il sole s'era nascosto dietro i palazzi dei Parioli e un soffio di ponentino lo accarezzò.

Gli vibrò il cellulare.

Topolone!

Ma sul display c'era scritto «Alexia».

Cercò di calmarsi, di iperventilare e di non rispondere subito, ma al quinto squillo non ce la fece piú... – Ale!?

– Pronto Fabio... Come stai? Mi senti?

– Sí ti sento amore, ti sento benissimo. Ma quanto stai a spendere? Vuoi che ti richiamo?

– Non ti preoccupare, tranquillo.

– Allora come va? Ti stai divertendo?

– Sí, sí... tantissimo. Ci manchi solo tu. Che peccato...

Un sorriso si disegnò sulla bocca di Fabietto. – Alexia ti devo dire una cosa bellissima.

– Cosa? Nonna sta meglio?

– No, nonna sta sempre male... Ma arrivo!

– Dove? – Alexia non capiva.

– A Creta. Ho rimediato i soldi! – le disse col petto gonfio d'orgoglio.

– Che soldi?

– Mo' non ti posso spiegare, ma vengo –. Fabietto si sedette su una sedia di ferro battuto e poggiò i piedi su un tavolo maiolicato, come se stesse a casa sua. – Ma com'è Creta? È bello l'albergo?

Silenzio.

Fabietto alzò il volume della voce. – Ale, mi senti? Ci sei ancora?

– Lo sai chi c'è qua?

– No. Chi c'è?

– Memmo Biancongino.

– E chi è?

– Memmo... Ma come? Mi ha detto che giocava con te a calcio!

Fabietto si diede un colpo sulla fronte. – Ah, come no! Certo. Memmo! Mortacci sua. È un fratello. Passamelo subito...!

– No... ora non può, sta in acqua.

– Vabbè, salutamelo tu. Tanto arrivo domani. Mi sa che viene pure Topolone. Non sai quanto mi sei mancata. Ma non li leggi gli sms?

– Sí, li ho letti. Solo che... – Alexia tirò un respiro. – Ascolta, non ti voglio prendere in giro, ti voglio troppo bene...

Fabietto tolse i piedi dal tavolo. Alexia aveva un tono di voce che non gli piaceva. – Cosa?

– Ce lo siamo sempre detti...!

– Che ci siamo sempre detti?

– Che poteva succedere...

– Che poteva succedere cosa?

– Dài, lo sai pure tu che ultimamente il nostro rapporto era scivolato nella routine.

– Ma quale routine?! – Fabietto avrebbe voluto aggiungere «Di che cazzo stai parlando?» ma gli si materializzò davanti l'immagine di quel pezzo di merda di Memmo Biancongino che si ingroppava la sua donna in un bungalow di Creta.

Intanto Alexia continuava a parlare, a spiegare: – ... dobbiamo essere maturi, – ma Fabietto non sentiva piú. La rabbia lo stava soffocando. Cominciò a dondolare la testa guardando il cielo. E poi dalle viscere gli uscí un ringhio.

– Puttana! Sei una puttana! E di' a quel fijo de 'na mignotta de Memmo che vengo là e gli spezzo le ossa una a una!

– Fabio, te prego, non la devi pija' cosí, – piagnucolò Alexia.

– E come la devo pija'! – Strizzò il cellulare nella mano e poi lo fracassò sul tavolo. – Ner culo la devo pija'! – e continuò a martellare il telefonino fino a quando non gli rimasero conficcati nella mano chip, tasti e sim. Si guardò il palmo sanguinante e rientrò nell'appartamento urlando: – Io vi ammazzo a tutti e due, quant'è vero iddio vi anniento a tutti e due. Cominciate a scappare –. Andò alla porta, afferrò la maniglia e la girò, ma non si aprí. – E mo' perché non s'apre? – Poi si ricordò. Prese le chiavi dalla consolle di mogano. Era talmente teso che le vene gli guizzavano come serpi scure sull'avambraccio. Affondò la chiave nella serratura come fosse lo stomaco di Biancongino e girò.

Mezza chiave gli rimase in mano.

4.

Accasciato sul divano della contessa Tombolino Scanziani, Fabietto Ricotti osservava con un sorriso ebete un dipinto di una caccia al cinghiale appeso sul camino. In mano stringeva una mezza bottiglia di Batida de Côco.

– Che quadro di merda, – disse e ruttò.

Il cinghialone era stato chiuso da una muta di cani contro le rocce.

Quello sta come me.

Fabietto era da circa mezz'ora che cercava di fare mente locale.

L'unica cosa chiara era di essere intrappolato. Aveva provato a estrarre il mozzicone di chiave incastrato nella serratura senza riuscirci. Aveva preso a calci la porta, ma era blindata.

E giusto perché la vita gli sorrideva, l'appartamento era al sesto piano.

Quindi di uscire dalla finestra non se ne parlava.

Ho pure sfondato il cellulare, che testa di cazzo! Mo' m'affaccio alla finestra e urlo. Magari qualche stronzo mi sente.

Ma la saggia voce di Topolone lo riportò alla realtà: «Ahò, però mi raccomando Fabie'. Se ti beccano, coi precedenti che hai, due anni a Rebibbia non te li leva nessuno!»

Si alzò di scatto e per poco non cadde a terra. Si aggrappò alla vetrinetta e si guardò intorno. Su un comodino era posato un telefono di marmo con la cornetta dorata circondato da una collezione di piccoli gatti di ceramica.

Prese la mira, si staccò dalla vetrina e ondeggiando raggiunse l'apparecchio.

Afferrò la cornetta e si accorse che il telefono era muto. Si chinò e seguí il filo fino alla presa a parete. La spina era inserita.

La vecchia stava in arretrato con la Telecom.

Tornò nel corridoio senza sapere piú che fare. Aprí un armadio a muro pieno di lenzuola e coperte. Spalancò una porta e una zaffata di carne marcia lo avvolse. Dovette mettersi una mano sulla bocca per non vomitare.

In cucina nugoli di mosche avvolgevano una roba scura sotto il frigorifero.

Cos'era? Sembrava... *Un cane?*

Sí. Era un cane.

Stava a zampe spalancate, steso sulla schiena in una pozzanghera di un liquido denso e nero. Il povero animale aveva il ventre squarciato e gli intestini gonfi e ricoperti da un tappeto brulicante di larve bianche che fuoriuscivano come un gigantesco bruco.

La testa si era rattrappita e da un lato della bocca gli usciva una lingua gonfia e viola.

Una volta doveva essere stato un cocker o un breton spaniel.

Fabietto si ricordò dei deliri della vecchia in ospedale.

Forse quello era il cagnolino che non doveva salire sul letto.

Richiuse la porta. Non riusciva a capire. Probabilmente la contessa aveva collassato in casa, e quando era arrivata l'ambulanza avevano lasciato là il cane. E la bestia senza bere e senza mangiare era morta. Fino a qua tutto tornava. Ma non si muore cosí di sete. Quel cane sembrava finito sotto un intercity.

Tornò sul terrazzo.

Il sole era tramontato e tra le cime dei pini brillavano le luci di qualche appartamento.

Fabietto si sedette e guardò i pezzi del cellulare sparsi sulle mattonelle. Su una parete c'era una fontanella di marmo. Aprí il rubinetto e dopo qualche borbottio, l'acqua cominciò a uscire. Aspettò che si raffreddasse e bevve. Ci mise la testa sotto e gli parve di rinascere. Si affacciò alla balaustra.

Al piano di sotto c'era un terrazzino.

Ma come ci arrivo? E poi una volta là sopra era punto e a capo. Si grattò la testa e vide che su una parete del terrazzo si arrampicava il tronco di un glicine rinsecchito. Sul tetto spuntavano antenne e parabole. Qualcuno ce l'aveva messe, quindi doveva esserci un terrazzo condominiale.

E una porta...

Scosse il glicine. Una pioggia di foglie secche gli cadde addosso.

Sembrava tenere.

Si tolse le infradito e se le infilò nella cinta, afferrò il tronco, puntò i piedi sul muro e cominciò la scalata.

I primi due metri se li fece tranquillo. Poi si rese conto di un problema. Alla fine della parete il tetto sporgeva di un mezzo metro. Avrebbe dovuto mollare il tronco e attaccarsi alla grondaia. E poi solo con l'aiuto delle braccia issarsi sul tetto.

All'istituto tecnico industriale «Enrico Fermi» Fabietto passava in mezzo ai buchi del quadro svedese senza neanche toccarlo con le mani, usando solo gli addominali e le gambe. Lo chiamavano «l'Anaconda».

Arrivò alla fine del glicine stretto al tronco e poi con uno scatto di reni s'aggrappò alla grondaia penzolando sopra il terrazzo.

Doveva fare in fretta. Le staffe che reggevano la grondaia si stavano lentamente piegando. Doveva mollare la presa e attaccarsi alle tegole del tetto.

Lo fece.

Come se avesse afferrato due libri poggiati su una credenza, le tegole si sfilarono e gli rimasero in mano. Ebbe solo il tempo di bestemmiare poi la gravità lo portò giú, e lo schiantò a terra tra un vaso di cemento e il tavolo. Steso sul pavimento guardava il cielo a bocca aperta. Le stelle pulsavano nella volta celeste e gli sembrava di essere finito su un pianeta privo di ossigeno, perché continuava a succhiare aria senza riuscirci. Finalmente un colpo di tosse gli liberò la trachea e dalla bocca con uno spruzzo gli uscí tutta l'acqua che s'era bevuto. In cambio ricevette una boccata d'ossigeno. A braccia aperte come un Cristo in croce, la bocca spalancata e la testa poggiata sulle mattonelle ancora roventi, riprese a respirare.

Sono vivo. Poi un'onda di sofferenza gli risalí dai piedi su per le caviglie, gli attraversò i polpacci, le ginocchia, le cosce, gli rattrappí le viscere, gli strizzò il diaframma e gli esplose tra le tempie. Come la mamma premurosa copre il figlioletto dai rigori dell'inverno con una coltre, cosí la sorte bastarda coprí Fabietto Ricotti con un sudario di dolore.

Si guardò la mano destra. Ordinò alle dita di chiudersi e quelle obbedirono.

Almeno non era paralizzato, ma aveva paura a guardare in basso.

Lí, dove il dolore aveva la sua sorgente.

Tirò su la testa.

Guardò.

Svenne.

5.

La ventola del condizionatore sbatteva ritmicamente e un bip come quello di una sveglia gli faceva da contrappunto. Ogni tanto la finestra di fronte scricchiolava spinta dal vento. La sinfonia di rumori era intervallata dal suo respiro, cupo e regolare, nella maschera a ossigeno.

Aveva un ago infilato nel braccio sinistro.

Sono in ospedale.

Cercò di ricordarsi chi ce lo aveva portato, ma si ricordava solo che steso sul terrazzo si guardava...

Un lenzuolo bianco lo ricopriva fino al petto. Sotto il tessuto la cassa toracica si gonfiava e si sgonfiava al ritmo del respiro e sullo stomaco c'era una scritta in azzurro: «Policlinico Umberto I». Le cosce, parallele, erano allungate sul materasso, ma all'altezza delle ginocchia improvvisamente il lenzuolo si appiattiva sul letto.

Le mie gambe?!

Cominciò ad agitarsi, a tastare il comodino alla ricerca del campanello dell'infermiera.

Si strappò la maschera dal volto. – Aiuto!!!

Una mano gli accarezzò il braccio. – Calmo, stai calmo. È tutto a posto.

Fabietto si accorse che accanto a lui c'era nonna Flaminia.

Le afferrò il polso e annaspando frignò. – Nonna, le gambe! Mi hanno tagliato le gambe!

– No Fabio, non te l'hanno tagliate. Guarda! – e sollevò il lenzuolo.

Erano lí. Tutte e due. E pure i piedi.

– Oddio nonna che spavento.

– Ora tu devi fare la ninna... il tuo corpo ha bisogno di riposare –. Nonna Flaminia gli accarezzò la testa.

– Ma tu stai bene allora!?

Nonna Flaminia annuí sorridendo. – Ricordati che noi Ricotti siamo duri a morire! Adesso ti racconto la tua fiaba preferita...

– Quella del gigante egoista?
– Certo, stellina –. Prese dal comodino il libro delle favole, lo aprí e disse: – Dove eravamo rimasti?
– A quando nel giardino del gigante non veniva piú la primavera...
Nonna Flaminia sfogliò il libro, trovò la pagina, la lisciò e cominciò a raccontare.

Ma la primavera non venne mai e nemmeno l'estate. L'autunno diede frutti d'oro a tutti i giardini, ma neanche uno a quello del gigante. Era sempre inverno laggiú e il vento del Nord, la grandine, il gelo e la neve danzavano tra gli alberi.

Una mattina il gigante sentí una dolce musica dal suo letto, risuonava tanto dolce che pensò fossero i musicanti del re. Era solo un merlo che cantava fuori dalla finestra, ma non sentiva cantare un uccellino nel suo giardino da cosí tanto tempo che gli sembrò la musica piú bella del mondo.

La grandine smise di danzare sulla sua testa, il vento del Nord di fischiare, e un profumo delizioso giunse attraverso la finestra aperta.

– Credo che finalmente la primavera sia venuta, – disse il gigante e guardò fuori.

Attraverso un'apertura del muro erano entrati i bambini e sedevano sui rami degli alberi. Gli alberi, felici di riaverli, s'erano ricoperti di fiori e gentilmente dondolavano i rami sulle loro testoline.

In un angolo soltanto regnava ancora l'inverno. Era l'angolo piú remoto del giardino, e c'era un bambinetto. Era tanto piccolo che non riusciva a raggiungere il ramo dell'albero e piangeva disperato girandoci intorno. Il povero albero era ancora ricoperto dal gelo e dalla neve e il vento del Nord gli fischiava addosso.

– *Arrampicati piccolo,* – *disse l'albero piegando i suoi rami quanto piú poté: ma il bimbetto era troppo piccino.*

A quella vista il cuore del gigante si intenerí.

– *Come sono stato egoista!* – *disse.* – *Ora ho capito perché la primavera non voleva venire. Metterò quel bambino in cima all'albero, poi butterò giú il muro e il mio giardino sarà, per sempre, il campo di giochi dei bambini.*

Scese lentamente le scale e aprí la porta d'ingresso. Ma quando i bambini lo videro, si spaventarono tanto che scapparono, e nel giardino tornò a regnare l'inverno. Soltanto il bambinetto non scappò. I suoi occhi erano cosí ricolmi di lacrime che non vide il gigante avvicinarsi.

Cosí il gigante arrivò di soppiatto dietro di lui, lo prese delicatamente nella sua mano e lo mise sull'albero.

6.

Fabietto Ricotti aprí un occhio, si riparò con la mano e si guardò intorno.

Non c'erano alberi ricoperti di neve, e lui non stava su un ramo, ma sul pavimento bollente del terrazzo della contessa Tombolino Scanziani. Sopra, in alto, volteggiava uno stormo di gabbiani. Il cielo era opaco. Al centro la macchia stinta del sole. Fabietto aveva la testa bollente ma tremava di freddo. La lingua gli si era gonfiata e non gli stava piú in bocca. Le gambe erano intorpidite e un dolore sordo pulsava al ritmo del battito cardiaco.

Devo bere.

Prima però bisognava capire che gli era successo alle gambe.

Provò a sollevare la testa, ma gli pesava come un blocco

di cemento. Forse non era ancora il momento di alzarsi.
Doveva dormire un altro po'. Tornare nel giardino incantato del gigante egoista.

Il capo gli scivolò sulla spalla e si accorse che i passeri sugli alberi cinguettavano disperati, e da qualche parte, lontano, si sentiva una radio accesa.

«... oggi l'emergenza caldo si fa piú pressante. La temperatura dovrebbe salire ancora di qualche grado quindi consigliamo, soprattutto per chi è rimasto in città, di tenere le persiane abbassate e di non uscire nelle ore piú calde. Il consiglio vale ancora di piú per le persone anziane e i bambini. Mi raccomando, bevete, e non esponetevi a correnti di aria fredda. Esiste un numero verde da chiamare in caso di necessità... una raccomandazione speciale per quelli che sono caduti sui terrazzi: mettetevi all'ombra e bevete Rocchetta, Sprite, chinotto, Bacardi Cola, ma con tanto ghiaccio mi raccomando... e chiamate subito Topolone!»

– Ahhh, – si lamentò Fabietto toccandosi le labbra secche. Con uno sforzo sovrumano si sollevò e il quartiere Parioli coi suoi palazzi residenziali cominciò a girare. Quando la giostra si fermò, decise di dare un'occhiata alle sue gambe.

L'osso della tibia destra spuntava come una zanna affilata dallo stinco della gamba. Lo squarcio era lungo una ventina di centimetri, intorno il sangue si era rappreso e sembrava marmellata di visciole. Il piede era gonfio e viola e le dita dei salsicciotti giallastri.

Fabietto scoppiò a piangere. – Noo, vi prego, aiutatemi... aiutatemi...

Rimase cosí fino a quando la sete non divenne insopportabile. Doveva raggiungere la fontanella.

Sulle maioliche del terrazzo c'era una lunga scia di sangue. Partiva da sotto il glicine, dove era caduto, e arrivava fino a lui, come se...

Qualcuno mi ha trascinato vicino alla finestra...

Ma chi? La casa era vuota. E se anche ci fosse stato qualcuno, perché tirarlo fino a lí e non portarlo dentro?

Forse di notte era strisciato verso l'appartamento e non se lo ricordava piú.

Urlando di dolore, facendosi forza sulle braccia, si avvicinò al rubinetto. Allungò una mano ma la vasca era troppo alta. Proprio sotto la fontanella c'era un vecchio mortaio di marmo pieno d'acqua giallastra. Dentro galleggiavano insetti morti e larve di zanzara. Ci infilò la testa e bevve fino a quando si sentí scoppiare. Poi si lasciò andare sul pavimento.

Doveva organizzare un piano per uscire da quell'incubo pariolino.

Il cellulare era sparso per il terrazzo. Il telefono di casa era isolato, e nella porta d'ingresso c'era la chiave spezzata.

Gli rimanevano due alternative: o scendeva giú il Padreterno e se lo caricava, oppure doveva cominciare a urlare e chiedere aiuto. L'avrebbero trovato e sbattuto a Rebibbia. Ma qualunque cosa era meglio che morire lí.

Si coricò su un lato e iniziò a spingere con la gamba buona verso la ringhiera. A ogni spinta, una lama rovente gli pugnalava l'arto rotto lasciandolo inebetito. Non immaginava che il corpo umano potesse produrre una tale quantità di dolore.

Finalmente raggiunse la balaustra e si aggrappò alle colonnine di cemento. Guardò in strada. Macchine non ne passavano e nemmeno pedoni. C'era un negozio, *La boutique del cane*, ma aveva la serranda abbassata.

Il sole era già alto nel cielo, quindi dovevano essere come minimo le undici. Con la coda dell'occhio, notò un movimento proprio sotto il palazzo.

Un uomo scopava il marciapiede.

Il portiere.

Fabietto infilò un braccio fra le colonnine e mosse la mano. – Ahhhhòòò!

Non aveva voce. Prese fiato e ci riprovò. – Ohhhhhhh... – Ma gli uscí un rantolo svuotato.

Il portiere finí di ramazzare e rientrò nel palazzo.

Fabietto, accasciato ai piedi della ringhiera, rimase intontito a contemplare via Gramsci deserta.

A settembre avrebbero ritrovato le sue ossa spolpate da corvi e gabbiani.

Da una parte la prospettiva non gli dispiaceva. In fondo non sarebbe mancato a nessuno. A suo padre certamente no. Sua madre, sotto litio da anni, non se ne sarebbe nemmeno accorta. E Alexia avrebbe potuto continuare a trombare serena con quel bastardo di Memmo Biancongino.

No, questo è troppo.

L'idea di sfondare la testa contro un muro a quel giuda gli diede la forza di reagire.

Lentamente, si trascinò di nuovo alla fontanella. A terra trovò una molletta per i panni. La strinse tra i denti. Accanto ai gerani c'era il tubo per innaffiare arrotolato. Lo afferrò. La plastica era calda e morbida. Cominciò ad avvolgersi il tubo intorno alla gamba rotta mordendo la molletta per non svenire dal dolore. Quando lo passò sullo spunzone d'osso che gli usciva dallo stinco, cacciò un urlo bestiale, e per poco non si ingoiò la molletta. Riprese fiato, finí di stringere il tubo intorno alla gamba, si aggrappò alla fontanella e si tirò su.

– Síííí! – grugní sollevando la testa verso il cielo.

Da un vaso spuntava una canna. La prese e la usò come un bastone.

Sicuro la vecchia qualche medicina ce l'ha... un'Aspirina,
un Momentact...
Qualcosa che placasse un po' il dolore.

7.

Nell'ombra dell'appartamento si stava meglio.
Il gabinetto era una stanza lunga con delle mattonelle a
rombi. La vasca di lato con la tendina di plastica ammuf-
fita. Un odore chimico di medicine si mischiava a quello dell'acqua del water marrone di ruggine. Sopra degli
scaffali di cristallo era posata un'intera farmacia. Scatole,
scatolette, flaconi ingialliti e coperti di polvere. Lasonil.
Maalox. Ananase. Fave di fuca. Guttalax. Aspirina.
    – Eccola...
Tirò fuori le compresse dall'astuccio e cominciò a cac-
ciarsele in bocca.
Mentre sentiva il sapore amaro e benefico dell'acido
acetilsalicilico, seppe come andarsene da quel posto.
Come aveva fatto a non pensarci prima?
Era cosí semplice.
Doveva prendere dei vasi e gettarli giú in strada fino a
quando qualcuno non si sarebbe accorto di lui.
Contento girò il rubinetto e cominciò a bere a occhi
chiusi. Poi infilò la testa sotto l'acqua fresca gemendo di
piacere. Gli sembrava addirittura di sentire delle mani
che gli massaggiavano il cuoio capelluto. Come da bambino quando suo padre gli faceva lo shampoo in negozio.
Chiuse il rubinetto. Afferrò un asciugamano e se lo passò
sulla faccia. Si guardò allo specchio.
Alle sue spalle c'erano due braccia grosse e pelose come prosciutti di cinghiale che gli incombevano sulla testa.

– Dov'è nonna? – gli domandò una voce cavernosa.
Fabietto Ricotti cominciò a urlare.

8.

– *Beppone russava nel grande giardino e sul suo nasone
volò un moscerino. Il vento suonava un bel valzerino cosí il
moscerino si mise a ballar. Ullallà ullallà ullallà là questo è
il valzer del moscerino! Questo è il valzer che fa là llà llà!
Beppone rus... Beppone rus... Beppone rus...*
Il disco cominciò a saltare.
Dove sono finito?
Fabietto Ricotti provò ad aprire gli occhi ma non ci riu-
scí. Aveva le palpebre incollate. Il sangue gli impastava la
bocca e si accorse che gli mancavano due incisivi.
Cercò di calmarsi e radunare i pensieri.
*Ero in bagno e avevo la testa sotto il rubinetto dell'acqua,
ho guardato lo specchio e poi... ho visto...*
Qualcuno gli aveva sbattuto la faccia contro il lavandino.
– *Beppone rus... Beppone rus... Beppone rus...*
Improvvisamente il disco ripartí gracchiando.
– *... un petalo rosa caduto dal ciel ullallà ullallà... questo
è il valzer del moscerino... questo è il valzer che fa là llà llà!*
Tastando con le mani si accorse di essere steso su un
letto. Alzò un braccio, che sembrava ripieno di piombo,
e si portò la mano agli occhi. Li stropicciò e finalmente le
palpebre incrostate di sangue si aprirono. C'erano decine
di stelline fosforescenti attaccate su un soffitto blu notte.
– *... ma un gatto birbone...*
Sul muro di fronte, ricoperto da una carta da parati con
degli aeroplanini disegnati, erano appesi un poster di Heidi
che correva con Peter e le caprette e quello della famiglia

Barbapapà. Su una libreria era ordinata la collezione dei *Quindici*, un mappamondo illuminato e il *Grande libro della natura*. Giornaletti di Topolino e Tex riempivano il resto degli scaffali.

Lentamente Fabietto si girò.

Al centro della stanza, a terra, era seduto un uomo di spalle. Era enorme. Doveva pesare minimo minimo duecento chili. Non aveva il collo. La testa, al contrario di tutto il resto, era piccola e calva, incassata nelle spalle spioventi. E la schiena era larga come una botte di Sangiovese. Indossava un paio di calzoncini da tennis Sergio Tacchini e una vecchia maglia della Lazio stinta e sformata dai rotoli di ciccia, con lo stemma della squadra e la scritta «1974 Campioni d'Italia». Ai piedi un paio di mocassini college. Accanto un mangiadischi continuava a suonare la canzoncina dello *Zecchino d'Oro*.

Quando il *Valzer del moscerino* terminò, l'orco si girò verso il mangiadischi. Poggiò a terra dei pezzetti di Lego insanguinati e con un dito che pareva un würstel tirò fuori il 45 giri. Lo rimise nella copertina e ne afferrò un altro. Lo infilò e una voce femminile cominciò a cantare:

– ... *a mille ce n'è, nel mio cuore di fiabe da narrar... venite con me nel mio mondo fatato per sognaaar...* – Una voce maschile attaccò: – *Tutti i giorni dopo la scuola i bambini andavano a giocare nel giardino del gigante.*

No, la favola del gigante egoista! Che stava succedendo?

... *Così il gigante arrivò di soppiatto dietro di lui, lo prese delicatamente nella sua mano e lo mise sull'albero. E l'albero fiorì e gli uccellini vennero a cantare. Il bambino allungò le braccine, si avvicinò al collo del gigante e lo baciò. Non appena gli altri bambini videro che il gigante non era piú cattivo, ritornarono di corsa e con essi venne la primavera.*

– Bambini, ora questo è il vostro giardino, – disse il gigante e con un grande martello buttò giú il muro. La gente che andava al mercato notava il gigante giocare con i bambini nel giardino piú bello che avessero mai visto.

– Dov'è il vostro piccolo amico? – chiese il gigante. – Il bambino che ho messo sull'albero?

Il gigante lo amava piú di tutti perché lo aveva baciato.

– Non lo sappiamo, – risposero i bambini.

– Dovete dirgli che domani deve assolutamente venire, – disse il gigante.

Ma i bambini risposero che non sapevano dove abitasse e che non l'avevano mai visto prima, allora il gigante si sentí molto triste.

Ogni pomeriggio, dopo la scuola, i bambini venivano a giocare con il gigante. Ma il bambinetto non si vide piú. Il gigante era molto buono con tutti, ma rivoleva il suo piccolo amico.

Gli anni passarono, e il gigante diventò vecchio e debole.

L'essere girò la testa ovoidale verso Fabietto e gli domandò triste: – Perché il gigante diventa vecchio e debole?

Da piccolo Fabietto aveva visto un film in bianco e nero di cui non ricordava il titolo ma era la storia di un circo in cui vivevano tutti scherzi della natura. Nani con la capoccia a cono, gemelli siamesi, donne con la barba.

Quel film di merda non l'aveva fatto dormire per mesi.

Ma adesso ne aveva uno davanti al cui confronto quelli dei film erano modelli di Armani. Aveva due guance paffute e una bocca larga da cui spuntavano una chiostra di denti piccoli, aguzzi e distanti tra loro. Appena sopra, un naso rincagnato divideva gli occhi piccoli e neri come due liquirizie sormontati da un unico sopracciglio. A occhio e croce doveva aver passato i quaranta.

– Allora, perché diventa vecchio e debole? Non lo capisco.

Fabietto usò un tono il piú rassicurante possibile. – Perché passa il tempo... e uno diventa vecchio. È la vita.

L'orco si acciglió e poi gli chiese: – Dov'è nonna?

Nooo. Questo è il nipote della vecchia. Quello che non doveva far salire il cane sul letto. Aspetta, come si chiamava... Flavio! – ... Flavio? – provò.

Il mostro si batté il petto contento. – Io sono Flavio. Te?

– Io... Fabio.

Flavio inclinò la testa di lato, come fanno certe volte i cani quando prestano attenzione al padrone: – Giochiamo?

Fabietto guardò i pezzi di Lego insanguinati sulla moquette.
– Certo. Come no? Adesso zio Fabio va un attimo al bagno, poi torna. Tu stai qua, buono –. Lentamente si alzò. Era cosí terrorizzato che non sentiva nemmeno il dolore alla gamba. Senza perdere d'occhio l'omone si avvicinò alla porta.

Il gigante lo osservava in silenzio mentre un rivolo di bava gli colava dall'angolo della bocca.

Fabietto afferrò la maniglia della porta. – Mo' torno eh. E poi giochiamo.

All'improvviso la creatura urlò: – Nonna!? Nonna dov'è andata?! Quando torna?

Confessare a Flavione che nonnina era schiattata non gli sembrava un'idea brillante. – Mo' arriva. Tranquillo. Tu sta' buono qui. Va bene?

Il gigante alzò un dito e indicò la gamba maciullata di Fabietto. – Bua? Fatto bua?

– No, no. Non è niente. Mo' però stai buono.

Flavione fece segno di sí con la testa.

Forse lo scherzo della natura non era cosí pericoloso.

Trascinandosi la gamba Fabietto uscí dalla stanza. Si poggiò sul muro e riprese fiato.

– Madre de Dios... madre de Dios...

A terra, stesa in una pozza di sangue, c'era una colf peruviana sventrata come un galletto alla diavola. A differenza del cocker in cucina, la sudamericana era ancora viva.

– Ayuda me... te prego... – si lamentava e muoveva lentamente le mani stringendo l'aria. Dal ventre le fuoriuscivano metri di intestino violaceo, il fegato, il pancreas e altre frattaglie. – Ahy... dolor... punzada muy, muy forte... ayuda me per pietà de Dios y de lo Espiritu Santo! Fabietto non sapeva che cazzo fare e allora vomitò.

– Ma che cazzo...? Ma che cazzo? – Si avvicinò alla cameriera. Le piante dei piedi gli si incollavano al sangue caldo e denso della poveretta. – Chi è stato?

La donna roteò gli occhi spiritati e sussurrò: – Flaviooo...

– Cativa! Lei cativa forte forte!

Flavio era alle sue spalle. La testa quasi sfiorava il soffitto. Immenso e peloso indicava la colf. – Iolanda non gioca con me.

Fabietto si coprí il capo con le braccia.

– Io gioco. Io sono buono. Lei cativa forte forte –. Allungò uno dei suoi braccioni e afferrò un'ansa di intestino della sudamericana e cominciò a tirare, come fosse una rete da pesca.

– Ahhhhhhh... Madre de Dioooosssss! Che doloorr! – si dibatteva la peruviana come un cefalo di fiume appena pescato.

Fabietto si alzò e scappò. Mentre scivolava nella pozza di sangue vide Flavione che mordeva le interiora della donna. – Fame! Voglio il Pinguí! Dov'è nonna!? Cativa! – urlava sputando tocchi di carne sanguinolenta sul parquet.

Fabietto chiuse la porta della stanza della domestica e urlando si trascinò fino al balcone. Serrò le grate. Infilò il

braccio fra le sbarre e girò la chiave. La tolse dalla serratura e se la intascò. – Tie'! Flavione gioca su 'sto cazzo!

Poi reggendosi la gamba rotta si aggrappò alla balaustra
e cominciò a urlare: – Aiutoooo! Aiutoooo! Ve pregooo! –
Afferrò un vaso e lo scagliò di sotto. Esplose sul parabrezza
di un'Audi A4. Il rumore rimbombò per tutta via Gramsci. Dal portone uscí il custode che guardò subito in alto.

– Portiere! Aiutami! Aiutami mi ammazzanooo! Corri! Corri!

L'uomo si mise le mani intorno alla bocca: – Che succede?

– Sono chiuso qua fuori... Veloce, dentro c'è un pazzo!

Il custode se ne stava imbambolato sul marciapiede.

– Ahòò! Aiutami, fa' qualcosa! Questo m'ammazza!

Finalmente il portiere uscí dal torpore. – Ho le chiavi. Arrivo.

– Nooooo. Non puoi aprire. La serratura è rotta!

Il portiere allargò le braccia impotente. – Che devo fare?

– E che ne so? Sei tu il portiere.

– Passo dal tetto?

– Bravo. Corri.

Il portiere sparí nel palazzo.

Fabietto fece un bel respiro, prese il bastone dell'ombrellone e lo impugnò come fosse una mazza da baseball.

– A George Clooney. Vie' a gioca', vie', che te do 'na
randellata che ti mando sotto spirito all'università!

9.

Erano passati cinque minuti.

George Clooney non s'era fatto vivo. E nemmeno il
portiere.

Fabietto col tubo dell'acqua arrotolato intorno alla gamba e il bastone dell'ombrellone fra le mani sembrava Teseo che aspettava il Minotauro nell'ultima stanza del labirinto.

– Eccomi!

Fabietto alzò gli occhi e sul tetto, sopra il terrazzo, si stagliò l'esile figura dell'anziano portiere.

– Che cosa succede?

– Dentro c'è Flavio che s'è magnato la spagnola!

Il portiere lo guardò perplesso. – Flavio? Chi è Flavio?

– È il nipote della contessa.

– Ma la contessa sta in ospedale. Quale nipote?

– A portie' tirami fuori che poi te spiego. Sbrigati.

Il portiere annuí. – Aspetti. Mi procuro una corda e sono da lei!

Fabietto imprecò. – Veloce, cazzo!

– Giochiamo?

Flavione era dietro le sbarre della grata. Nella destra stringeva la colonna vertebrale a cui era appeso il busto della sudamericana.

Fabietto guardò in su. – Daje portie'! Sbrigati!

– Giochiamo? – fece il mostro sollevando i poveri resti della colf. – Guarda che ho!

Fabietto strinse la mazza tra le mani sudate mentre l'intonaco intorno ai cardini dell'inferriata si sbriciolava sotto gli scossoni del gigante.

– Figliolo! – Sul tetto era riapparso il portiere. – Eccomi. Tieni! – e gettò una corda sul terrazzo. – Aggrappati!

Fabietto mollò il bastone e zoppicò verso la fune che penzolava accanto alla fontanella.

Stava per afferrarla quando ci fu uno schianto terribile. La grata era a terra.

Flavio irruppe sul terrazzo come un gorilla che sbuca dal folto della giungla urlando e agitando le braccia.

– Oddio, ma cos'è?! – Il custode da sopra il tetto non credeva ai suoi occhi.

Fabietto stava per aggrapparsi alla corda quando Flavione gli si parò davanti. Allora si coprí il volto con le braccia pronto a rendere l'anima al Padreterno.

– Giochiamo!

Fabietto si fece ancora piú piccolo e poi gli uscí: – Uno, due, tre, stella! – e contemporaneamente si tolse le mani dalla faccia.

Flavione rimase un attimo perplesso, poi s'immobilizzò con la lingua fra i denti e le mani tese in avanti.

– Forza giovanotto aggrappati! – gridò da sopra il portiere.

Fabietto si girò e afferrò la corda, ma Flavione riprese vita urlando: – Stella! – E come un frate campanaro acchiappò la corda e con uno strattone tirò giú il portiere.

L'anziano dipendente del condominio si schiantò sul terrazzo con un rumore di ossa spezzate. – Ahhhhhhh!

Flavio Tombolino Scanziani si avvicinò, gli puntò un dito contro e gli disse: – Nonna dice che tu non pulisci le scale!

Poi, con la stessa facilità con cui una persona normale solleva una bambola, lo sollevò e lo scagliò oltre la balaustra.

– Nooooo! – urlò Fabietto mentre il portiere volava giú e si frantumava sul tetto di una Volvo facendo esplodere il lunotto posteriore in una fontana di cristallo e sangue.

– Pezzo di merdaaaaa! – Fabietto raccolse da terra il bastone dell'ombrellone. – T'ammazzo!

La mazza fendette l'aria con un sibilo e colpí la tempia destra del gigante. Il bastone gli tremava fra le mani. Flavione sulle prime sembrò non avesse sentito nulla. Poi si portò la mano alla testa e si intristí: – Ahia. Bua.

Fabietto sollevò l'arma e con tutta la forza che aveva gliela mollò di nuovo sulla tempia.

L'energumeno barcollò incredulo e abbassò le braccia:
– Basta!

Fabietto stava per dargli la mazzata finale, ma Flavio lo disarmò afferrando il bastone e gettandolo di sotto, e poi lo guardò negli occhi: – Cativo. Lo dico a nonna...

Il mostro con un'agilità inaspettata fece un salto e afferrò il polso di Ricotti. Dette uno strattone. Il braccio di Fabietto si staccò dal tronco con un colpo secco.

Il ragazzo si guardò la spalla. Quella che spuntava fra i tendini e i muscoli e i pezzi di cartilagine doveva essere la sua clavicola. Lo scheletro umano lo conosceva bene, perché l'avevano rimandato in scienze per tre anni di seguito.

Che sensazione singolare, continuava a sentire il braccio al solito posto, addirittura gli pareva di poter stringere le dita eppure il gigante lo brandiva come una clava.

Che ci vuole fare?

La risposta gli arrivò subito quando venne colpito in faccia dal suo stesso bicipite per tre volte di seguito. Il primo colpo gli sfondò lo zigomo, il secondo gli fece esplodere un timpano e il terzo gli portò via il resto dei denti.

Fabietto Ricotti andò al tappeto.

10.

... Una mattina d'inverno, mentre si vestiva, il vecchio gigante guardò fuori dalla finestra. Ora non odiava piú l'inverno perché sapeva che era soltanto la primavera addormentata quando i fiori si riposano.

A un tratto si fregò gli occhi stupito. Nell'angolo piú remoto del giardino c'era un albero interamente ricoperto di fiori bianchi. Dai rami d'oro pendevano frutti d'argento e sotto stava il bambinetto che aveva amato.

Fabietto Ricotti era accasciato fra pezzi di Lego e macchinine della Mattel. Flavio era seduto per terra accanto a lui. Il busto poggiato sul letto, gli dava le spalle e teneva in una mano il mangiadischi.

Fabietto si sentiva come se si stesse sciogliendo, un tocco di burro su una padella. Provava a tenere gli occhi aperti, ma non ci riusciva. Era cosí stanco...

Si guardò. Sembrava che l'avessero immerso in una piscina piena di sangue. Il suo braccio se ne stava appoggiato sulla pista Polistil sotto la finestra.

Non riusciva a tenere la testa dritta. Non avrebbe mai pensato di morire prima di nonna Flaminia. Non ci sentiva quasi piú. Anche il suo respiro era lontano e il mangiadischi sembrava soffocato da mille coperte.

... Il gigante scese di corsa e, sprizzante di gioia, uscí nel giardino e s'avvicinò al bambino. Quando gli fu vicino avvampò di collera e disse:

– Chi ha osato ferirti? – perché il bambino aveva il segno dei chiodi sul palmo delle mani e sui piedi.

– Chi ha osato ferirti? – ripeté il gigante. – Dimmelo e io prenderò la mia grossa spada e lo ucciderò.

– No, – rispose il bambino. – Queste sono solo le ferite dell'amore.

– Chi sei? – chiese il gigante. Uno strano stupore s'impossessò di lui e s'inginocchiò davanti al bambino.

Il bambino gli sorrise e disse:

– Un giorno mi lasciasti giocare nel tuo giardino, oggi verrai a giocare nel mio giardino, che è il Paradiso.

Quando nel pomeriggio i bambini entrarono di corsa nel giardino trovarono il gigante morto, ai piedi dell'albero tutto ricoperto di candidi fiori.

Flavio si girò verso Fabietto. Aveva un occhio iniettato di sangue e una lacrima rossa gli scorreva sulla guancia.
– Io lo so tu chi sei.
Con uno sforzo sovrumano Fabietto riuscí a dire: – Chi...
sono?
Il gigante sorrise appena. Aveva i denti impiastriccia-
ti di sangue. – Sei il bambinetto –. Con fatica sollevò la
mano e indicò il moncherino – ... e quelle sono le ferite
dell'amore. Ora mi porti in Paradiso, vero?
– Sí... tranquillo... – Fabietto richiuse gli occhi e si ab-
bandonò sulla moquette. La testa del gigante gli si poggiò
sul grembo.
– Ho paura... – disse Flavione con un filo di voce,
mentre il sangue gli usciva dalla bocca insieme a bollicine
d'aria. – Non... ci vedo... piú.
– Non ti preoccupare Flavio. È un attimo.

– *Finisce cosí, questa favola breve se ne va... il disco fa
clic e vedrete fra un po' si fermerà... ma aspettate e un'altra
ne avrete. C'era una volta il cantafiabe dirà e un'altra favola
comincerà... comincerà... comincerà..*

(2008)

La favola del *Gigante egoista* è di Oscar Wilde.
Il valzer del moscerino (L. Zanin / A. Della Giustina), 1968, Cervino Edizioni Musicali.

Un uccello molto serio

Mancavano poche settimane ad agosto quando ho incontrato un mio compagno del liceo che si chiama... Per proteggere la sua privacy gli darò un nome inventato, diciamo Matteo Manni.

Eravamo amici a scuola. E all'università ancora di piú. Poi la solita storia... il lavoro, le nuove conoscenze, le donne hanno creato un solco, all'inizio quasi impercettibile ma ora, dopo dieci anni, profondo e troppo largo per essere colmato.

Oramai non ci sentiamo quasi piú ma qualche volta giochiamo a calcetto allo stesso circolo sportivo.

Insomma, dopo la promessa mai mantenuta di rivederci al piú presto, dopo le solite chiacchiere, al torneo di calcetto ho chiesto a Matteo che programmi aveva per l'estate.

– Vuoi sapere la novità? – mi fa. – Io credo che alla fine me ne rimarrò a Roma. Per una volta voglio proprio godermela in pace, 'sta città. Il lavoro, il traffico, il casino durante l'anno ti impediscono di vivertela. Ad agosto invece riscopri il piacere della bici, visiti chiese e musei, la sera te ne vai a un concerto, poi una pizza...

Mi stava imbastendo di nuovo la vecchia cazzata che sentivo da troppo tempo, da quando al liceo venivi rimandato e ti convincevi che stare a Roma era una gran paraculata. Secondo me se resti ad agosto a Roma, scava scava, c'è sempre qualcosa che non va. Mancanza di soldi, depressione, problemi scolastici, un'amante, liti con la moglie. Per Matteo mi sembrava assai plausibile quest'ultima ipotesi.

Lui e sua moglie erano la coppia perfetta. O almeno cosí volevano passare agli occhi del mondo. Lui architetto, lei decoratrice di interni. Tutti e due appassionati di cucina e mostre d'arte. Mai un litigio. Perfetti. Avevano scelto di non avere bambini.

«I figli ti strappano via l'esistenza. Vivi per loro e il rapporto di coppia va a farsi benedire. Uccidono l'amore».

Mi ricordo che almeno cento volte negli spogliatoi del circolo aveva ripetuto 'sta storia della coppia perfetta: paragonava lui e la moglie – che chiamerò per convenienza Mara – al famoso duo di canottaggio Le Pont e Vinnes («un grande Due Senza», sempre cosí diceva) che, non so bene quando, aveva vinto tutto il possibile.

«Il segreto per rimanere uniti è la sincronizzazione, l'intesa e soprattutto puntare allo stesso obiettivo».

Quindi, quando ha aggiunto che Mara andava in vacanza con la sorella a Sperlonga, ho avuto la certezza che il Due Senza era finito in una secca.

A farvela breve, pochi giorni fa, ai primi di settembre, al circolo ho incontrato il portiere della squadra. Mi ha detto che Matteo era ricoverato al reparto Ortopedia del policlinico per un incidente domestico alquanto misterioso.

Sono corso subito a trovarlo. Era tutto una benda, corde e contrappesi. La testa fasciata.

Gli occhi assenti.

– Ma che diavolo ti è successo?

All'inizio non voleva parlare, ma poi, nonostante la mascella fratturata, non ha potuto fare a meno di raccontare.

Era rimasto a Roma perché non voleva rompersi le balle a Sperlonga con sua moglie e tutta la famiglia di lei.

Aveva passato l'agosto in grazia di Dio. Chiuso in casa, aria condizionata, Sky, Quattro salti in padella, le Olimpiadi.

Tutto fantastico fino a quando una sera al supermarket non aveva incontrato una certa Angela. Universitaria che stava finendo la tesi in giurisprudenza. Intesa perfetta su surgelati, vino, tattiche domestiche contro l'afa, consigli sui due film in croce che si potevano vedere nelle arene.

– Non sai, – è riuscito a dire, con un improvviso slancio d'energia, – di una bellezza mozzafiato. Un culo incredibile, due tette... Un tipo elegante a vederla per strada.

Vabbè, avete già capito.

Erano finiti a casa di Matteo, si erano fatti fuori due bottiglie di Fiano di Avellino e avevano trombato tutta la notte.

– Una cosa pazzesca, la ragazza piú disinvolta che ho incontrato in vita mia. Una furia umana. Lo abbiamo fatto ovunque. Ci trascinavamo per casa come cani. Basta, non ci posso pensare. Basta.

La mattina dopo Matteo si era svegliato con un palo piantato nel cervello e flash a luci rosse della nottata brava. Angela, la studentessa, non c'era piú. Sul tavolo della cucina un biglietto scritto con calligrafia tondeggiante: «Bravo. Mi sono divertita un sacco. Hai un uccello molto serio. Baci. A».

Matteo, dato che ero scettico, mi ha chiesto di aprire il portafoglio appoggiato sul comodino accanto a una bottiglia d'acqua Fiuggi.

L'ho letto con i miei occhi.

Quella mattina, dopo aver trovato il messaggio, nonostante l'emicrania, Matteo Manni si era gonfiato come un tacchino e aveva riflettuto che incontri del genere ti ricari-

cano le pile. Ti fanno sentire di nuovo qualcuno. Servono
a riprendersi un po' di quell'autostima mortificata da un
rapporto di coppia sicuro e vincente come quello del Due
Senza. Si era fatto un caffè, si era seduto e tutto a un tratto gli era venuto un dubbio. Che giorno era? Sua moglie
gli aveva detto che una volta sarebbe tornata a Roma per
sbrigare degli affari e poi le avrebbe fatto piacere andare
a cena fuori, in un nuovo giapponese a Trastevere.

Non è che...

Aveva controllato sull'agenda e aveva scoperto che il
giorno era proprio quello.

«Ore 17. Mara a Roma. Prenotare da Hiro Suki».

Cazzo.

Gli rimanevano circa sette ore per far sparire ogni traccia.

Afferrate le lenzuola, stava per buttarle in lavatrice
quando si era reso conto che quest'operazione agli occhi
di Mara poteva risultare a dir poco sospetta. In vita sua
Matteo Manni non aveva mai fatto un bucato e tanto meno
cambiato le lenzuola. Lui non chiudeva un cassetto, non
lavava i piatti e viveva nella merda felice come un maiale.
Se fossero state delle anonime lenzuola bianche avrebbe
potuto sostituirle. Ma sfiga voleva che fossero delle lenzuola batik, regalo della zia di Mara dopo un viaggio a Bali.
Matteo aveva poggiato il naso sul tessuto e aveva sentito
un odore intenso e dolciastro di profumo scadente.

Angela.

A quel punto, nel panico, aveva cercato altre tracce
dell'adulterio. In salotto pozzanghere di Fiano. Cicche
di sigaretta. Piatti usati. I cuscini sporchi di cenere. Vedendo un paralume contorto come ci fosse passato sopra
un camion per poco non gli era venuto un coccolone. E
in corridoio i classici del Novecento erano tutti per terra.
Paradossalmente, mentre la disperazione e il senso di col-

pa salivano come colonnine di mercurio, non poteva che compiacersi per la notevole prestazione che non avrebbe sfigurato in *Rocco invade la Polonia*. Ma che gli era preso? In quei centoquaranta metri di abitazione non c'era un angolo dove non avessero copulato. Non si erano risparmiati nemmeno la dispensa. Doveva subito riordinare il salone, dove c'erano i danni peggiori. Si mise all'opera, poi si fermò a riflettere. Se Mara tornava e trovava la casa tutta in ordine avrebbe capito. Lei, se non avesse fatto la decoratrice di interni, avrebbe potuto lavorare alla Scientifica o al Ris. Nello chalet di Cogne ci avrebbe messo circa tre minuti a scoprire l'assassino, senza neanche il bisogno di apparecchiature sofisticate. Bastava un indizio insignificante. Dal particolare arrivava all'universale. E quell'universale sarebbe stato una roba bruttissima.

Il segreto era riordinare, ma non troppo. Come un grande scenografo, o un archeologo, doveva ricostruire l'ambiente, esattamente come era stato prima del passaggio della furia umana. Cominciò a sistemare i cuscini piú o meno come se ci avesse guardato la televisione. E mentre stava lí a creare fosse e cunette si accorse di un solitario capello biondo posato sullo schienale del divano. Lo tirò su e l'osservò. Era biondo ma la base aveva due bei centimetri neri. La ricrescita. Cosí la furia umana si tingeva i capelli e neppure troppo di frequente. Scrutò con attenzione la fodera azzurra e si accorse che ce n'erano altri. Dovunque. O le aveva strappato i capelli a ciocche oppure lei soffriva di una forma particolarmente acuta e precoce di calvizie. Prese l'aspirapolvere e ne fece sparire un numero incredibile. Erano dappertutto e si mimetizzavano come crotali nella foresta. A un certo punto fu azzannato da un dubbio. Forse stava risucchiando anche i capelli di Mara? Anche lei era bionda. Bionda naturale però. Diabolica com'era, si

sarebbe certamente stupita di non trovare piú capelli per
casa. Che cazzata stava per fare. Corse in cucina, tolse il
sacchetto dell'aspirapolvere, lo tagliò rovesciando il contenuto sul tavolo e diede il via all'ispezione. Separò dalla
polvere i capelli con la ricrescita e quelli senza. Un lavoro
minuzioso, ma alla fine ne aveva due mucchietti. Sparse
quelli di sua moglie nei punti strategici dell'appartamento.
Quando finí era mezzogiorno. Ancora cinque ore.

   Il vero problema era il letto. Che fare con le lenzuola?
L'unica era coprire quel profumo con un odore piú forte.
E se accidentalmente gli fosse caduto sul letto qualcosa?
Ecco! Tirò fuori dal congelatore dei sofficini al pomodoro
e li gettò in padella ripetendosi: «Avevo fame e mi sono
fatto dei sofficini e per sbaglio mi sono caduti sulle lenzuola». Quando furono cotti, li versò sul letto con tutto
l'olio che si fuse con il rivestimento del materasso di latti-
ce generando un mezzo incendio e una nuvola di fumo nero e tossico, ma eliminando per sempre l'odore di Angela.
Mara avrebbe pensato che era un coglione totale, non un
fedifrago. *Eccellente*, si disse compiaciuto.

   Il suo sguardo puntò una macchiolina sul muro accanto
al letto. Si avvicinò. Era color marroncino, larga come una
moneta da cinque centesimi. Indubbiamente di origine organica. Non volle indagare troppo sulla provenienza, tanto andava eliminata all'istante. Ci passò sopra una pezza
imbevuta d'acqua. Dopo un quarto d'ora aveva prodotto
una patacca larga trenta centimetri, color nocciola, che si
era impastata con la vernice bianca. Era veramente nel
panico. Il cuore prese a macinare come un treno in corsa.
Tirò fuori la cassetta degli attrezzi e con la carta vetrata
cominciò un'opera di smeriglio molto accurata. Era lí che
aveva quasi fatto sparire la prova quando un bel pezzo di
intonaco gli si frantumò tra i piedi. E ora? Sconfortato si

buttò sul letto semicarbonizzato. Piú cercava di ricostruire la situazione precedente alla... non sapeva nemmeno come chiamarla... e piú la rendeva evidente. L'entropia stava disgregando il sistema. Poi, di colpo, l'illuminazione. *Che culo!* La macchia era proprio dove Mara voleva fare una porta per passare dalla stanza da letto allo studio. Non è che la volesse proprio fare, era stata un'idea buttata là una sera. Ma quale sorpresa piú bella può esserci che tornare dalle vacanze e trovare una porta nuova di zecca fatta dal tuo maritino? Doveva solo sfondare la parete e poi con la sega circolare (che avrebbe comprato in una ferramenta aperta ad agosto) tagliare i mattoni dritti.

Trovò nel ripostiglio un grosso martello, superstite dei lavori nel bagno, spostò il comò, prese un bel respiro e diede con tutte le sue forze una mazzata sulla parete. Il muro si sfondò come fosse di cartone (di cui in effetti era fatto). La testa del martello proseguí la sua corsa nella stanza accanto e finí sopra un amplificatore a valvole Musical Fidelity del valore di settemila euro. Pezzi di lamiera e vetro schizzarono ovunque. Corse nello studio. Il dolore fu lancinante. Aveva risparmiato un anno per comprarsi quell'amplificatore esoterico.

Ma non c'era tempo per le tristezze. Andò in bagno a prendere uno straccio e si vide passare nello specchio. Tornò indietro e si osservò. Aveva una faccia da post-elettroshock, ma questo non lo impensierí piú di tanto. Era una macchia sul collo che lo terrorizzò come se fosse un sarcoma di Ruis. Si avvicinò di piú. Un succhiotto! Quella troia puttana gli aveva fatto pure un succhiotto. Scoppiò a piangere e prese a sbattere la testa contro il muro. E ora? Avrebbe dovuto confessare la verità. E dopo? Non riusciva a vedere un dopo. Era solo tenebra e dolore. Per una scopata del cazzo stava buttando via dieci anni di vita coniugale. Frignando si passò dell'Oil of Olaz sul livido sperando che avesse effetti taumaturgici. Non li aveva. Era finito. *A meno che...* Prese la carta vetrata e cominciò a sfregarsi il collo. Poteva dirle che il letto aveva preso fuoco e che lui era corso per spegnerlo, era inciampato e con la testa aveva sfondato muro e stereo. Ecco! Solo che non bastava quel segnetto rosso sul collo. Le cose andavano fatte bene. Prese il ferro da stiro, chiuse gli occhi, disse «Te lo meriti», e si colpí la mascella. Sentí il cranio, l'encefalo, i denti rimbombargli come se si fosse schiantato contro il granito. Soffocò un urlo, riaprí gli occhi e si guardò allo specchio.

Non ci poteva credere, non si era fatto un cazzo. Impazzito dalla rabbia se ne diede un altro e un altro. Al quarto colpo crollò a terra svenuto. Quando si risvegliò cercò di sollevare le palpebre, ma se ne apriva solo una. *Vittoria!* Si rialzò a fatica. Aveva il volto mezzo tumefatto, come se Hulk gli avesse dato una pizza. Gli mancava pure un incisivo. Mara non avrebbe potuto dirgli niente! Guardò l'orologio: le tre e mezza. Era rimasto privo di sensi per almeno un'ora. Adesso doveva solo finire di lavare il pavimento e poi, con tutta calma, poteva chiamare un'ambulanza.

Si trascinò per il corridoio. La segreteria lampeggiava. Mentre era privo di sensi doveva aver suonato il telefono. Spinse PLAY e dopo il bip una vocina imbarazzata: «Scusa se ti chiamo! Sono Angela, quella di questa notte... Credo di aver dimenticato un orecchino sul lavandino. Non vale niente, lo puoi buttare. Ma ti volevo avvertire che se tua moglie... Vabbè, hai capito. Ti saluto. Scusa...» La rabbia che fino a quel momento era rimasta compressa sotto il peso dell'angoscia e della colpa esplose con la potenza di uno tsunami. Afferrò la segreteria, la strappò dal muro e la lanciò, distruggendo la litografia di De Chirico. L'orecchino! Pure l'orecchino! Troia!

Tornò in bagno. Era là. Un affarino di rame e perline accanto al rubinetto. Almeno una cosa andava per il verso giusto. Allungò la mano e lo toccò appena. La sensazione sfuggente del metallo contro il polpastrello, e il monile cadde dal bordo e, dopo un paio di aggraziate giravolte, come un tuffatore, sparí nel buco nero del lavandino. Matteo diede un calcio alla vasca. Lo spigolo gli si infilò tra l'alluce e l'altro dito. Dal dolore si vomitò addosso una roba acida e calda che puzzava di Fiano. Accese la luce. Non sperò nemmeno che l'orecchino si fosse fermato nella croce dello scolo. E infatti... Smontò lo scarico e cercò di capire se fosse rimasto in fondo al sifone. C'era di tutto. Tappi di dentifricio, capelli (di chi?) e materia organica, ma niente orecchino. Piangendo istericamente prese a martellate le mattonelle e si mise a tirare fuori le tubature dal muro.

Ruppe un tubo che cominciò a sputare acqua con una pressione attorno ai tremila litri l'ora. Si accucciò nel pantano e scrutò nello scarico con l'unico occhio che ancora si apriva. Niente. Uscí di casa guadando il lago che aveva invaso il corridoio. Scese al piano di sotto e suonò alla Marinetti, una novantenne disabile che era stata lasciata col Salvalavita Beghelli dalla famiglia andata a villeggiare a Borca di Cadore. Ci mise dieci minuti buoni a convincere la vecchia ad aprire. Non si capivano. Con la mascella semiparalizzata, Matteo non riusciva a pronunciare che poche sillabe e la vecchia era convinta che fosse un ladro. Alla fine aprí, lanciò uno strillo e si attaccò al Salvalavita.

Un essere mostruoso, nudo, imbrattato di sangue la stava minacciando con un martello.

Matteo la superò e cominciò a sfondarle il gabinetto.

Quando alle diciassette spaccate arrivò Mara, di fronte al palazzo c'erano due volanti, un'ambulanza e un camion dei pompieri. Il cortile era allagato. Poco dopo le apparve uno che poteva anche essere suo marito, in manette, tra due poliziotti, urlando cose incomprensibili. Da quello che ho potuto capire, Mara era tornata a Roma per affrontare una questione importante con Matteo. Voleva troncare una relazione in cui si era persa ogni complicità.

A Sperlonga aveva conosciuto un insegnante – di filosofia – con cui aveva riscoperto un sacco di gioie sopite.

Prima che me ne andassi dall'ospedale, Matteo mi ha guardato fisso.

Poi ha biascicato: – Comunque, io, praticamente, non l'ho tradita.

(2007)

Amore e pipistrelli

All'albergo *Sant'Anselmo*, al ventiduesimo chilometro della Casilina, arrivò alle 20,30 di un giorno di maggio una Ford Mondeo blu da cui scese una coppia sulla quarantina e un pipistrello (*rhinolophus ferrumequinum*) che svolazzò penosamente sul parcheggio e s'infilò in una finestrella del tetto.

La coppia era silenziosa, anche il pipistrello.

I coniugi Coccia erano lí per uno scambio di coppia. Il pipistrello, invece, perché appesi a un angolo oscuro della soffitta dell'albergo, piena di vecchi mobili anni Settanta, c'erano gli altri membri della sua colonia.

Carla ed Emilio Coccia avevano discusso per metà viaggio, ma quando avevano imboccato la Casilina nella macchina era sceso il silenzio.

Il pipistrello si era abbassato, affamato, su un prato su cui pascolavano delle mucche e un essere veloce, nero, un gatto, si era materializzato dal nulla. Per poco il volatile non ci aveva rimesso la vita. Il felino con un'unghiata gli aveva squarciato l'ala destra e solo il disperato desiderio di vita aveva permesso al vampiro di scappare.

I coniugi Coccia incontrarono i coniugi Carletti al bar dell'albergo. Bar, una parola grossa. Due sedie di plastica, un tavolino, loro da una parte, gli altri dall'altra. In mezzo, una bottiglia di Asti Cinzano e i certificati medici di sana e robusta costituzione. Le stanze erano già state prese, una accanto all'altra.

Il pipistrello, quattro piani piú in alto, si uní ai suoi compagni, fremendo ed emettendo ultrasuoni. Era stremato e mezzo dissanguato. Gli altri gli si fecero vicini e allargarono le ali grigie.

Carla Coccia guardava quell'uomo, il signor Franco Carletti, quell'uomo con i capelli tinti di biondo, una giacca di pelle con la scritta «Ducati» su un fianco. Guardava Guendalina, la moglie, una con il seno rifatto (con una rosa sulla tetta destra), la bocca rifatta e non il naso. Perché il naso no? Carla guardava suo marito che si era ringalluzzito tutto. Che sorrideva. Che offriva spumante. Che le diceva sotto voce: – Visto che non sono dei mostri. Lui non mi sembra niente male. Quante storie hai fatto. Hai visto? Non è un sacrificio. Ti piacerà –. Carla si guardava fare sí con la testa. Carla guardava quell'uomo, il Franco Carletti, proprietario di un internet café, con cui sarebbe andata a letto tra breve.

Un gruppo di ricercatori dell'università della Virginia ha studiato per anni una colonia di pipistrelli utilizzando telecamere a raggi infrarossi e ha scoperto che questi animali si aiutano e sostengono tra loro. Gli individui piú forti si fanno succhiare il sangue dai piú deboli e malati del gruppo. Paul T. Richard, direttore dell'istituto di zoologia dell'università della Virginia, ha detto entusiasticamente: «I pipistrelli dimostrano, senza ombra di dubbio, che l'amore nel mondo animale esiste e assomiglia moltissimo al sacrificio».

Carla Coccia vide suo marito avviarsi verso l'ascensore con Guendalina. Franco Carletti sorrise (aveva un dente d'oro) e la prese per mano: – Ci divertiremo bellezza, vedrai. Mi piacciono le casalinghe, perché sono porche. Mia moglie è una porcina esagerata –. Carla fece segno di sí con la testa e seguí gli altri.

Il pipistrello, nella soffitta, si attaccò al collo di un suo compagno, si fece largo nella pelliccia e affondò i canini nella pelle e cominciò a succhiare e a fremere.

(2003)

La medicina del momento

Sembrava che Roma fosse stata evacuata per un virus, gli alieni. Il raccordo anulare era desolato fino all'orizzonte. I campi seccati dal sole. Una pompa di benzina abbandonata. Dentro la Mercedes c'erano ventuno gradi, fuori trentasei.

Lui guidava. Lei si ritoccava le unghie della mano con lo smalto. Dalle labbra le calava una sigaretta.

– Chi ti viene a prendere a Pantelleria? – disse lui, improvvisamente, mentre si immetteva sulla tangenziale per l'aeroporto.

Lei non cambiò l'espressione concentrata sul pollice.

– Non lo so. Qualcuno. Spero di non dover prendere un taxi. La strada per la villa è tutta buchi. I taxi non scendono e farmela a piedi sotto il sole con le valigie...

Lui guardò la spia luminosa della benzina. Stava entrando in riserva. – Ma non ho capito: chi ci sarà alla villa?

Lei spense la sigaretta nel portacenere e cominciò a osservarsi contrariata le sopracciglia nello specchietto del parasole. – Che te ne frega. Tanto non vieni...

Lui superò a sinistra un furgone di una vetreria che viaggiava sulla corsia di sorpasso. – Daniela viene?

Lei fece segno di sí con la testa e cominciò a cercare qualcosa nella borsa.

– Con tutti i bambini?

– E che fa, li lascia a casa...?

– Pensa che palle... Non avrai un attimo...

Lei lo interruppe. – Ogni volta... – Poi scosse la testa.

Lui la osservò con la coda dell'occhio. – Cosa?

– Ogni volta con questa storia dei bambini.

– Che cosa?

– Niente... – Lei tirò fuori il cellulare. Lo accese.

– Niente?

– Niente. Ho capito che odi i bambini. Che ti danno fastidio i pianti. Che ti levano la libertà. Quante volte me lo hai detto? A me, no. A me piacciono molto. Non mi dà fastidio stare con i figli di Daniela, visto che tu non ne vuoi.

– Non ho detto che non li voglio... – Lui accelerò mordendosi il labbro. – Non li voglio ora.

Lei lo osservò e poi disse con un sorriso sulla bocca. – E quando li vuoi? Sentiamo. Tra tre anni? Tra cinque? Quando io finalmente non li potrò piú avere. Lo sai che quando li vorrai fare avrai bisogno di un'altra? Io a quel punto... – Gettò il cellulare nella borsa. – Ho trentanove anni, cazzo. Che devo fare? Ti devo lasciare? Devo trovarmi un altro, eh?

Lui rimase in silenzio.

– E secondo te dove lo trovo uno che si prende una di trentanove anni? E che ci vuole fare pure un figlio? Se almeno lo avessi capito prima... Dieci anni fa... Forse...

Lui imboccò la soprelevata che portava alle partenze. – Guarda che nessuno ti ha mai trattenuto.

C'era una volante. I due poliziotti avevano fermato uno su uno scooterone.

Lei ruppe la voce piatta, le uscí uno strano tono stridulo. – Gentile... Qual è la mia colpa? Amarti? Visto che ti amo da undici anni, devo pagare. Visto che sono sempre rimasta con te devo scontarlo... – Lei guardò fuori, verso gli hangar dell'aeroporto avvolti dalla

foschia. – Non è giusto... No, non è giusto per niente.
Cacciatelo in culo il tuo desiderio di libertà, le tue stronzate che non saresti un bravo padre, che non è corret-
to obbligare qualcuno ad avere un figlio... Assumiti le
tue responsabilità. Assumiti... – Prese fiato. – La colpa
che io non saprò mai cosa vuole dire essere madre... Comunque fai buone vacanze –. Chiuse la borsa, s'infilò la
giacchetta di lino bianca.
Lui si fermò davanti al terminal A.

Stava di nuovo sul raccordo anulare. Spingeva il tasto
della sintonia dell'autoradio. La strada era sempre sgombra. Il cielo sempre ceruleo. Senza nuvole.
Per un istante sentí la voce di Eric Clapton, ma scomparve in un brusio.
Un puntino marrone apparve sulla strada, proprio di
fronte a lui, deformato dal calore che saliva dall'asfalto.
Si muoveva a zigzag.
Lui pigiò sui freni. Spinse il tasto delle frecce lampeg-
gianti. La macchina cominciò a sbandare e il puntino divenne grande, grandissimo, fino a trasformarsi in un cane.
Un bracco, un cane da caccia, giovane, magrissimo,
avanzava sul raccordo.
Lui gli si fece dietro.
Il cane continuava a stare in mezzo alla strada. Gli suonò. L'animale fece uno scarto e prese a correre lungo il
guardrail.
Lo seguí lungo la corsia di emergenza, sempre con i lam-
peggianti accesi.
Il cane sembrava stanco morto. Intorno al collo aveva
una catena d'ottone.
Vide che a circa una cinquantina di metri c'era una
piazzola di sosta. Superò il cane, ci si fermò, scese dalla

macchina. Fuori non si respirava. I grilli strillavano nei campi cotti dal sole.

Il cane lo vide, rallentò.

– Vieni qui bello! Dài... – fece lui con una voce affettuosa.

L'animale rimase un attimo incerto.

Lui si piegò sulle ginocchia. – Dài, vieni qui. Non avere paura.

Il cane abbassò le orecchie e abbassò la testa e cominciò a scodinzolare con la coda stretta tra le gambe.

Una macchina sfrecciò sulla strada.

Lui fece tre passi, piano, trattenendo il respiro, cercando di non spaventare il cane, ma il cane non si spaventò e allora lui lo afferrò per la catena e lo strinse a sé.

Lei era nel bagno. Di fronte allo specchio. Si era lavata la faccia e ora si stava rifacendo il trucco. Guardò l'orologio. Tra una decina di minuti aprivano il gate.

Uscí dal bagno trascinandosi dietro il trolley. Il lungo corridoio era pieno di gente. Su un lato, in una rientranza, c'era una piccola libreria. Si avvicinò al bancone, diede uno sguardo distratto alla fila dei libri. Prese un romanzo di Simenon e si avvicinò alla cassa. C'era una persona davanti a lei.

Il cellulare cominciò a suonare.

Lui era ancora accanto alla macchina. Con una mano teneva il cane per la catena, con l'altra il cellulare all'orecchio.

Lei rispose, mentre pagava il libro. – Sí.

– Carla! Ho trovato un cane sul raccordo. Un bracco.

– Ah!

– È bellissimo. Qualcuno deve averlo abbandonato. È magro da morire.

Lei si avviò lungo il corridoio infilando il libro nella borsa. – Povero!
– Che faccio?
– In che senso?
– Lo prendo? Se lo lascio finirà sotto una macchina. Per poco non l'ho investito.
– E dove lo porti?
Ci fu una pausa. – Non lo so... Forse lo potremmo tenere. È buonissimo. Continua a scodinzolare. È di razza. Lei si fermò. Guardò l'orologio. – E la tua adorata libertà?
– Che c'entra? Un cane è un'altra cosa.
– È un'altra cosa? E chi se ne occuperà, io?
– No... Me ne occupo io...
Lei arrivò davanti al gate. Si mise in fila. – Lo porterai fuori? Gli comprerai da mangiare? Lo farai mangiare? Pulirai tu la casa dai peli? Lo porterai dal veterinario?
Silenzio, poi: – Ho capito. Non importa.
Lei diede il biglietto alla ragazza alla macchinetta. – Senti, sto entrando in aereo. Devo chiudere –. Si avviò nel finger.
– Fai come ti pare. Ci sentiamo stasera.
Chiuse la conversazione.

Lui infilò il cellulare in tasca. Si guardò intorno. Guardò il cane, gli diede due pacche sulla schiena e poi lasciò la catena, risalí in macchina e partí.

Il cane rimase lí, poi riprese a correre.

(2003)

Respira. Piano. Ma respira

Ogni volta che sale le scale è convinta che è morta. È morta e non le era accanto. I gradini a due a due. In apnea. Potrebbe prendere l'ascensore ma le viene la claustrofobia.. Meglio le scale. *Hhhhahhh hhhahhh prim... hhhahh hhahhh second... Uffff terzo piano. Odore di varechina. Giorno di pulizie. Finalmente. Con quello che si paga.* Attraversa il corridoio. È lungo. Scuro. Un merdoso color crema alle pareti che intristisce tutto. Un genio quello che ha disegnato l'arredamento. In quel corridoio ci sono 73 faretti alogeni con 63 lampadine Osram, 15 finestre e 24 prese elettriche, 36 sedie. Li ha contati la sera dell'operazione quando non tornava piú su. Quando le avevano raccontato che sarebbe stata sotto i ferri due, tre ore al massimo. Sei ore. Sei infinite ore.

Fumava e mentre sua madre era aperta come un pollo pensava a Pietro. Chissà dov'era? Perché teneva il telefonino spento? In mare aperto i telefonini non prendono. *Io qui con mia madre che muore. E tu in barca con quella stronza.* Si era appoggiata alla ringhiera, la sigaretta in bocca e aveva provato. Tre volte. *L'utente non è al momento raggiungibile.* E se avesse risposto, che gli avrebbe detto? *Scusa potresti mollare la barca e venire da me che sto di merda e mia madre sta morendo.* Quello si faceva il giro del mondo. Lo aveva conosciuto una settimana prima che partisse per la Grecia e due settimane prima che sua madre fosse portata in ospedale d'urgenza. Due volte. Avevano fatto l'amore due volte. E non aveva capito se per lui era sufficiente cosí o si riprendeva a settembre. Di lui le rimaneva solo uno stupido numero di un cellulare non raggiungibile.

Sua madre moriva e lei pensava a uno che probabilmente si scopava tedesche raccattate sulle spiagge di Rodi.

Ora avanza lungo il corridoio. Nella stanza delle infermiere si ride. Dev'essere la caporeparto. Gira a destra. Una specie di zombi le viene incontro ciabattando. Si trascina una gamba. Ha una sottana con sopra tanti bambi e tippete. Una fasciatura intorno alla testa gli copre un occhio. Struscia contro un muro. Lei accenna un sorriso. Lo zombi la supera come se non esistesse. Come se ci fosse un fantasma appollaiato sul distributore di caffè. Avanza. Una dorme su una barella. È quella della 124. Quella con il tumore all'esofago. La portano a operarsi? Quella con la figlia simpatica. Di Macerata. *Eccoci.*

Stanza 131. *Centotrentuno. È morta, lo so.* Apre la porta. Ed è morta. *Mia madre è morta.* A bocca aperta. È morta. Si avvicina. *No.* Non è morta. Respira. Piano. Ma respira. Ogni volta stessa storia. Ogni volta è convinta che è morta e invece respira. *Fa troppo caldo in questa stanza. Bisogna aprire. Aria. Quella cretina dell'infermiera negli ultimi giorni non c'è piú con la testa. Dev'essere perché il fidanzato l'ha lasciata. Ma che vuol dire, a tutti succedono cose brutte ma non significa che ti dimentichi il tuo lavoro, no?* Prima o poi deve dirglielo. Deve trovare il coraggio. Apre la vetrata. *Ahhh.* Le cicale. *Che bella giornata.* Roma è vuota. Stanno tutti al mare con questo sole. *Pietro perché non chiami? Che diavolo ti costa?* Si avvicina al letto. Le aggiusta il lenzuolo. Ha la fronte sudata e calda. Gliel'asciuga. La dentiera è in quel bicchiere da due giorni. Bisogna cambiare l'acqua. Anche la sacca dell'urina è quasi piena. *Ma che diavolo fanno in quest'ospedale?* La guarda. Poi le prende una mano. Come fa? Come fa a continuare? Le hanno tolto metà intestino. Poi le hanno tolto il settanta per cento dello stomaco. Ha un cuore che è un orologio. Il chirurgo dice che durante l'operazione non ha perso un colpo. Chissà quanti battiti ha fatto. Settantadue anni per... Quante volte al minuto batte il cuore? Se ne avesse uno piú debole forse... Prende la spazzola. Le pettina i capelli. Sono bianchi. Lunghi. Non li ha mai tenuti sciolti. A proposito dov'è la retina? Nella valigia. Bip. La macchina. Ogni tanto questa macchina che controlla le flebo fa qualche strano suono. È normale, dice l'infermiera. Da quando le hanno messo questa macchina non soffre piú. Chissà che intrugli di droghe le getta nelle vene. Solo che se n'è andata. Dorme sempre. Sembra in coma. È svenuta. Non c'è. Ma non soffre. Questa è la cosa importante. Il viso è disteso. La bocca è rilassata e tutte quelle rughe che le segnavano la faccia sono meno tirate. *Che ore sono? Le due e un quarto. Non ho ancora capito se c'è il fuso in Grecia.* Apre la borsa. Due bei tramezzini che sanno di cartone. Li poggia sul tavolo. Sposta la poltrona e la mette tra la stanza e il terrazzino. Un po' di respiro. Si siede. Addenta il tramezzino. Tira fuori dalla borsa «Amica» e due libri. Li ha comprati dal giornalaio qui sotto. Ha pensato che visto che passa tutto il giorno in quella stanza almeno legge. C'era poca roba. Ha preso *Kheops* di Christian Jacq. Lo ha comprato perché vuole capire perché ha avuto tanto successo, e poi l'antico Egitto le piace. Dev'essere una stupidaggine ma forse ti prende. E poi ha comprato il *Deserto dei tartari* di Dino Buzzati in edizione tascabile. Non ha mai letto Buzzati. Qualcuno, non si ricorda chi, le ha detto che è molto bravo. Chi gliene ha parlato? Continua a pensarci.

Non importa. Apre a caso e legge: «Ventidue mesi sono
lunghi e possono succedere molte cose: c'è tempo perché
si formino nuove famiglie, nascano bambini e incomin-
cino anche a parlare, perché una grande casa sorga dove
prima c'era soltanto prato, perché una bella donna invec-
chi e nessuno piú la desideri, perché una malattia, anche
delle piú lunghe, si prepari (e intanto l'uomo continua a
vivere spensierato), consumi lentamente il corpo, si ritiri
per brevi parvenze di guarigione, riprenda piú dal fondo,
succhiando le ultime speranze, rimane ancora tempo perché il morto sia sepolto e dimenticato, perché il figlio sia
di nuovo capace di rider...»
   Lo chiude. *Quanto tempo è passato? Quando mamma
ha incominciato a non mangiare? Che era? Un anno fa?
Di piú. Era Natale. Alla cena di zia Enrica. Madonna mia.
Sedici. Diciassette mesi. Ventidue meno diciassette. Cinque.
Cinque mesi. Non vivrà ancora cinque mesi e io allora non
sarò capace di ridere. È passato un mucchio di t...*
   – Maria? Ma...?
   Si è risvegliata. È tornata. Due giorni di buio e ora è qui.
A occhi chiusi. Apre e chiude la bocca. Come un pesce.
   – Ho sete, – sussurra. – Tanta sete.
   Le versa un bicchiere. Le alza la testa. Beve voracemen-
te e l'acqua le cola giú, fino a bagnarle la camicia bianca.
   – Piano che ti strozzi. Piano.
   Poi le poggia la testa sul cuscino. E l'asciuga. E la bacia.
Sulla fronte. Sulle guance. Le accarezza i capelli. – Come
va? – ripete. – Come stai mammina? Come va? – e la ma-
dre indica lo stomaco.
   – Fa male, vero?
   Fa segno di sí con la testa e poi apre gli occhi. Non li ri-
cordava cosí chiari. O forse si sono stinti negli ultimi due
giorni. Grigi come i ciottoli della spiaggia. Sorride. Appena.

– Ti ho vista, sai? Stavi leggendo? – dice con un filo
di voce.

– Sí. Leggevo.

Il telefonino squilla. *Ora? Adesso!*

– Scusami, mamma –. Apre la borsa. Numero non disponibile. E se...? Risponde.

– Pronto.

– Pronto Chiara!? Mi senti?

– Sí, ti sento. Pietro?

– Sono io. Sono a Rodi. Ho provato a chiamarti un sacco di volte. Non prendeva. Tutto bene?

Abbassa il tono della voce. – Sí... No, mia madre non
sta tanto bene.

– Mi dispiace. Senti, io torno tra una settimana. Ci ve-
diamo quando torno? Volevo sapere solo questo. Ti ho
pensata.

– Sí... Va bene.

– Bene. Ti devo salutare, scusa... Non ho piú soldi. Ti
bacio.

– Anch'io.

Abbassa.

Guarda sua madre. E sua madre è morta. È morta. No.
Respira. Piano. Ma respira.

(2000)

Alba tragica

– Ma che ore saranno?! E che fresco che fa.

Alvaro Beretta se ne stava buttato, mezzo assiderato dal freddo, su una panchina di Villa Borghese. Continuava a guardarsi il polso sperando che per magia si materializzasse un orologio.

Era ubriaco.

Parlava da solo.

Erano le tre meno venti di notte. E la temperatura era di qualche grado appena sopra lo zero.

Alvaro non era piú un giovanotto e tutto quel gelo che gli si infiltrava nelle ossa non gli faceva bene.

Il suo fisico cadeva a pezzi, praticamente.

Era grasso (il diabete mellito). Con una pancia tonda e gonfia che sembrava si fosse ingoiato un pallone da basket. In testa gli cresceva un cespo intricato di capelli bianchi e stopposi. Macchie di barba nascondevano i danni dell'acne giovanile. Sotto la narice destra gli cresceva un neo nero, bitorzoluto e peloso, che se lo avesse visto un oncologo si sarebbe messo a urlare. Il nasone, storto per una pallonata presa in faccia da ragazzino, pareva una patata lessa. E aveva due occhi piccoli, gialli e macchiati di sangue.

Quella sera Alvaro sfoggiava un vecchio loden lercio e con la fodera scucita, un golf a collo alto arancione, i pantaloni di una tuta da ginnastica e un paio di mocassini sformati. E per finire, annodata intorno al collo, una sciarpa della Sampdoria.

Scolò con un sorso la bottiglia di Stock 84, ruttò e tirò fuori dalla tasca una copia stropicciata dell'«Espresso» e cominciò a sfogliarlo.

– Ma guarda te che sfiga!

Gli giravano le palle.

Era arrivato fin giú al Pincio, poi si era fatto tutto il Muro Torto in salita e non aveva trovato neanche una macchina parcheggiata tra le fratte.

– Bastardi. Che fate, non scopate quando fa freddo, eh?

Alvaro era un guardone.

Un guardone professionista. Come un ninja, si nascondeva dietro i muretti, si mimetizzava tra gli alberi e spiava le coppiette nelle macchine.

E si masturbava.

Erano le seghe migliori, altro che quelle che si sparava, raramente (quando aveva qualche lira), nei cinema a luci rosse vicino alla stazione Termini.

Lí, dentro le macchine, a Villa Borghese, era tutto vero, non come nei film.

Al cento per cento.

«Dovete venire al parco anche voi. Ci vengono delle porche ma delle porche che valgono mille pornostar, – ripeteva sempre Alvaro agli altri barboni quando andava a dormire alla stazione, – delle ragazzine che sono delle vere cagne in calore, delle assatanate… Altro che Gessica Moscio o Bamby Ficarotta. Se avessi una cinepresa diventerei milionario, vaffanculo, un cazzo di milionario».

Ma invece questa notte gli aveva detto male.

Niente coppiette. Quasi che si fossero messi tutti d'accordo.

Alla fine Alvaro, disperato, frugò nei cestini e nei cassonetti del parco alla ricerca di riviste pornografiche.

Tutto questo perché due mesi prima tra cartacce, preservativi usati e resti di picnic marci aveva trovato un vero gioiellino. Si era quasi sentito male dall'emozione quando aveva tirato fuori dal cestino la rivista.

Si intitolava «Voglie proibite di minorenni svedesi». Delle dodicenni bionde e acerbe ma capaci di fare i numeri a colori. Il massimo, dopo le coppiette nelle macchine.

Aveva infilato la rivista, come uno scoiattolo preoccupato dall'inverno, dentro un tronco cavo. Proprio in previsione di serate come questa. Solo che quando l'aveva nascosta era completamente sbronzo. E quindi non aveva la piú pallida idea di quale albero fosse.

– Quanti tronchi cavi ci saranno a Villa Borghese? – si domandò e si rispose: – Che ne so, tantissimi, sicuramente piú di duecentocinquanta.

Non poteva mettersi a perlustrarli tutti.

– Guardate... guardate come sono ridotto... Guardate, brutti stronzi, vi odio. Vi odio tutti.

Alvaro prese a rivolgersi al mondo intero. A quel mondo cattivo che lo aveva esiliato a Villa Borghese. Ora che era ubriaco, dentro non sentiva dolore ma solo rancore e odio. Quelle poche volte che era lucido, invece, provava disgusto per se stesso, per il degrado in cui viveva. Perciò evitava di esserlo. In quei terribili momenti si rendeva conto di essere un alcolizzato all'ultimo stadio, un barbone che dorme nei giardinetti e uno psicopatico con gravi disturbi della sfera sessuale (glielo aveva detto un medico al centro di igiene mentale).

Frignava perché gli mancava casa, un letto caldo, un pasto decente e sua figlia Annarita. A volte, nella disperazione, prendeva la metro fino a Cinecittà e arrivava sotto il palazzo dove abitavano sua moglie e sua figlia e ci ronzava intorno come un moscone con la lampadina.

Ma non saliva mai.

– Quelle due troie mi odiano. Mi vogliono vedere morto. Io che mi sono fatto un culo tutta la vita per loro... Vaffanculo. Solo perché qualche volta sono andato a trovare Annarita, di notte. Non è colpa mia. Era lei che mi rompeva, che non mi lasciava in pace, che se la cercava, che usciva dal bagno mezza nuda, che si vestiva come una zoccola. Era lei... Le andava tutto bene e poi, figliadiputtana, è andata a dirlo alla vecchia.

La moglie aveva preso a urlare, aveva detto che chiamava la polizia e lui aveva cercato di farla ragionare. Ma niente. Alla fine gliel'aveva fatta mettere giú la dannata cornetta a forza di cinghiate.

L'aveva lasciata a terra, mezza morta, e se n'era andato via.

Ma quella notte non era in vena di nostalgie e si sentiva molto pragmatico nonostante tutto lo Stock 84 che aveva in corpo.

Questo passa il convento. Fai veloce. Ti fai una pippa e ti levi 'sta smania che prima o poi ti distruggerà. E poi ti sbatti a dormire sotto il tempietto, rifletté sfogliando velocemente la rivista, poi infilò una mano dentro il cappotto e prese a tirarsi il coso con forza.

Volò sull'economia, planò sulla politica estera ma a un tratto decelerò, inchiodandosi su costume e spettacoli.

Tombola! Bingo!

Alba!

Alba Parietti!

Un servizio fotografico di sei pagine sulla famosa showgirl. Alvaro era pazzo di Alba. Il suo fan numero uno. Tutto di quella donna gli piaceva. Non c'era una cosa che non lo facesse arrapare. E in quelle foto in bianco e nero, opera certamente di un grande maestro, la vide piú in forma che mai. Scosciatissima, con addosso una roba che chiamarla camicia da notte era un oltraggio al pudore.

E che gambe!

Pensa quando ti si avvinghia addosso!

E che bocca!

Pensa che ti può fare con quelle labbra.

E che provole che tiene davanti! Piú dure del marmo di Carrara.

Pensa strizzarle i capezzoli tra le dita! Prenderli a morsi. Farla urlare di dolore. E quegli occhi scuri che ti dicono: «Sono una grandissima porca, fammi tutto quello che vuoi».

Da stare male.

La sua mente non poté fare a meno di associare le foto della Parietti con quelle di «Voglie proibite di minorenni svedesi». Il connubio fu semplicemente delizioso. La fantasia di Alvaro galoppava scatenata facendosi il suo film a luci rosse. Prese a strapazzarsi l'uccello con rinnovato vigore. Una foto in particolare gli piaceva. Alba se ne stava a terra, carponi, mostrando impunita quel sedere tondo e perfetto.

Alvaro respirava come un bue con l'enfisema e sbatteva i piedi a terra e stava là là per venire quando un rumore lo disturbò sul piú bello.

Si bloccò.

Che è?

Passi. Passi sulle foglie. Alle sue spalle.

Chi è?

Scassacazzi!

C'era un sacco di gentaglia la notte nel parco.

Teppisti, barboni, tossici e froci e ronde della polizia.

Alvaro non aveva paura di nessuno, lo avevano sempre lasciato in pace ma porcalatroia arrivavano proprio sul piú bello.

Si rinfilò l'uccello nei pantaloni e bestemmiando si guardò intorno.

La scorse solo un attimo.

Una figura scura. Avanzava correndo nel prato.

Alvaro si mise il giornale in tasca.

Non riusciva a vederla bene. Appena la figura si illuminava della luce smorta dei lampioni scompariva tra le querce. Strizzò gli occhi di piú, e quando la sagoma uscí fuori dagli alberi ebbe una sorpresa.

Una bellissima sorpresa.

Una donna!

Sola!?

Naaa!!

Non poteva essere. *Che ci fa una donna sola?*

Sarà una barbona.

Strano però, non aveva mai visto una barbona correre in quel modo, cosí atleticamente, e fare sport alle tre di notte. La donna si avvicinava. I raggi della luna la tinsero di giallo.

La possibilità che fosse una barbona fu scartata immediatamente.

Era troppo giovane. E aveva un fisico mozzafiato. I capelli biondi, legati in una lunga coda, le arrivavano quasi al sedere. E aveva due gambe lunghe e snelle, che non finivano mai.

Il cuore prese a sbattergli in petto. Il respiro gli si strozzò in gola per la gioia. L'istinto del predatore, assopito dal freddo, si stava risvegliando rapidamente.

Si immobilizzò sulla panchina, come un felino pronto all'attacco.

La ragazza era coperta di poco e niente. Un pantaloncino che la fasciava come una seconda pelle. La canottiera, larga e bagnata di sudore, lasciava vedere ogni bendidio. Le tette salivano e scendevano in una danza soda e perfetta.

E la troia puntava decisamente verso di lui.

Una domanda che esigeva una risposta al piú presto gli disturbava quella visione sublime.

Che cazzo ci fa un pezzo di fica cosí, mezza nuda, di notte a Villa Borghese?

Era la classica domanda fastidiosa che implicava una riflessione, a cui Alvaro non voleva rispondere, troppo preso dall'apparizione.

Che ne so... Lavorerà tutto il giorno e solo a quest'ora troverà il tempo per fare attività fisica.

E poi sghignazzò: – E ora gliela do io una mano.

La ragazza era a poche decine di metri.

Le vide finalmente il volto.

E fu terribile, devastante, come ricevere un cazzottone in piena faccia.

Alba! Alb... Pa... Pa... Parietti!? Nohhh... Quella è Alba Parietti...

Doveva essere un'allucinazione.

Quella che stava avanzando verso di lui era uguale spiccicata identica ad Alba Parietti. Stessa bocca. Stessi occhi da cerbiatta in calore. Stesso tutto. Una sosia? No. Impossibile. Troppo uguale.

Ho esagerato con lo Stock 84, cazzo. Il delirium tremens!

Beppe, un alcolizzato amico suo, gli raccontava che quando arrivava la crisi aveva le allucinazioni. Solo che quello vedeva ragni e scarafaggi e non soubrette televisive.

Chiuse gli occhi, sperando che l'allucinazione passasse e invece era ancora là. La presentatrice gli sfilò accanto sculettando, sorrise, gli fece ciao con la mano e correndo si avviò per il viale alberato.

Tutti i dubbi furono fugati.

È Alba. Non ci sono cazzi!

Se la ricordava bene. Quando stava ancora a casa la vedeva sempre il giovedí sera su Tmc.

Ma com'è possibile?

Tanto per essere piú sicuro cercò disperatamente il servizio sull'«Espresso» e la confrontò.

È lei.

La domanda di prima gli si riaffacciò piú prepotente che mai nel cervello.

Che cosa ci fa Alba Parietti, mezza nuda, di notte a Villa Borghese? Con questo freddo polare?

Forse, buttò là Alvaro che non aveva molta dimestichezza con i vip, *fa bene! Forse il freddo le giova al fisico. Si sa, il gelo rassoda le carni.* Sul «Radiocorriere» aveva letto che Alba faceva una cifra di sport per mantenersi cosí.

Certo, non ci doveva stare tanto con la testa per girarsene da sola, senza guardie del corpo, nel parco.

Sei un'irresponsabile cara Alba.

Non aveva paura?

Tra poco ne avrà tanta. Alvaro sorrise e si alzò dalla panchina.

Quella povera sciagurata aveva avuto la grandissima sfiga di imbattersi nel piú fottuto sadopornoarrapato e stupratore di Villa Borghese.

Io a questa me la mangio. Me la ciuccio come un cremino al cioccolato.

Alvaro si risistema i pantaloni, si chiuse meglio nel loden e partí all'inseguimento.

Era davanti a lui, sul viale alberato, a un centinaio di metri. Alvaro correva come poteva. L'artrite, i pacchetti di Nazionali senza filtro, l'alcol e i piedi congelati complottavano contro di lui. Quella poi filava come una maratoneta. Alvaro strinse i denti, il cuore gli rombava nei timpani e accelerò non riuscendo però a guadagnare terreno.

Ora ti frego io...
Scorciatoia!
Alvaro sterzò improvvisamente e scavalcò la siepe che cingeva il viale con un salto azzardato. Inciampò e rotolò giú, come una valanga, per il costone erboso.
Si schiantò contro un albero.
Diomio che male.
Si rialzò a fatica smadonnando e a quattro zampe si arrampicò sull'altro versante. La milza urlava dicendogli di piantarla, il cuore gli era andato fuori giri e l'aria gelata gli turbinava nel palato facendolo grugnire come un porco.
Finalmente arrivò sulla strada. Si nascose tra le siepi.
Si aspettava di averla preceduta e invece Alba era là. Davanti a lui. In mezzo al viale.
Stava facendo ginnastica sotto un lampione.
Perfetto! Perfettissimo! Ora riprendo un attimo fiato e poi le salto addosso.
Si arrotolò la sciarpa della Samp intorno alla testa (*Cosí non mi beccheranno mai!*)
Alba, intanto, si era stesa a terra e faceva addominali tirando su le gambe e ripetendo: – E uno e due. E uno e due e tre...
Alvaro, invisibile come un sioux, si chiese per l'ennesima volta come facesse Alba a non avere freddo.
La vamp si rialzò, si avvicinò a una fontanella e come fosse stato un mezzogiorno d'agosto prese a gettarsi quell'acqua ghiacciata addosso.
Alvaro aveva l'impressione che quello show lo facesse apposta per lui. Che sapesse che lui era là, nascosto tra le fratte.
Rideva, si lisciava i capelli indietro, al rallentatore, come in una pubblicità del bagnoschiuma. La maglietta bagnandosi le si era appiccicata addosso mostrando di piú.

Tu non lo sai, tu non ti rendi conto di che ti faccio ora...
Non sai dove te lo sgnacchero...

Alba, come se avesse letto nei suoi pensieri, si tolse la canottiera e prese a strizzarla tra le mani.

Alvaro non capí piú niente.

Era troppo. Troppo.

– Vieni qua zoccola! Che ti faccio divertire io, – latrò non riuscendo piú a trattenersi e uscendo allo scoperto.

Alba si girò e per niente spaventata cinguettò felice come un passero: – Eccoti! Finalmente! Ti stavo aspettando.

Alvaro rimase attonito.

Cosa?

Fermo. A bocca aperta. Come un imbecille. Sembrava la statua di cera di un lobotomizzato.

– Sí, sí, divertiamoci. È vero. Sono una zoccola, – continuò lei avvicinandosi.

Ma che cazzo dice?

– Ti piacciono le showgirl in calore? Ho la passerina calda calda.

– Scusi, come ha detto? – balbettò Alvaro.

Non riusciva a pensare, a capire. Nel cervello aveva una vocina fastidiosa che gli ripeteva: *Aspetta un attimo! Non è cosí che dovrebbero andare le cose. Da che mondo è mondo, alla vista di uno stupratore che ti viene addosso, chiunque, pure la racchia piú cozza, scapperebbe o al massimo urlerebbe: Ti prego! Ti prego. No. Non mi far male! Ti do tutto quello che ho...*

– Come ha detto? Che mi stava aspettando?

– Che fai? Mi dai del lei? Lo sai che sei proprio antipatico, – fece Alba tirando su un broncio da bambina.

Dove si erano conosciuti?

Vabbè che la sua memoria cominciava a perdere colpi ma, cazzo, se lo sarebbe ricordato se avesse conosciuto Alba Parietti. Forse alla stazione Termini? Alla mensa della Caritas? No. Non frequentavano lo stesso giro.

– È proprio sicura che noi due ci conosciamo?

– Ma dài, Alvaro. Smettila. E levati quella sciarpa dalla testa. Non hai voglia di scoparmi? – disse la soubrette. Si sfilò i calzoncini rimanendo nuda e prese a massaggiarsi le tette sorridendo.

Alvaro finalmente capí.

Capí che c'era qualcosa che non quadrava proprio in tutta la faccenda. E non era che Alba Parietti gli dava del tu e che sapeva il suo nome. No. Non era quello.

Alvaro sapeva, come sapeva di essere vivo, che nessuno al mondo (neanche sua moglie la notte di nozze) avrebbe mai voluto essere scopato da lui. Questa era una delle poche certezze su cui aveva fondato la sua triste esistenza.

Alba intanto gli si era avvicinata e se lo guardava come se fosse stato un gigantesco babà.

– Amore!? Che hai? Non ti piaccio? Non mi vuoi?

Alvaro decise che era giunto il momento di smammare, di darsela a gambe, di volare via, di sparire alla velocità della luce.

– Sí, lei mi piace tantissimo solo che... ecco, io dovrei andare... ho un appuntamento... Mi scusi tanto.

– L'ho capito sai? Non ti piaccio. Va bene. Vattene. Però prima, almeno, dammi un bacino, – rise Alba mostrando una marea di denti storti, neri e cariati.

Che denti orrendi! E che alito micidiale!

Quella poveretta doveva soffrire di una gravissima forma di alitosi cronica putrescente. Dalla bocca le usciva un tanfo di fogna.

E che ha in faccia?

La pelle del volto sembrava animata.

Le belle labbra incominciarono a gonfiarsi e a scoppiettare in piccole vesciche purulente che spruzzavano silicone. Bubboni e brufoli le si sollevavano sulla fronte, diventavano gialli e poi esplodevano come vulcani magmatici facendo colare rivoli di pus che scorrevano come fiumi di lava tra piaghe sanguinolente, croste e pustole.

Allora è vero! La tele fa sembrare una gran fica anche un cesso... rifletté amareggiato il nostro eroe e poi rilassò la vescica e si pisciò sotto.

Non se ne diede pena. Si girò su se stesso e cominciò a galoppare come non aveva mai fatto in vita sua. Corse lungo il viale cercando di raggiungere l'uscita del parco. Via Aldrovandi.

– Alvaro! Dove vai? Scappi? AAASPETTAMI!

Sentiva, alle sue spalle, Alba chiamarlo.

– ASPETTTTTTAAUUUUUUHHH!!!

Girò un istante la testa.

E la vide. Lo stava inseguendo.

Non era possibile.

Alba correva a quattro zampe. Al centro della strada. Si era trasformata in una fottuta tigre. Falcava l'asfalto come una bestia feroce in un documentario sulla savana africana.

Alvaro Beretta accelerò, pistava come un disperato e per lo sforzo cominciò a scoreggiare, ma sapeva che Alba, o quello che era, stava guadagnando terreno e l'uscita del parco era troppo distante. Non ce la poteva fare. Alla sua destra, al lato del viale, si alzava una lunga cancellata, alta un paio di metri. Divideva il parco da via Aldrovandi.

Forse...

Alvaro si allungò bene, come un saltatore in lungo, e con un balzo afferrò le sbarre con entrambe le mani.

Provò a tirarsi su. A scavalcare il cancello.

Non ce la faccio. Non ce la faccio, cazzo. Scivolo.

Le braccia non ce la facevano proprio a tirare su tutta

quella trippa. E i mocassini non facevano presa sul ferro. Scivolava giú lentamente ma inesorabilmente.

– UUAAAAAAARRRRRHHHHH!!!!

Alba ruggiva alle sue spalle.

Alvaro, impotente come un primate spastico, continuava a rimanere avvinghiato alle sbarre della sua gabbia e a maledire Dio, quella notte e le presentatrici della televisione.

– UUUUAAAAAAARRRRRHHHHHHHHHHH!!!!

Alvaro si girò. Spalle al cancello.

E la ex Alba Parietti era là.

Accucciata sulle zampe di dietro, di fronte a lui, come un alano malato di gigantismo. Doveva essere alto almeno un paio di metri. La pelle, liscia come quella di una serpe e ricoperta di scaglie lucide e nere, brillava alla luce smunta dei lampioni. Proprio al centro della fronte gli cresceva un lungo corno ritorto e i padiglioni delle orecchie erano tondi e larghi come quelli di un pipistrello del Siam. Gli occhi erano due grosse biglie di lava rossa senza espressione. Le fauci spalancate mettevano in bella mostra una doppia fila di zanne lunghe come matite e taglienti come rasoi. A un lato della bocca pendeva una lunga lingua viola da formichiere.

Il mostro sembrava stranamente contento.

Scodinzolava la lunga coda da alligatore. E teneva la zampa destra sollevata, come un barboncino che chiede il biscotto.

Alvaro, spalmato contro il cancello, mugugnava con una vocina stridula da castrato: – Buono... Stai... buono. Sciò! Sciò! Vattene... Vai! Vai via!

Ma la bestia continuava a rimanere seduta e a scodinzolare.

– Vattene. Sciò! Vai di là, al Museo d'arte moderna. È

pieno di froci. Sono buoni i froci. Vai lí. Forza! – fece Alvaro cercando di darsi un tono da ammaestratore.

Forse, si disse, *questo bestione è come un cane. Se gli tiro un sasso quello lo insegue.*

Si inginocchiò piano piano continuando a tenere gli occhi puntati sull'essere. Rovistò con una mano a terra fino a quando non sentí una grossa pietra, l'afferrò e la lanciò dicendo: – Vai Bobbi, vai a prendere il…

La frase rimase mozzata.

Come la sua gamba.

La bestia con uno scatto improvviso e istantaneo del collo gli era calata su una coscia e con un solo morso gliel'aveva staccata dal tronco.

Era stata talmente veloce l'amputazione che per i primi istanti Alvaro non sentí nemmeno dolore. Solo stupore e meraviglia. La bocca di Alvaro si spalancò ma ne uscí fuori un singhiozzo strozzato. Si guardò l'inguine, dove fino a pochi secondi prima c'era stata la sua gamba. Ora c'era solo un fiotto potente di sangue arterioso che già aveva fatto una bella pozza rossa a terra.

Tirò su lo sguardo.

La bestia infernale si era accucciata a terra e stringeva tra le zampe la sua gamba con tanto di mocassino, calzino corto e resti di tuta da ginnastica, e se la mordicchiava soddisfatta come un cane con un osso nuovo.

Alvaro non poteva morire cosí, dissanguato, mentre quel mostro gli spolpava davanti la sua coscia.

– VAFFANCULO! VAFFANCULO! TI ODIO! – urlò piangendo e cercò un'altra pietra e voleva tirargliela contro, ma la bestia gli balzò sul petto e con una zampata gli portò via, in un colpo solo, la trachea, l'esofago, le vertebre cervicali e la giugulare.

Crollò giú, a terra, sotto quell'essere senza pietà. La testa decapitata gli pendeva, scomposta, accanto al busto, attaccata al resto del corpo solo per qualche filamento di cartilagine.

E mentre spirava rifletté che in fondo la sua morte sarebbe stata una liberazione per tutti: per Annarita, quella gran troia di sua figlia, per Assunta, quella spaccacazzi di sua moglie, per i preti bastardi della Caritas, per quei quattro pezzenti della stazione e anche per se stesso.

E quando oramai era tutto nero intorno a lui, fu accecato da un flash.

Si ricordò dove aveva nascosto «Voglie proibite di minorenni svedesi».

In un posto del cazzo. Nell'albero accanto all'ingresso del parco.

Poi il nero coprí definitivamente Alvaro Beretta.

L'essere finí di mangiare i resti del barbone, fece qualche metro svogliatamente e si accucciò sotto un eucalipto. Si acciambellò su se stesso come un cane che dorme.

E iniziò la metamorfosi.

L'enorme testa nera cominciò a fondersi con le zampe anteriori e quelle posteriori con il ventre. La coda si torse e si fuse con la schiena.

I tessuti si muovevano veloci, si riorganizzavano, le cellule dell'essere si differenziavano e si riaggregavano, tornando a uno stato embrionale e totipotente, e si trasformarono in un grossa palla di carne, una specie di polpetta rossa ricoperta di muco alta un metro e venti. Poi la polpetta cominciò a diventare ovale, ad allungarsi, ad assomigliare a un polpettone. Al centro si formò una specie di strozzatura che si strinse progressivamente facendolo sembrare prima un fagiolo e poi un otto che si ruppe lasciando due palle di carne identiche, alte un'ottantina di centimetri.

Tutto ciò avvenne in pochi minuti.
La metamorfosi fu rapida, silenziosa e indolore.

– Quindi secondo te è meglio Cocciante di Bruce Springsteen?
– Certo.
– Tu stai male. Come fai a dire una cosa del genere?
– Stai male tu. Guarda che Cocciante ha scritto delle canzoni bellissime...
– Sí. Perché Margherita è bella, perché Margherita è buona, ma vaffanculo. Vuoi mettere? Il Boss! Ma tu non lo hai mai sentito il Boss? Non lo conosci? È un mito. È l'immagine dell'America...
– Certo che lo conosco. Ho pure un paio di dischi. Mi fa schifo. È un bifolco, una specie di contadino tappezzato di jeans che sa solo urlare born-in-de-iuessei...
– Ti prego. A te piace Riccardo Cocciante, ti rendi conto? Con quei capelli... Lasciamo perdere.
Francesco D'Onofrio e Mauro Riccardi stavano litigando già da un buon quarto d'ora su questioni musicali.
D'Onofrio, nella sua uniforme da carabiniere, guidava la Uno blu attraverso Villa Borghese. Era stanco. Guardò l'orologio sul cruscotto. Le quattro e venti. Fortunatamente il turno era finito. Non sopportava piú quel coglione di Riccardi e la sua fissazione per Cocciante. Bisogna essere dei poveracci come Riccardi per preferire Cocciante al Boss. Lo guardò. Il suo collega se ne stava spaparanzato sul sedile, la divisa sbottonata e fumava. Che se li beccava un superiore ci andava anche lui nei guai. Insopportabile.
– Senti, passa attraverso il Pincio, – fece Riccardi gettando la cicca dal finestrino. – Cosí ci fermiamo al bar sulla Flaminia. Devo comprare le sigarette.
– Va bene, – tagliò corto D'Onofrio.

Sí, aveva voglia anche lui di fermarsi un attimo. Si sarebbe fatto un bel cappuccino, un cornetto con la crema e via in caserma. Per le sei, sei e un quarto, sarebbe stato a casa, da sua moglie.

Cambiò marcia.

La Uno prese velocità lungo il viale alberato. Era tutto deserto. Una notte tranquilla. Doveva essere il freddo. I platani mossi da una leggera brezza sembravano voler abbracciare la strada. Il cielo, buio, cominciava appena a schiarire a est. Sarebbe stata una giornata nuvolosa e probabilmente piovosa.

– Comunque tu non ci capisci niente di musica... – insistette ancora Riccardi a occhi chiusi.

D'Onofrio lasciò perdere. Come si fa a discutere con gli idioti?

Stavano oramai per uscire dal parco quando D'Onofrio vide improvvisamente, davanti alla macchina, apparire due figure. In mezzo alla via. A circa duecento metri. E si sbracciavano come se volessero fermare la volante.

– E mo'? Che succede? Che palle!? – sbuffò Riccardi e cominciò a chiudersi i bottoni della divisa.

– Che ne so io... – D'Onofrio rallentò.

Erano due uomini.

Uno piú alto e uno piú basso. Non riusciva a vederli bene. Troppo buio.

I due finalmente furono coperti dagli abbaglianti della macchina.

D'Onofrio strinse forte il volante e inchiodò. Riccardi fu proiettato in avanti e non prese una capocciata contro il vetro solo perché si parò con le mani.

– Che cazzo fai? Figl... – Riccardi non riuscí a finire l'insulto perché rimase a bocca aperta.

– Ma chi...? Chi...? Sono quei due?

– Quello è... è Cocciante... Riccardo Cocciante, – fece Riccardi.

– E quello è il Boss... È lui, – gli fece eco D'Onofrio.

Davanti a loro c'erano Bruce Springsteen e Riccardo Cocciante.

Loro.

Non c'erano dubbi.

Il Boss aveva un gilè di pelle, la bandana rossa in testa, i jeans stinti, gli stivali texani e la chitarra sotto braccio. Cocciante aveva i capelli immersi nel gel perché brillavano, un lungo cappotto nero, un golf girocollo e i pantaloni grigi.

Avanzavano spediti, al centro della strada, uno accanto all'altro, verso la macchina.

– Che cazzo ci fanno qui? A quest'ora? – domandò Riccardi.

– E che ne so... Forse avranno fatto un concerto... le prove, boh. Andiamo a vedere. Sembrano preoccupati. Ti rendi conto: il Boss, a Villa Borghese, di notte... – D'Onofrio fermò la macchina. Si mise il cappello. Aprí la portiera e scese.

Riccardi fece lo stesso, si avvicinò al collega e a bassa voce chiese:

– Dici che glielo possiamo chiedere l'autografo?

D'Onofrio fece segno di sí con la testa.

– È chiaro. Le rockstar non sono mostri, sono persone anche loro.

(1997)

A letto col nemico

– Il cobra non è un serpente, è una biscia fetente che ti appesta l'ambiente.

Sicuramente uno come Pastore avrebbe preferito passare la notte a studiarsi i poeti del dolce stil novo piuttosto che con una ragazza.

Ma siccome lui si chiamava Giovanni Minutolo e non Jacopo Pastore, se ne stava sotto la doccia e cantava la sua versione del *Kobra* della Rettore e si preparava spiritualmente e fisicamente a una notte di sesso.

Il mondo è bello perché esiste gente come Pastore.

Quella era la prima volta che Giovanni passava una notte con una ragazza.

Durante l'estate c'era stato qualcosa che ci si era avvicinato. Aveva conosciuto una francese, Florence, e ci aveva passato la notte sulla spiaggia, nello stesso sacco a pelo, e la francese si faceva baciare ma se provava a metterle una mano, ad esempio, su una tetta s'innervosiva parecchio e ripeteva come un disco rotto: «Voi italiani siete tutti uguali», e, niente, aveva passato una notte infernale combattendo contro zanzare, pulci d'acqua e il sergente francese.

Una vera fregatura.

Ma questa volta era diverso. Giulia non era chiacchiere e distintivo come la francese.

Era successo tutto con una rapidità assurda.

Si era imbucato a una festa di merda insieme a quel coglione di Pastore, si era scolato un paio di birre calde ed
era pronto per andare a finire il maledetto capitolo d'italiano quando a un tratto era apparsa, e appena aveva cominciato a parlarci aveva capito che in realtà non era una
ragazza ma il segno dell'esistenza di un principio primo,
un angelo mandato da un Dio generoso per mettere uno
stop alla sua verginità.

E tutto era andato come va nei sogni migliori. Giovanni aveva sparato stronzate, lei pure, si erano spaccati dalle
risate, lui le aveva detto: «Ce ne andiamo?»

Lei aveva detto: «Sí». Lui aveva detto: «Dove?»

E lei: «A casa mia».

Perfetto.

Da copione di film porno. Mentre uscivano gli si era
avvicinato Pastore, lo aveva preso da una parte e gli aveva mormorato: «E non studi?» «No, mi sa proprio di no.
Anzi, domani, alla professoressa Minniti dille: Minutolo
non ha studiato perché doveva scopare».

Ed erano andati a casa di Giulia.

I genitori non c'erano. Tutto da copione.

Avevano visto un quarto d'ora dell'*Armata delle tenebre*
e poi avevano cominciato ad aggrovigliarsi l'uno all'altra
come pupazzetti dall'anima di fildiferro.

Baci. Lingue che si annodano. Tastate. Reggipetti che
non si aprono. Strusciate pericolose. Capezzoli. Fischi.
Botti.

E quando finalmente stava per slacciarle il bottone del
tesoro, lei gli aveva ansimato in un orecchio: «Perché non
ti vai a lavare?»

Ahh. Nooo...

L'ascellone aveva colpito ancora. Che figura di merda.

L'aveva intossicata. Da quanto tempo non si dava una rinfrescata? In fondo neanche tanto.

Il giorno prima aveva avuto un rapido contatto con l'acqua, ma che cazzo ne poteva sapere che quella sera avrebbe rimorchiato.

Gli si erano annodate le viscere e aveva mugugnato con l'espressione di un cocker beccato a cacare in salotto: «Puzzo, eh?»

Non aveva aspettato la risposta ed era schizzato in bagno. Ecco perché ora si trovava sotto la doccia e cantava: – Il cobra non è un serpente, è un nanetto ignorante che odia la gente.

Giovanni studiò la lunga fila di barattoli di shampoo. *Voglio esagerare, mi lavo pure i capelli.*

La famiglia di Giulia doveva avere la mania dell'igiene. Ce n'erano di tutti i tipi.

Contro la forfora, per capelli grassi, al mughetto d'Irlanda.

Scelse quello alle alghe verdi di Svezia, chiuse gli occhi e cominciò a massaggiarsi il cuoio capelluto. Musica. I Pearl Jam. *Grande*. Il suo gruppo preferito.

Giulia doveva aver acceso lo stereo.

Riaprí gli occhi e lei era davanti a lui. Nuda.

– Posso fare la doccia con te? – gli domandò.

Giovanni, per l'emozione, riuscí ad articolare una risposta che sembrava inglese ma non lo era.

Giulia era bellissima.

Aveva due tette che il novantanove per cento della popolazione femminile italiana avrebbe firmato un assegno in bianco per averle. Una pelle liscia che... due cosce che... Era bellissima e basta.

Sentí che qualcosa del suo corpo reagiva a quella visione.

Abbassò gli occhi e balbettò imbarazzato: – Toh! Che fenomeno singolare.

Lei sorrise, entrò nella doccia e cominciò a baciarlo e a toccarlo.

Com'è bella la vita e che posto magnifico è il mondo, si diceva Giovanni, *basta pochissimo: una doccia, una donna, e sei felice come una Pasqua.*

Un vortice d'acqua e baci e alghe svedesi e musica lo avvolgeva e rendeva tutto migliore.

– Andiamo di là? – disse Giulia con una vocina da 144.

– Ok.

Giovanni uscí dalla doccia.

– Mi passi l'asciugamano? – domandò Giulia. Giovanni si avvicinò alla mensola dove erano impilati gli asciugamani. – Quale vuoi?

– Quello rosa, in alto, quello con su ricamato «B. M.».

– Baciami Molto?

– No, Beatrice Minniti. Mia madre.

La prima cosa che accadde fu che l'erezione vigorosa di Giovanni si afflosciò come un gommone squarciato, la seconda fu che la birra, le patatine e l'insalata russa che aveva mangiato alla festa stabilirono che erano stanche di essere digerite e decisero di uscire da dove erano entrate.

– Beatrice Minniti? – mormorò Giovanni.

– Sí, ma che hai? Ti senti male?

– Beatrice Minniti, professoressa d'italiano?

– Sí. Lei.

E a quel punto ci fu tutta una serie di rumori.

Scloc, scloc, gnieeeeiiii sclang. E poi oltre la porta: – Giulia? Siamo tornati!

Che fregatura è la vita e che posto schifoso è il mondo, si disse Giovanni, *basta pochissimo: una doccia con la figlia della professoressa Minniti e la professoressa Minniti che rientra a casa, e sei nella merda fino al collo.*

Ancora: – Giulia! Dove sei?

Giulia si infilò le mani nei capelli: – Oddio! I miei! Dovevano tornare domattina! – Si mise a saltellare per il bagno come un pugile che combatte contro lo spettro di Rocky Marciano. – Cazzo cazzo cazzo cazzo –. Poi vide Giovanni.

Era sulla tavoletta del cesso e aveva ficcato la testa e un braccio in una finestrella. – È troppo piccola! – urlò a bassa voce. – Sono fottuto! – E intanto in soggiorno: – Giulia dove sei? – Sono in bagno mamma, arrivo! – E poi a bassa voce: – Che fai? Scendi da là sopra! – Non posso! Sono incastrato! Aiutami!

Giulia strappò Giovanni dal suicidio.

Erano al terzo piano. – Sei impazzito?

Giovanni, con le pupille dilatate e un rivolo di sudore freddo che gli scendeva lungo il collo, afferrò Giulia per le spalle: – Tu non capisci! Tua madre è la mia professoressa d'italiano! Sono finito. Ho chiuso con la scuola, non mi resta che il lavoro minorile.

E intanto in cucina: – Abbiamo comprato la caciotta che piace a te. Vieni.

– Hanno comprato la caciotta che piace a te. Hanno comprato la caciotta che piace a te, – ripeteva Giovanni dando capocciate contro il muro.

– Piantala! – Giulia afferrò i vestiti di Giovanni e glieli mise in mano. Poi aprí uno spicchio di porta e guardò fuori. – Ascoltami. Vai nello studio. Vestiti. Io li trattengo in cucina e tu, senza far rumore, esci. Ce la puoi fare?

– Ci provo.

– Bene.

Giulia gli diede un bacio sulla bocca e lo spinse, come mamma lo aveva fatto, fuori dal bagno.

Sicuramente uno come Pastore non si era mai messo in una situazione cosí merdosa.

Ma siccome lui non era Jacopo Pastore ma Giovanni Minutolo, stava steso, come una mummia nel suo sarcofago, sotto il letto della sua professoressa d'italiano. Per giunta nudo.

Giulia aveva combinato un bel casino. Lui ci era andato nello studio ma dopo neanche un secondo, mentre si vestiva, si erano accese le luci e qualcuno era entrato e lui si era gettato come un portiere di calcio dietro il divano. Per un miracolo non lo avevano beccato.

Strisciando era entrato in una stanza che aveva scoperto essere la camera da letto della professoressa e si era nascosto sotto il letto.

Anche qui le luci si erano accese e il marito della professoressa si era infilato il pigiama e si era messo a letto. Quello schifoso non si era neanche andato a lavare i denti.

Poco dopo era entrata pure la professoressa e si era messa anche lei nel letto.

A quel punto Giovanni era bello che fottuto.

Se ne stava immobile, con il naso contro le molle della rete, e mentalmente bestemmiava.

Li sentiva chiacchierare. Parlavano dei programmi del giorno dopo.

Il marito diceva: – Domani ho una giornata infernale. Esco presto e torno tardi.

E la professoressa: – A chi lo dici. Io ho l'ultimo turno d'interrogazioni. Ci sono certe bestie che ti fanno uscire dai gangheri... Ma se domani mi fanno lo scherzetto di non venire li rimando, giuro su Dio li boccio.

Giovanni voleva piangere ma non poteva. Perché gli stava succedendo tutto questo?

E, colmo dei colmi, le molle cominciarono a cigolare e

il letto ad agitarsi e il marito cominciò a grugnire e la prof Minniti ad ansimare.

Giovanni si era ridotto a una sogliola per non essere schiacciato. *Non è possibile, sto sentendo in diretta la copula della mia prof d'italiano.*

Fortunatamente durò poco. Si spensero le luci.

– Buonanotte, – disse il signor Minniti.

– Buonanotte, – disse la professoressa Minniti.

Buonanotte al cazzo, pensò Giovanni.

Quando, la mattina dopo, uscí da sotto il letto Giovanni sembrava uno zombi. Ma non uno fresco, uno in avanzato stato di decomposizione. I capelli, dritti in testa, assomigliavano a quelli del cantante dei Sex Pistols dopo un incontro con gli alieni. Gli occhi erano biglie rosse come quelle di un topo albino. Aveva due borse che parevano due Samsonite. Non era riuscito a chiudere occhio, il signor Minniti russava peggio di un terranova col raffreddore. E aveva tutte le ossa rotte come se gli fosse passato sopra l'intercity Roma-Milano. Era rimasto rintanato fino a quando non li aveva sentiti uscire di casa.

Giovanni si trascinò verso la cucina, doveva bere una tanica d'acqua.

Trovò Giulia seduta al tavolo che faceva colazione. – Che ci fai tu qui? – disse lei stupita. – Non eri uscito?

– Zitta. Sto malissimo. Ho passato tutta la notte sotto il letto dei tuoi genitori. È stata l'esperienza piú orrenda della mia vita. Voglio solo morire.

Si attaccò alla bottiglia di Uliveto e ne fece fuori metà, poi guardò l'orologio e con una voce d'oltretomba disse: – Io devo andare, scusami. Sto facendo tardi.

– Dove vai?

– Indovina. A scuola. Dove posso andare? Tua madre

mi deve interrogare. Ciao. Ci sentiamo –. E si avviò alla
porta come un condannato a morte.

– Ho una bella cosa da dirti, – fece lei alzandosi e pren-
dendogli una mano.

– Di'. Tanto non credo piú nelle cose belle.

– Stanotte ho preso il registro di mia madre e ti ho messo
otto. Quindi puoi stare tranquillo. Ora fai colazione, poi
ti fai un bagno caldo e poi… Io a scuola non ci vado oggi.

– Non ho capito. Puoi ripetere? Mi hai messo otto?

– Esatto.

– Otto? Otto, quello fatto con due tondi, uno sull'altro?

– Otto.

Giovanni si gettò in ginocchio, come se davanti a lui
fosse apparsa la Vergine Maria, e cominciò a baciarle le
mani. – Io ti stimo. Anzi, ti adoro. Tu sei la donna in as-
soluto migliore nella storia dell'umanità. Maria Goretti al
tuo confronto è una teppista. Otto. Neanche quello stronzo di Pastore ha mai preso un otto con quella… con tua
madre. Io ti amo. Io ti voglio sposare, io ti porto subito
a Las Vegas…

Lei lo tirò su: – Perché non stai un po' zitto?

– Perché non posso.

E invece poté. Lei gli aveva infilato la lingua in bocca.

Due ore dopo si trovava nel letto di Giulia, e le poggiava la testa su un seno. Il cuscino migliore del mondo.
Guardavano la fine dell'*Armata delle tenebre*. Ora sí che
stava bene.

Sentiva il sonno afferrarlo dolcemente, gli occhi che si
chiudevano. Ma prima di crollare doveva farle una domanda, una domanda idiota che però continuava a infastidirlo
come una zanzara assetata.

– Senti. Ti devo fare una domanda. Tu, dopo che l'ho

fatta, penserai che sono un poveraccio. Se mi prometti che non lo penserai te la faccio, sennò no. È una domanda tremenda ma...

– Che cosa?

– Giuralo.

– Lo giuro.

– Come... eeehhhrrr... Ho un groppo alla gola... Come... Come sono andato? Ecco, l'ho detto. Dimmi la verità. Ho fatto schifo?

Giulia sorrise, poi si mise un paio di occhiali da vista e con un tono da maestrina disse: – Io le darei un... un... Un bell'otto signor Giovanni Lojacono. Un bell'otto pieno.

Giovanni si tirò su.

– Che c'entra Lojacono? Io mi chiamo Minutolo.

– Non ti chiami Giovanni Lojacono?

– Lo saprò come mi chiamo, no? Giovanni Lojacono è un mio compagn... Noooo –. Finalmente capí.

Una morsa terribile gli attanagliò lo stomaco. – Non dirmelo, ti prego, non dirmelo. Non dirmi che hai messo otto a quel coglione di Lojacono!

Vide Giulia abbattersi sul letto, le mani sul volto, e cominciò a ridere.

– Vaffanculo. Sono fottuto. Devo correre a scuola, forse riesco ancora...

Si alzò dal letto e si vestí in fretta e furia, poi fece un salto e disse: – Donna, tu non ti muovere, resta là. Vado, salvo una carriera scolastica e torno.

E scomparve oltre la porta.

(1999)

La figlia di Shiva

Questo è il primo racconto che ho scritto in vita mia. Mi è venuto fuori, spontaneamente, durante un viaggio in India che ho fatto mentre ero all'università, potevo avere venticinque anni. L'occasione è nata da una terribile intossicazione dovuta all'assunzione spregiudicata di un bicchiere di *lassi*, una bevanda della tradizione ayurvedica a base di yogurt e acqua. Dopo tre giorni passati in bagno sono uscito dimagrito di un paio di chili e con questa storia in testa. «A chi la devi far leggere?» mi ha chiesto il mio amico Sergio. Ho sollevato le spalle. «A te. E se non la vuoi leggere, prima o poi qualcuno lo troverò».

Una grassa signora americana con una Nikon a tracolla camminava per i luridi vicoli di una cittadina indiana. I capelli biondi raccolti in un'unica treccia, la pelle bianca arrossata da quel sole forestiero. Grossi occhiali con una montatura massiccia di tartaruga e legno di sandalo coprivano gli occhi miopi. Era vestita con semplicità. Una maglietta azzurra e pantaloncini coloniali color panna. Ai piedi, sandali con la suola di sughero. Aveva abbandonato il gruppo con cui era partita da Seattle per continuare a curiosare indisturbata nei vicoli della cittadina. Gli altri, stanchi del caldo e della bolgia, se n'erano tornati in albergo, a fare il bagno in piscina, a immergere i piedi gonfi nell'acqua tiepida. Lei non capiva il loro atteggiamento di superiorità nei confronti degli indiani e il loro continuo fastidio per la povertà e la mancanza di igiene del Paese. Non riuscivano a vedere oltre la punta del loro naso. Quello, almeno secondo lei e altri luminari che si erano occupati del problema, era un sistema regolato perfettamente da secoli e aveva prodotto una tra le piú complesse e affascinanti culture di tutto il pianeta. Era stato terribilmente imbarazzante passare quei giorni con le sue amiche che non si avvicinavano a un piatto locale, che non toccavano con le mani nemmeno i bambini per paura di chissà quali malattie mortali. Avevano finalmente mostrato il loro vero volto e questo l'aveva ferita. Razziste, questa era la

parola. Era terribile vederle storcere il naso: tutto faceva
loro schifo. Oh Dio che orrore! Oh Dio che impressione!

Lei però era diversa, era partita con un altro spirito.
Era venuta per provare a immergersi in qualcosa di nuovo,
qualcosa che le avrebbe aperto gli occhi su un'altra possibilità, su un mondo lontano e affascinante. Questo viaggio le faceva bene, una dose massiccia di autocoscienza,
uno sviluppo, una maturazione. L'unico modo per capire
era provare tutto, non aver paura, perdere le inibizioni.
Al massimo cosa sarebbe potuto capitarle? Un corri-corri
al gabinetto. Anzi, nell'ultimo periodo, nonostante i cibi
indiani, si era sentita quasi occlusa. Continuò a camminare
lungo il vicolo e andò a curiosare in una serie di negozietti.
Dei bellissimi orecchini d'argento e corallo la catturaro-
no, e dopo aver contrattato un prezzo adeguato li comprò.
Faceva un caldo d'inferno e il sole alto nel cielo sparava le
sue lame di calore infuocando l'abitato. Superò altre baracche e si inoltrò in una viuzza, distratta dal suo nuovo
acquisto. Case sgangherate si affastellavano una sull'altra
chiudendole la visuale. Delle donne dormivano su letti ai
lati della strada polverosa, provate dall'afa del pomeriggio. Entrò in un vicolo laterale. Era buio e poco invitante,
ma in fondo si intravedevano molti indiani seduti attorno
ai tavolini di un bar in un'angusta piazza. Mangiavano e
bevevano. Si avvicinò. Quello doveva essere un posto al
di fuori dei percorsi turistici. Andando avanti ebbe come
l'impressione che fosse un posto non accessibile a tutti.
Scavalcò con agilità due grosse pozzanghere e finalmente
arrivò nella piazza. Si sedette a un tavolo libero. La gente
si voltò a guardarla, smettendo di bere e di mangiare. Le
sembrò che tutti improvvisamente tacessero. La situazione era un po' imbarazzante, ma forse per la prima volta

da quando era arrivata in India percepí di essersi calata in un mondo nuovo, lontano mille miglia dai posti turistici, finti, di plastica, dove l'avevano scarrozzata fino ad allora. Forse, pensò sorridendo, era la prima occidentale a finire in quel posto.

Ordinò qualcosa da bere. Era assetata. L'uomo che venne a servirla era piccolo e magro. Aveva grandi baffi e occhi accesi, spiritati. In un inglese stentato le spiegò che quello non era un locale come gli altri. Lí si andava a bere un liquore molto speciale: le lacrime di Shiva. Non avevano altro da offrirle, era terribilmente dispiaciuto. Spiegò che i pellegrini arrivavano a piedi e in torpedone da tutta l'India per provarlo almeno una volta. Era un momento importante nella vita di ogni credente. Quando l'americana, incuriosita, chiese di cosa fosse fatto il liquore, l'indiano spiegò che la ricetta era un segreto custodito da secoli. Insistette per farglielo assaggiare. Di fronte a tanta gentilezza, l'americana, titubante ed eccitata, non seppe dire di no.

Ora, bisogna sapere che gli ingredienti di questo cocktail esotico sono molti e vengono tramandati oralmente di generazione in generazione. Solo i monaci tibetani possiedono una versione della ricetta, scritta in sanscrito molto tempo fa. Tra gli elementi essenziali si contano: escrementi di vacca sacra, urina di Sadu (santone indiano) lasciata stagionare, acqua del Gange, alcol etilico, zucchero, lampone, latte fermentato, larve di zanzara macinate, bava di lebbroso, carne di montone frollata al sole e materiale organico. La signora aspettò a lungo. Lo avrebbe raccontato alle figlie e al marito una volta a casa. Avrebbe voluto scattare delle fotografie, ma immaginò che gli altri avventori del bar non sarebbero stati molto contenti. Timidamente prese in mano la macchina e chiese a un attempato vecchietto pelle e ossa seduto accanto a lei se poteva farle il piacere d'immortalarla. L'anziano nonostante l'età era sveglio, e dopo poche spiegazioni sul funzionamento dell'apparecchio le disse di mettersi in posa.

Tutti gli indiani si mossero e si disposero attorno a lei, un po' come nelle foto delle squadre di calcio. Fantastico, pensò, quale gentilezza, era la prima volta che vedeva gli indigeni cosí disponibili e carini. Il vecchio pelle e ossa disse di sorridere. La macchina scattò mentre lei stava mostrando uno dei piú bei sorrisi da quando era arrivata in India. Dopo la fotografia la situazione pareva essersi fatta piú intima: tutti le si avvicinavano chiedendole informazioni sulla sua vita, sull'America e su Clinton. Le domandarono se le piaceva l'India. Era il posto piú bello del mondo, rispose. Stava particolarmente bene con quella gente semplice e affettuosa. Attese un altro po', tanto che le venne voglia di urinare. Era da parecchio che la tratteneva. Si alzò scusandosi. Entrò nella bettola che affacciava sulla piazza. Dentro era scuro, la luce sembrava morire sull'uscio. Al centro della stanza, seduta a un tavolo, una giovane intrecciava teste d'aglio facendone cordoni. L'americana chiese timidamente dov'era il bagno. La ragazza senza parlare le indicò una porta nascosta dall'oscurità. Mentre si muoveva nella direzione indicata, la sua attenzione fu richiamata da luci tremule che brillavano fioche ai lati di una fotografia appesa alla parete. Si avvicinò incuriosita. La foto, chiusa in una cornice d'argento, mostrava una donna bianca – forse tedesca, visto il pallore della carnagione – seduta come lei al centro della piazza, stretta tra gli indiani. Osservando attentamente ne riconobbe qualcuno che si era fatto fotografare anche con lei. Doveva essere un posto veramente un po' speciale questo bar, si disse, se quando uno straniero arrivava ne incorniciavano la foto. Vicino ai candelieri, sotto la foto, erano poggiati petali rossi e ciotole con del riso. C'era anche una mela, aperta in quattro grossi spicchi. Sembrava un altarino devozionale. Non sapeva cosa pensare. Chiese all'indiana se quella donna ritratta fosse una sua amica. Questa annuí senza mostrare di aver capito le sue parole, probabilmente non parlava inglese. Non ci stette a pensare troppo e andò in bagno.

Quando rientrò nella piazza la gente aveva ripreso a parlare come prima, gli avventori le sorrisero mentre lei si rimetteva al suo posto. Ancora non era tornato il cameriere, che sembrava essersi dileguato nel nulla. Dalla borsa tirò fuori la guida e si mise a leggere. Dopo un po' giunse finalmente il cameriere, portando su un vassoio un bicchiere alto e lavorato contenente la misteriosa pozione. Aveva un aspetto molto sacrale con quel vassoio d'argento tra le mani. La gente fece spazio per farlo passare. Il chiacchierio generale si attenuò rapidamente fino ad arrivare al silenzio. Delle nuvole scure e cariche d'acqua nascosero il sole dietro le loro sagome frastagliate. Sembrava che anche i corvi, appollaiati sui tetti, non gracchiassero piú. Il rumore dei clacson lontani era sparito. Tutti si girarono verso di lei, come quando il gringo pistolero entra nel saloon. Si sentí sola come mai prima nella vita, un senso di angoscia la strinse in una morsa. Nel cervello o forse piú nel profondo udí una voce lontana che le diceva di non bere. Di lasciar perdere. L'uomo prese il bicchiere e glielo porse. Lei lo accettò. Rimase un attimo affascinata dal colore rosso della bevanda. Era densa e consistente. Voleva rinunciare ma non poteva. Sarebbe stata una grave offesa, forse addirittura un atto blasfemo. Tutti gli sguardi erano su di lei. Attendevano. Aveva osato troppo, era giunta dove nessun bianco si era mai spinto.

Questo era un rito iniziatico, si disse, probabilmente una cerimonia su cui era stata costruita tutta la religione induista. Immaginò di essere una giovane e avvenente sacerdotessa che compiva il sacrificio finale a Shiva. Quelli intorno non erano semplici avventori, ma adoratori di divinità occulte. Alzò il bicchiere esponendolo ai raggi del sole. Il liquido denso pareva brillare sotto la luce. Di colpo portò il bicchiere alla bocca e in un solo grosso sorso ne buttò giú il contenuto. Ebbe la sensazione che fosse buono ma molto dolce, cosí zuccheroso da impastarle la bocca. Le salí al palato un retrogusto amaro, forte, cosí forte da riscaldarle l'esofago, lo stomaco. Sentí un fuoco nascerle nelle viscere, un calore invadere gli epiteli. Avvertí il passaggio della micidiale bevanda all'interno del suo apparato digerente, mille aghi arroventati penetrarle la mucosa dello stomaco. Il fuoco tornò su di nuovo, come nelle ciminiere delle raffinerie, fino alla gola. Il gusto amaro e salato di un liquido che le riempiva la bocca. Sangue. Sputò, e con sua grande sorpresa vide che oltre al sangue aveva sputato materiale organico: mucosa gastrica. Urlò, urlò a lungo, un suono sordo e inumano che riempí l'aria di un odore di morte, dell'odore delle macellerie dopo la mattanza. Strabuzzò gli occhi e incominciò a irrigidirsi sotto la spinta di scosse tetaniche. Cadde prima in ginocchio e guardò, solo per un attimo, chi l'aveva avvelenata, poi le palle degli occhi le si rivoltarono lasciando solo il bianco. Si piegò inesorabilmente e in un ultimo disperato tentativo provò a rialzarsi, ma fu tutto inutile. Sballottata dagli spasmi, si gonfiò come un cadavere lasciato a decomporsi in un lago. I pantaloni troppo tesi non la contenevano piú. La pressione che si era accumulata sul bottone della patta lo spedí assai lontano. Il rumore che emetteva era quello di una pentola a pressione scassata. Viola, verde, gialla e finalmente rossa come l'acciaio arroventato, esplose in un boato assordante. Pezzi di materia organica vennero lanciati con forza tutt'intorno. La testa, l'unica parte ancora integra, vibrò a lungo come una meteora impazzita e poi decollò perdendosi lontano, piú lontano di quanto potreste mai immaginare.

Tutti gli avventori intorno, sebbene sporchi di sangue e di pezzettini di carne, ebbero la presenza di spirito di applaudire. Bene, brava, bene, dicevano. Poi, di fronte a tanto, si genuflessero e iniziarono a pregare. Si rialzarono in silenzio. Scrostarono dai muri il sangue coagulato, raccolsero i pezzi di carne che si erano spalmati su tutta la piazza. Una gamba si era conficcata in un pertugio tra i mattoni del muro. Una mano fu ritrovata sotto un tavolo. Fecero un lavoro fatto bene. In poco tempo raccolsero tutto quello che rimaneva del corpo della grassa americana e lo misero in un'enorme zuppiera intarsiata. Poi, salmodiando, la processione con a capo il cameriere e la zuppiera entrò nel bar. Cantando, mentre le donne si piegavano recitando antiche preghiere di morte, fecero ingresso nella cucina annerita dal fumo. Al centro, un pentolone bolliva producendo un fumo scuro e tossico come quello di Seveso. Tre donne insieme giravano la broda con un grosso bastone. Tutti si inginocchiarono e il cameriere, il grande sacerdote, versò i resti dell'americana nel liquido. Finalmente tutti gli ingredienti erano stati aggiunti. Continuarono a pregare tutta la notte di fronte allo zuppone. Poi

portarono a sviluppare il rullino con la foto della cicciona e
sostituirono la fotografia nella cornice. Il sorriso dell'americana troneggiò, da quel momento immortale nel cesso.

(1993)

Fa un po' male

Se Angela Milano, studentessa al terzo anno in odontoiatria, avesse fatto un pompino a Robbi Cafagna tutta questa triste vicenda non sarebbe mai avvenuta e io non starei qui a raccontarvela.

Ma una sorte amara volle che proprio quel pomeriggio Angela, dopo una lunga discussione con l'amica del cuore Verdiana Ceccherini, decise di cessare, almeno per un po', quest'antica pratica orale che, a suo giudizio, rischiava di definirla solo per una delle sue innumerevoli qualità...

A quei tempi Angela divideva l'affitto di un appartamentino uso foresteria (2 camere salottino angolo cottura bagno terrazzino calpestabile zona romanica no stranieri no agenzie) con la sua compaesana Verdiana Ceccherini.

Verdiana era rientrata a casa tutta trafelata, aveva gettato la borsa con i libri sul divano e aveva avvertito l'amica che una voce antipatica si era diffusa per tutta la facoltà.

«Cosa dicono?» aveva chiesto Angela levando il naso dal saggio *Confidenza emotiva* di Gael Lindenfield (imparare a conoscere i sentimenti per controllare il proprio temperamento).

«Be'... Dicono che...»

«Allora?»

Verdiana aveva preso una bella boccata e aveva detto: «Che fai i pompini a chiunque ti porti a cena fuori».

Sulle prime Angela si era scandalizzata, ma, consultando l'agenda, aveva dovuto ammettere che negli ultimi due mesi, praticamente tutte le sere, tranne quando tornava dai suoi a Frosinone, era uscita a cena fuori con un ragazzo diverso. E si era resa conto che dopo mangiato, immancabilmente, gli aveva fatto una pompa.

«Ma perché?»

Angela ci aveva pensato un po' sopra. «Ma cosí... Mi offrono la cena... Mi viene spontaneo... Per ringraziarli, ecco».

La voce si doveva essere sparsa, come un virus, per la facoltà, e infatti, le aveva fatto notare Verdiana, la segreteria telefonica era piú intasata di quella di un dentista. Inviti al ristorante, al pub, in pizzeria, a cinesi e trattorie per i prossimi sei mesi. E, crudele, aveva aggiunto che al corso di biochimica le avevano dato pure un soprannome: Idrovora.

«Idrovora?»

«Sí, cosí ti chiamano».

«E che vuol dire?»

Avevano dovuto consultare il dizionario Zanichelli.

Atto ad assorbire o smaltire rapidamente masse d'acqua. Pompa I. (o assol. Idrovora s.f.).

Angela era diventata tutta rossa, si era messa una mano sulla bocca e aveva cominciato a singhiozzare.

Verdiana aveva consigliato ad Angela di seguire almeno due regoline.

Numero 1: Mai pompini al primo incontro.

Numero 2: Una pizza e una rosa dell'indiano non valgono un pompino.

Quella sera Robbi Cafagna pagò le conseguenze delle nuove norme proibizionistiche in materia di fellatio di Angela Milano.

A mezzanotte meno un quarto Robbi Cafagna stava seduto al volante della Micra di sua madre e riaccompagnava a casa Angela Milano.

Era felice. Era vicino alla meta e il cervello gli volava a quando finalmente l'Idrovora glielo avrebbe preso in bocca e avrebbe cominciato a suggere.

Angela trafficava da cinque minuti nel cassettino del cruscotto.

Queste erano le classiche cose che gli facevano girare i coglioni. *Ma che è la macchina tua?*

Robbi sbuffò e poi le domandò zuccheroso: – Che cerchi?

– Un po' di musica. Tu non parli. Sei cosí silenzioso, – Angela trovò una cassetta nera. – Che non ti piace la musica?

– Sí, ma non quella che piace a mia madre.

– Che musica piace a tua madre?

– Che ne so... Roba vecchia.

– Sentiamo –. Angela infilò la cassetta nell'autoradio. I Supertramp cominciarono a cantare *Breakfast in America.*

– I Supertramp! Li adoro! – Angela iniziò ad agitarsi come se avesse il Parkinson.

– Che merda! – gli uscí a Robbi.

– Sono bravissimi, perché non ti piacciono? Piacciono a tutti. E a te no. Tu devi fare il diverso. Ora voglio una spiegazione logica del perché non ti piacciono.

La detestava, aveva un tono da prima della classe, da so tutto io. Non fosse stato per il pompino l'avrebbe scaraventata fuori dalla macchina.

– Non mi piacciono. Non mi piace la loro musica.

Lei scosse la testa. – Questa non è una risposta intelligente. Ritenta e sarai piú fortunato.

Lui sbottò, non ce la faceva piú. Stava esagerando. – Perché sono una manica di frocioni. Con quelle vocine che sembra che li hanno castrati da piccoli e quel sassofono del cazzo. È musica per vecchi culattoni nostalgici.

Lei lo guardò di traverso. – Che hai qualcosa contro gli omosessuali?

Stai calmo, si ripeté. *Ricordati che tra poco ti deve fare un pompino.*

– Allora, che hai contro gli omosessuali, si può sapere? Non mollava.

– Niente. Assolutamente niente –. Quanto avrebbe voluto invece dirle: «I froci mi fanno schifo. È gente malata che si sente pure 'sto cazzo e si credono artisti solo perché lo prendono in culo».

Meno male che erano arrivati.

Robbi posteggiò davanti a casa di Angela, in posizione strategica, spense il motore, si accese una sigaretta, si schiarí la voce, si fece coraggio e chiese: – Che faccio? Salgo?

Come a dire: preferisci farmelo qui o sopra?

Gli avevano raccontato che l'Idrovora era imprevedibile, a volte ti faceva salire su, a volte te lo faceva in macchina, il risultato comunque non cambiava: faceva pompini superiori, si applicava con una maestria e una sensibilità da artigiano fiorentino.

Angela accennò un sorriso, aprí la portiera della macchina e sussurrò un: – No. Meglio di no. Vado a dormire.

– Cosa?

– Vado a dormire.

– Non ho capito.

– Vado a dormire.

Allora aveva capito bene.

Come andava a dormire? Dove aveva sbagliato? Aveva fatto tutto preciso: si era lavato, si era cambiato le mutande, era andato a prenderla a casa, l'aveva portata al ristorante, le aveva pure offerto un gelato con la cialda al palazzo del ghiaccio.

Con la voce di un bambino a cui hanno proibito il giro sulle giostre le chiese: – E perché?

Angela allungò una gamba fuori dallo sportello. – Stasera non mi va.

Fermala, se ne sta andando.

Ebbe l'impulso di afferrarla per i capelli e di rimetterla seduta, ma invece smozzicò: – Non te ne puoi andare cosí, non vale. Ti ho por... – ... *tata al ristorante.* Qualcosa gli impedí di finire la frase. Rimediò con un: – Dài, rimani altri cinque minuti, a chiacchierare.

Angela rimise la gamba dentro e incrociò le braccia.

– Che hai? Sei arrabbiata per la questione dei froci? – le domandò.

Angela rispose imbronciata: – No, non è per quello. Io lo so perché non vuoi che me ne vado.

– Perché?

– Perché vuoi quello.

Fece il finto tonto. – Quello che?

Angela fece una smorfia e abbassò lo sguardo. – Non fare lo scemo. Lo sai benissimo cosa.

L'unica cosa che Robbi Cafagna sapeva con certezza era che aveva speso centoventi carte per una cena di merda e che le aveva pure offerto il gelato. Né Andrea Sabatini né Pierpaolo Pennacchini le avevano offerto il gelato. E quindi era molto piú in regola degli altri. Quel dannato pompino se lo meritava piú di loro.

– Te lo giuro che non voglio niente. Voglio solo parlare.

Lei lo guardò per un'infinità e poi disse: – Veramente? Non mi prendi in giro?

– Veramente –. Nel buio dell'abitacolo non riusciva a

vederla bene, ma aveva l'impressione che avesse gli occhi
lucidi.

– E allora perché mi hai chiesto di uscire con te? – lo
incalzò lei.

Ora che le raccontava?

– Che fai? Non sai che rispondere?

Robbi prese una boccata di sigaretta. – No, assolutamente... – balbettò. – È che... È difficile dire certe cose.

Lei era sospettosa. – In che senso?

– In che senso? – si buttò. – Ecco, con te mi sento bene, a posto, insomma... Sai quando stai in grazia di Dio?
Cosí –. Prese un respiro. – Proprio cosí.

– Ti piace stare con me?

– ... Sí. Abbastanza –. In che ginepraio si stava cac-
ciando?

– Vuoi dire che vorresti stare con me?

Disse bye-bye al pompino. – No... Intendo come amico.

– Ah! – Angela piegò la testa sul petto e fece un sospi-
rone. – Be' forse è meglio cosí, anche tu non sei il mio tipo
ideale. Però possiamo essere amici. È la prima volta che
un maschio vuole essermi amico, – sorrise. I denti bianchi
le splendettero nel buio. – Allora siamo amici?

– Certo, – rispose affranto.

Rimasero in silenzio, imbarazzati, poi lei se ne uscí con:
– Tu lo sai come mi chiamano in facoltà?

Idrovora. Lo aveva inventato lui quel soprannome dopo
aver sentito i racconti di Sabatini. Fece un tiro di sigaretta. – No, come ti chiamano?

Angela strizzando i manici della borsetta mormorò:
– Idrovora.

– E perché? – lo disse con la naturalezza e lo stupore
del grande attore.

Lei sollevò la testa e lo guardò sorpresa. – Che non lo sai?

Si mise la mano sul cuore. – Parola.

– Vedi che quella cretina di Verdiana dice le stronzate per farmi stare male –. Lo sussurrò appena, come se lo stesse dicendo a se stessa.

Una spia verde gli si riaccese nel cervello. – Perché ti chiamano cosí?

Lei prese fiato e sembrò rianimarsi. – No, non mi va di dirtelo...

– A questo punto me lo devi dire –. Quella era la direzione giusta. Vedeva una luce in fondo al tunnel.

Angela ci rifletté un attimo. – Te lo dico, ma tu giuri di non dirlo a nessuno?

– Te lo giuro –. Sentí il cazzo smuoversi nelle mutande.

– Perché dicono che mi piace fare i pompini.

Per poco Robbi non si strozzò. – Ed è vero?

Angela fece segno di no con la testa. – No, è che... – Gettò un'occhiata a Robbi e poi guardò oltre il finestrino nel buio della strada. – Perché devo dirti le bugie? Siamo amici, no? Io adoro fare i pompini. Ma che c'è di male? Mica ammazzo qualcuno?

– Scherzi? Non c'è niente di male, assolutamente niente di male, anzi perché... – Robbi si impedí di continuare. Ora l'uccello gli pulsava dolorosamente. Fece un bel respiro, allungò una mano e gliela poggiò sulla coscia.

Lei non sembrò nemmeno accorgersene. – Verdiana dice che li faccio solo perché non credo in me stessa. Per farmi accettare. A me piace proprio farli. Che ne so... Mi piace tutto, il sapore dello sperma. Io credevo che fosse normale... Forse no, forse sono... Come si dice? C'è una parola...

– Ninfomane? – le suggerí Robbi facendole risalire la mano verso il seno.

Lei gliela prese e la rimise a posto. – Esatto.

– Guarda che è normale. Alla nostra età... – ragliò Robbi affondando le mani nella poltrona della Micra. Se quella puttana non la smetteva immediatamente di farlo arrapare come un babbuino la stuprava là per là.

– No, mi devo trattenere. Verdiana mi ha detto che se voglio far risalire l'autostima a un livello, diciamo, normale, non posso piú continuare cosí. È una cosa che faccio, in qualche modo, per compensazione. Come... Come quando pesti a piedi nudi una puntina da disegno, ti viene da toccarti il piede.

– Guarda che è normale –. Robbi si era fissato sul concetto di normalità.

– E allora perché Verdiana non fa come me?

Lui sollevò le mani al cielo. – Perché nessuno vorrebbe farselo prendere in bocca da una che ha tutta quella ferramenta attaccata ai denti. Può essere pericoloso, che cazzo.

Angela sbuffò. – Non offendere Verdiana, per favore.

Robbi si accalorò. – Scusami, ma tu non hai nessun problema –. Si batté il petto. – Lasciatelo dire da me, tu sei sanissima. Non devi starla a sentire –. E poi non ce la fece piú. – E dài, fammi salire. Che ti costa?

Angela non gli rispose nemmeno e cominciò a tirare su col naso e a stropicciarsi gli occhi.

– Che fai? Ti metti a piangere?

Iniziò a singhiozzare disperata.

Robbi tirò fuori dal cassettino del cruscotto dei fazzoletti di carta. – Tieni.

Lei li prese e si soffiò il naso. – Capisci come sto? Mi metto a piangere per qualsiasi cosa –. Cercò di ricomporsi. – Grazie Robbi. È stata una serata bellissima... Grazie, veramente –. Aprí la portiera della macchina. – È la prima volta che parlo con un ragazzo dopo essere andata a cena fuori. Sei una persona eccezionale –. Allungò il collo per baciarlo, Robbi provò a baciarla sulla bocca, ma lei, con una mossa abile, schivò l'affondo e gli stampò le labbra sulla guancia e uscí dalla Micra.

La vide fare due passi verso il cortile del palazzo, poi si fermò.

Forse ci ha ripensato.

– Stasera sei stato troppo carino, Robbi.

Lui provò a dire qualcosa ma Angela era già scomparsa nel portone del palazzo.

Aldo Teramo, detto «il Tenaglia», se ne stava spaparanzato nudo sul suo letto con i suoi cento e dispari chili di ciccia. Guardava la televisione poggiata sulla scrivania e con una mano si mangiava un panino con la mortadella mentre con l'altra si massaggiava l'uccello.

La stanzetta del Tenaglia era cosí piena di roba che c'era spazio appena per muoversi. I muri erano tappezzati di poster dei Metallica, dei Pearl Jam, dei Fantastici Quattro. Il tavolo era ricolmo di computer, alcuni sani altri ridotti a pezzi, monitor, fili, casse acustiche da cui pendevano tweeter sfondati.

In un angolo, accanto al letto, erano ammucchiati fumetti, «Vip», «Scoop» e riviste di motociclismo. La camera era in penombra, illuminata solo dalla luce fioca di un terrario con dentro un'iguana in coma.

Alla tele trasmettevano la maratona del Telethon. Ventiquattro ore per la distrofia muscolare.

Aldo aveva deciso di spararsela tutta fino alle dieci della mattina dopo.

Il Tenaglia non era molto sensibile alle forme patologiche di questa terribile malattia, ma alle forme di Lorella Cuccarini sí. Da quando era bambino e la soubrette faceva *Fantastico* aveva sognato di trombarsela. E ora che la

presentatrice aveva raggiunto una certa maturità, e quindi
piú esperienza, glielo faceva tirare ancora di piú.

A suo giudizio era una gran porca, ma di quelle della
specie superiore, quelle che fanno le mamme degli italiani, acqua e sapone, e invece sono in grado di fare robe che
Selen e tutte quelle pornostar rifatte nemmeno s'immagi-
navano. Uno dei suoi sogni erotici preferiti era sodomiz-
zarla sopra una cucina Scavolini.

E ora che era lí per una notte intera non se la voleva
perdere nemmeno un minuto.

All'inizio si era fatto delle seghe a caso, dissipando
energia a cazzo, osservando il suo «amore» mentre intro-
duceva gli ospiti, scherzava, guardava il tabellone e inci-
tava la gente a casa a mandare soldi. Poi si era reso conto
che aveva davanti a sé ancora tante ore di trasmissione e
quindi aveva deciso di ottimizzare le seghe per arrivare a
fine maratona vivo.

Se ne sarebbe fatta una per ogni miliardo che totaliz-
zavano.

Ora erano a sette miliardi e trecento milioni e Aldo poteva riposarsi un po'.

In quel momento il telefono squillò.

Il Tenaglia guardò l'orologio, prese la cornetta e sbadi-
gliò: – Chi scassa?

– Aldo! Sono io, Robbi.

Alla fine chiamò il Tenaglia.

Aveva lasciato Angela da mezz'ora e adesso era fermo al
lato di una lunga e brutta strada illuminata da lugubri lampioni. Era ancora al Nuovo Salario. Aveva girato come un
calabrone intorno al palazzo della troia indeciso sul da farsi.

Le suono o me ne torno a casa?

Aveva cercato di riflettere, di farsi calare l'incazzatura

guidando attraverso strade buie e silenziose, costeggiando giardinetti, serrande imbrattate di scritte e cassonetti che rigurgitavano immondizia, ma il film a luci rosse con la Milano gli continuava a girare in testa e lo tormentava come Erinni.

Alla fine, disperato, le aveva suonato al citofono. Niente. Non aveva risposto. Ci si era attaccato. Niente. Aveva preso a calci il portone.

– Ahò?! Robbi! Com'è andata?! – il Tenaglia era eccitato come se stesse parlando con Giovanni Soldini dopo il giro del mondo.

– Cosa? – si rese subito conto che aveva fatto una cazzata a chiamare il Tenaglia.

– Come cosa? Con l'Idrovora? Com'è andata?

Gli dico la verità. Mi devo sfogare. Mi ha fatto troppo incazzare quella stronza. Inspirò e disse: – Bene. Come poteva andare?

Il Tenaglia cominciò a ululare come un coyote nel deserto di Sonora. Poi passò a fare i versi del gorilla di montagna e infine a belare come un agnello.

– Piantala! Tenaglia piantala! – Quando era felice poteva passare in rassegna tutto il mondo animale anche per una mezz'ora.

– E dài, fammi sfogare! Ora manco solo io! Domani la chiamo e la invito a cena. Tu dove l'hai portata?

– Al *Magazzino del sale* –. Lo disse con un sampietrino ficcato su per la gola.

– Porco zio! Quel posto costa una cifra. Il Sabatini l'ha portata al grottino del *Laziale*. Ha speso trenta sacchi. Tu quanto hai speso?

Mentí: – Novanta.

– E che s'è mangiata?

– Non me lo ricordo.

– Come non te lo ricordi? Non è possibile. Dài, che cazzo s'è mangiata. Dài, ricordatelo.

Il Tenaglia era il tipo che continuava a massacrarti i coglioni per il resto dei tuoi giorni se non gli rispondevi.

– Le linguine con l'astice.

– Cazzo! Le piace mangia' bene all'Idrovora. Il Sabatini le ha offerto una capricciosa e, mi pare, una bruschetta
con i carciofi. Lui sí che è tecnico. E io dove la porto? La
potrei portare all'economica a via Tiburtina, quella pure
fa le bruschette... Dici che le può piacere?

Robbi voleva sospendere quella telefonata. – Tena', mi
si sta scaricando il cellulare. Che stai facendo?

– Mi sto guardando il Telethon...

– E che è?

– È una colletta per la distrofia muscolare.

– Ah! E perché lo guardi?

– Sono cose importanti.

Robbi non avrebbe mai immaginato che un sentimento umanitario albergasse nell'animo del Tenaglia. La cosa
piú umanitaria che gli avesse visto fare era stato bucare le
ruote a una volante della polizia.

– Vabbè, allora non passo.

– Meglio di no.

– Buonanotte allora.

– Buonanotte.

Il Tenaglia abbassò il telefono e vide che il tabellone
delle sottoscrizioni era salito a sette miliardi e settecento
milioni. Doveva cominciare a scaldarsi, ma poi partí la sigla del Tg notte.

Il Tenaglia sbuffò: – Che palle, quasi quasi mi faccio
un altro panino.

Uscí dalla stanza in punta di piedi. I suoi dormivano.

E mentre il Tenaglia si confezionava una rosetta con pancetta e maionese, la giornalista, nel piccolo schermo della televisione, annunciò che quel pomeriggio un altro transessuale era stato trovato morto. Il cadavere era stato buttato su un prato ai bordi della Cassia. Era il sesto transessuale ucciso in tre settimane e, per il modus operandi, l'omicidio doveva essere opera del Killer del Sole. Anche questo, come tutti gli altri cadaveri, aveva due soli rossi disegnati intorno agli occhi.

Robbi non poteva andarsene a letto cosí.

Continuava a ripensare all'Idrovora che gli diceva tutta candida che adorava fare i pompini. Se non l'avesse portata a cena fuori non ci avrebbe sofferto tanto.

Basta. Me ne vado a casa, mi faccio una sega e mi metto a dormire.

Accese l'autoradio. I Supertramp ripartirono a tutto volume. – Froci! – Buttò la cassetta fuori dal finestrino, selezionò Radio Dimensione Suono e imboccò corso Francia.

La voce della giornalista diede le ultime notizie.

Uno scontro ferroviario in Lituania, il papa in Messico e il ritrovamento di un altro transessuale morto. Il Killer del Sole aveva colpito di nuovo. Il transessuale si chiamava Giulio Paternò, ventitre anni, originario di Macerata.

Quando si riconcentrò sulla strada si accorse di aver svoltato nel Villaggio Olimpico. Non che la strada fosse sbagliata, solo che a quell'ora lí c'era il delirio.

Il Villaggio si riempiva di macchine zeppe di uomini che andavano a mignotte. Là tra quelle schiere di viali alberati e di case basse, costruite per le Olimpiadi del 1960, c'era il piú grande puttanificio della capitale.

Ecco! Mi faccio fare un pompino da una troia.

Ma c'erano dei problemi:

1) Non era mai andato a puttane.

2) Erano pericolose. Aveva piú virus nel sangue una di quelle che il reparto malattie infettive del Fatebenefratelli.

3) Era da sfigati. A puttane poteva andarci il Tenaglia che, poveraccio, con quel naso che sembrava un cannolo siciliano e quei due pneumatici avvolti intorno allo stomaco, non poteva aspirare a niente di meglio. Robbi Cafagna non doveva ricorrere ai soldi per prendersi certe soddisfazioni.

4) Era come la droga. Suo zio Antonio glielo aveva detto: «Una volta che ci vai sei fottuto per tutta la vita. È una rovina».

Non aveva il becco di una lira. Gli erano rimasti appena trenta sacchi.

Lascia perdere, si disse. *Vattene a casa.*

Era incanalato in una fila di macchine. Avanzavano piano e costanti, come al casello dell'autostrada. Di fare inversione a U non se ne parlava, anche nell'altra direzione era un unico serpente di auto. Dietro aveva un'Audi A4. Al volante ci stava un uomo di mezza età, serio, con un cappello con la falda, gli occhiali da vista e i baffetti neri. Davanti, il culo di una Golf. Sembrava che saltasse per i decibel della musica house che sparava. C'era stipato un branco di balordi che si sbracciavano e si affacciavano dai finestrini. Piú in là c'erano luci colorate. Pareva un incrocio tra la sagra della porchetta e una discoteca.

Il villaggio era diviso in zone. Quella delle negre, quella dei travestiti, quella dei marchettari, quella delle slave.

Eccola.

La vide.

Era la prima.

Una negra appoggiata a un albero con in mano una busta di plastica.

Era cosí alta che sembrava Ronny Austin, il giocatore di basket dei Boston Celtics.

Lui non era razzista, ma le negre gli facevano schifo. Erano cessi incredibili, vestite di merda. Le negre erano buone solo per fare i lavori a casa. Andando avanti ne vide altre, accanto a dei falò. Sempre con quegli occhi tristi, da bambino del Biafra. Era questo che lo faceva imbestialire delle negre. Non erano delle professioniste, ti facevano sentire uno sfruttatore, che stavi facendo una cosa terribile, come mangiarti un delfino o accannare il cane sul raccordo.

Robbi era sicuro che con trenta sacchi da una negra un pompino lo rimediava, ma piuttosto seghe per il resto della vita.

La stradina fu avvolta da una nube di fumo grigio di carne arrosto. C'era un camioncino tutto illuminato che vendeva panini e bibite fredde. A un lato, su una griglia bruciavano würstel e salsicce.

Nel nebbione intravide brillare delle paillettes. E dalla foschia apparve sculettando una dea, una fica alta un metro e ottanta con due tette grosse e tonde come bocce da bowling. Aveva le gambe lunghe come autostrade, una chioma color savana e dei tacchi d'oro cosí fini e lunghi che sembravano due matite. In mano teneva il reggipetto che alla luce dei fari rifletteva come una palla da discoteca. Aveva due labbra che sembravano un anello di calamaro e un paio di occhiali con margherite sulla montatura. Un'altra avanzava, scura, completamente nuda tranne che per un perizoma e un casco da vigile che le si posava sulle treccine verdi. In mano aveva una paletta e dirigeva il traffico. Altre due, argentate come sirene, giocavano a frisbee. E una, vestita di pelle, si faceva trascinare da un alano arlecchino.

Erano troppo fiche per essere donne, quelle erano trans.

Questa cosa lo faceva diventare pazzo. Se beccavi una puttana fica, potevi mettere la mano sul fuoco che aveva il sorpresone.

Bisognava essere froci per andare con i trans. Non contava niente che molte si erano fatte asportare il cazzo e che erano piú fiche di Alessia Marcuzzi, in ogni cellula del loro corpo c'era sempre una fottuta Y.

Erano uomini.

E da che mondo e mondo chi va con gli uomini è frocio.

Pure per un pompino?

Forse il pompino non valeva. In fondo una bocca è una bocca. Se te lo fai prendere in bocca da un trans non devi essere per forza frocio. E poi i travestiti devono fare dei pompini incredibili perché conoscono il cazzo molto meglio delle donne essendone provvisti dalla nascita.

Improvvisamente il motore singhiozzò due volte e le luci del cruscotto si accesero tutte insieme, poi la Micra spirò.

– Noo!!! – Robbi girò la chiave dell'accensione pregando Dio.

Ma Dio non lo aiutò.

La macchina era morta.

Ci riprovò ancora senza successo.

Le macchine dietro cominciarono subito a suonare. Non potevano superarlo su quel viottolo.

Robbi non sapeva che fare. Guardò nello specchietto e vide che si stavano incazzando. C'era una fila di trecento metri. Il tipo distinto con i baffi si attaccava al clacson come un disperato. Altri, piú indietro, erano usciti dalle macchine.

Un incubo.

Robbi scese dalla macchina e urlò: – Si è rotta, che minchia ci posso fare?

Un tipo grosso con gli occhialetti tondi e i capelli ossigenati rispose: – Spostala, no? Che cazzo aspetti? Che ti linciano?

Figurati se qualche pezzo di merda gli dava una mano. Bestemmiò e cominciò a spingere la macchina. Fortuna che non aveva preso la Bmw di suo padre. Mentre si faceva venire l'ernia sentiva gli sguardi di tutti che lo osservavano. Il trans con il casco da vigile si era messo in mezzo e ancheggiava. – Vai bello di mamma, forza Ciccio, su, che stai a fare l'ingorgo, e poi arrivano le guardie. Vai!

Un gruppo di coatti con i panini con la porchetta ridevano e gli davano consigli balordi. – Buttala! Cambia macchina! – Dài che ti fa bene al fisichetto –. E in coro: – E uno e due e tre.

Robbi a occhi chiusi, attaccato al finestrino, spingeva come un boia e ripeteva: – Froci, froci, bastardi.

Finalmente la strada si allargò un poco e con un ultimo sforzo riuscí almeno a metterla di lato e permettere alle macchine di passare.

Era tutto sudato. Per lo sforzo gli girava la testa.

E ora che cazzo faccio?

Non poteva certo lasciarla lí. Ce ne ritrovava cinque. Chiamare l'Aci? Una follia. Chiamare sua madre? Un'eresia. Chiamare il Tenaglia?

Chiamò il Tenaglia.

Il telefono cominciò a suonare.

Il Tenaglia lo guardò come fosse un enorme scarafaggio. – Ancora? Ma che è stasera?

Proprio sul piú bello, mancavano venti milioni a otto miliardi ed era tutto concentrato. La Cuccarini si era pure cambiata d'abito e si era infilata una minigonna maialissima.

Rimase a osservarlo, indeciso sul da farsi. E poi abbaiò:
– Chi cazzo è? La gente a quest'ora dorme. La gente lavora!
  – Tena'?!
  – Robbi?! Ancora!
  – Tena' sto nella merda.
  – Che succede? – il Tenaglia intanto continuava a fissare il tabellone. Altri quattro milioni. Mancano solo sedici milioni. – Che c'è?
  – Mi si è rotta la macchina, devi venire qua.
  – Qua dove? – quindici milioni.
  – Al Villaggio Olimpico.
  – E che ti posso fare? – dodici milioni.
  – Mi tiri.
  – E con che cazzo ti tiro? – undici milioni.
  – Con la macchina di tuo padre.
  – È chiusa nel garage, – otto milioni.
  – Con la tua?
  – Se alla mia ci attacco qualcosa si apre come un divano letto. Senti, scusami, ti devo salutare –. La Cuccarini si era messa a ballare in tanga.
  – Sto nella merda.
  – Mi dispiace, veramente. Ci sentiamo domani. Ora devo abbassare –. Mancavano tre milioni.
  – Tenaglia sei uno stronzo!
  – Lo soooh –. Abbassò e venne.

E ora? si disse Robbi.
  Aprí il cofano. Dentro c'era il motore. Nero, sporco, pieno di fili, incomprensibile come un manufatto alieno.
  Lo guardò.
  – Se lo guardi non si aggiusta mica.
  Robbi girò la testa.
  C'era un travestito, abbronzatissimo, che assomigliava

a Mara Venier, solo piú femminile. Addosso aveva la maglia di Totti. Aveva le gambe lunghe e due scarpe argentate con delle zeppe alte venti centimetri. – È un problema elettrico. Controlla lo spinterogeno. A volte si stacca
e non fa piú contatto.
Robbi lo guardò con disgusto. Un trans, romanista,
esperto di meccanica. Cosa esisteva al mondo di piú ripu-
gnante? – Grazie. Faccio da solo, – disse tra i denti evitando di guardarlo.
Il trans rimase lí.
Robbi cominciò a toccare fili a cazzo.
– Stammi a sentire. È lo spinterogeno –. Il travestito si
avvicinò e mise le mani sul motore.
– Non toccare. Anzi, ti sposti per favore –. Si trattenne dal dargli una spinta.
– Scusami, cercavo solo di aiutarti.
Robbi sollevò la testa da dentro il cofano. – Senti, per-
ché non te ne vai? Ti ho chiesto aiuto? Non mi sembra.
Perché non te ne vai a lavorare?
Il travestito scosse la testa. – Ho capito, sei uno stron-
zetto con un mucchio di problemi. Perché sei venuto qua?
Che cerchi? Non lo sai nemmeno tu, eh?
Robbi fece due passi verso il travestito, a testa in avan-
ti, gonfio come un galletto amburghese. – Ringrazia Iddio
che non sono un tipo violento… Sennò…
Quello gli sbottò a ridere in faccia: – Sennò che facevi?
Me lo sbattevi in culo? Ma chi sei?
Non si tenne piú. – Ma chi sei tu! Ma ti sei visto come
vai combinato? Frocio! Vai a fare in culo. È giusto che vi
ammazzano ai bordi delle strade.
– Pezzo di merda –. Il travestito si allontanò e poi gli
disse: – E comunque io lavoro alla Nissan, coglione.
Robbi infilò la testa nel motore, non ci vedeva piú dalla

rabbia, tutto questo casino per colpa di quella profumiera della Milano.

Perché non se n'era rimasto a casa.

Poi vide che una specie di valvolona da cui uscivano una selva di fili elettrici era aperta e leggermente sollevata. La spinse in giú e sentí un clic.

Rientrò in macchina e girò la chiave.

La macchina si accese.

Era lo spinterogeno.

Inserí la prima, sgommò superando a destra le auto in fila e schizzò via dal Villaggio.

Robbi desiderava solo tornarsene a casa, ficcarsi in camera e dormire.

Ma gli venne un'idea che avrebbe lenito un po' il dolore di quella serata di merda.

Mi affitto un bel film porno.

Con un milione e mezzo di pompini. Il Tenaglia ne aveva consigliato uno, uno fantastico... *Come si chiamava? Mangiatrici di sperma.* La storia sembrava interessante. Una tribú di amazzoni che per una strana mutazione genetica erano costrette per sopravvivere a nutrirsi solo di sperma.

Speriamo che ci sia.

Parcheggiò davanti al videobancomat, smontò dalla macchina, tirò fuori la tessera dal portafoglio e stava per infilarla nel distributore automatico quando si accorse che di fronte a lui, sull'altro lato della strada, c'era una ragazza.

Era alta e magra, indossava una giacchetta verde e una minigonna bianca, estiva, e degli stivaletti a punta di pelle verde. Poggiata sotto un lampione, fumava e si scaldava strusciandosi le mani sulle braccia.

Doveva essere una troia. *Una donna normale non sta impalata a lato della strada alle tre di notte. Certo non ha scelto una strada adattissima,* si disse Robbi. *Non passa un culo di qui.* Robbi continuò a sfogliare i biglietti che aveva nel portafoglio studiandola con la coda dell'occhio. Sembrava pure carina. Quella poteva essere perfetta. *E se non è una puttana? O è un travestito?* Gli venne un'idea. Bastava andare lí e con la scusa di chiederle di cambiargli diecimila lire poteva rendersi conto se batteva o se era un travestito.

Attraversò la strada senza fretta e si avvicinò alla ragazza. Lei non sembrò nemmeno notarlo. Batteva i piedi per riscaldarseli.

Tirò fuori il deca e le si avvicinò: – Scusa, hai da cambiare? – Con la testa indicò il distributore automatico. – Per la macchinetta.

– No, – disse lei senza emozioni.

Non era un travestito, anzi. Era una ragazza e per di piú molto carina. Non doveva essere italiana, aveva la pelle bianca delle slave e sotto i capelli neri si vedeva la ricrescita bionda. Aveva due grossi occhi verdi, il viso magro e il collo lungo. Le guance leggermente rovinate dai postumi di un'acne antica.

Niente male nel complesso.

– Grazie –. E ora? Che le diceva? Quanto vuoi? No, non ne avrebbe avuto mai il coraggio. Si girò e fece due passi verso la macchina.

– Hai una sigaretta? – sentí dietro di sé.

Robbi sorrise, si girò e sollevò le mani. – Non fumo, mi dispiace.

Lei alzò le spalle. – Non fuma piú nessuno.

Parlava italiano con un accento straniero indefinibile.

– È vero, – fece Robbi. E poi per attaccare discorso disse: – È un problemaccio per chi fuma. Immagino...

Lei gettò la cicca a terra e la schiacciò sotto la suola. – Che ti stai a vedere? – gli domandò senza troppa curiosità.

Che intendeva? – Cosa? Non ho capito?

– Che film?

Dille la verità, che cazzo ti frega. Chi la rivede piú a questa. Sorrise e disse: – *Il gladiatore.*

Lei fece due passi verso di lui. – Che è un film porno?

– No. Ma volevo affittarne uno...

– Non preferisci farle le cose che vederle in televisione? – Lo aveva raggiunto e lo guardava con un sorrisetto malizioso sulle labbra.

– Be'... Certo.

– Allora non buttare i soldi. Ti faccio divertire io.

– Quanto vuoi?

Lei lo guardò, indecisa. – Cento?

Robbi scosse la testa.

– Cinquanta?

– È troppo...

– Guarda che con me puoi fare tutto quello che fanno nei film pornografici. Quanto vorresti pagare?

Deve essere proprio disperata.

Strano, una ragazza cosí bella. Piú la osservava e piú gli piaceva. Da quella minigonna uscivano due gambe lunghe, slanciate e atletiche. E anche se non riusciva a vederle il culo infagottato sotto la giacca era sicuro che gli sarebbe piaciuto.

– Senti, ho solo trentamila lire. Lo so, è poco. Ma non ho nient'altro. E io... – balbettò Robbi. – Io non voglio... Fare tutto. Voglio solo un pompino e basta. Non chiedo niente di piú –. Fece un passo indietro e scosse la testa come i cani di plastica sui lunotti posteriori. – Ho passato una serata allucinante. Ho speso centoventimila lire in un posto di merda con una stronza perché dicevano che faceva i pompini se la portavi a cena fuori e quella, alla fine, non mi ha fatto niente. E tu sei mille volte piú bella. Senti, non è che mi faresti uno sconto? Per una volta lo puoi fare. Se vuoi domani ti porto il resto...

Lei sorrise. Aveva una fila di denti bianchi e perfetti incorniciati da labbra sottili e sensuali.

Robbi si mise le mani sulla faccia abbattuto. – Io ridotto cosí non ci posso tornare a casa. Qualcuno, questa notte, mi deve fare un pompino sennò impazzisco!

– Sei proprio disperato?

– Sí. Se potessi me lo farei da solo, ma non ci riesco.

– Stasera mi sento buona. Te lo faccio per trenta.

Robbi cominciò a saltare. – Non ci posso credere!? Veramente? Grazie mille... sei una santa! Comunque non ti preoccupare, vengo e me ne vado.

Lei allungò la mano. – Andiamo?

– Dove?

– Ti porto da me.

Robbi rimase interdetto. Da lei? Perché? – Scusa, in macchina non va bene?

– Che sei matto? Non la guardi la televisione?

– E allora?

– Non hai visto che c'è un pazzo che ammazza la gente. Che vuoi morire?

Robbi improvvisamente si ricordò del Killer del Sole. – Ah, già! – Solo che andare a casa di una cosí poteva essere altrettanto pericoloso. – Non lo so...

– Stai tranquillo. Abito qui sotto. Comunque se non vuoi, prenditi la cassetta e vattene a casa e immagina come te lo avrei fatto.

Era impossibile dire di no.

Quella ragazza era bellissima. Ed era pure gentile. Se
non prendeva quell'occasione si sarebbe mangiato le mani
per i prossimi sei mesi. – Ma è lontano?
– Cinque minuti.

Stavano scendendo giú per il crinale della collina, ai
bordi di una discarica. Nonostante vivesse da sempre in
quella zona non si era mai accorto che di fronte al suo vi-
deonoleggio, proprio dietro il giardinetto, c'era una stradina che scendeva verso la ferrovia.
La ragazza aveva tirato fuori una torcia elettrica che di-
radava giusto un po' le tenebre. Il fondo del viottolo era
fangoso e Robbi doveva afferrarsi ai rami dei cespugli per
non scivolare con i mocassini.
– Quanto manca? – ripeté per l'ennesima volta.
– Poco. Tu non sei un leone, eh?
– No, è che... – Non terminò la frase perché poggiò un
piede in un buco e scivolò nel pantano. – Sono caduto,
vaffanculo!
– Alzati, forza –. La ragazza gli diede la mano. Robbi
si tirò su.
Si era imbrattato di terra tutti i pantaloni. I suoi pantaloni migliori, che aveva comprato da *Colby* in via Nazionale.
Che serata del cazzo.
Finalmente la discesa finí. Si ritrovarono su un terrapie-
no, a due metri dai binari della ferrovia. Alla sua sinistra
c'era la bocca di un tunnel, due lucine verdi rischiaravano
appena e facevano brillare l'acciaio dei binari.
– E ora?
– Di qua.
C'era una rete di metallo arrugginita. La costeggiaro-
no per una decina di metri e trovarono un foro circolare
nelle maglie. La ragazza ci passò attraverso con l'agilità

di un gatto, Robbi con quella di un ippopotamo. Scesero una scaletta di legno pericolante e attraversarono i binari. Dall'altra parte, tra gli alberi di alloro, il viottolo ricominciava. Era coperto di buste, cocci di bottiglia, pneumatici divorati dal fuoco.

– Eccoci, – disse la ragazza, spostò la fronda di un albero e Robbi vide un grande accampamento circondato dalla foresta. Roulotte, vecchie Mercedes, baracche di lamiera, un paio di fuochi dove sedevano delle figure scure. Un recinto con delle galline. Due capre legate ai resti di una 500.

Un accampamento di zingari!

Si era fatto fottere come un pischello.

Si inchiodò.

Lei gli puntò la torcia in faccia.

– Che hai paura?

– Levami quella luce dagli occhi. No, non ho paura.

– E allora muoviti.

Era strano ma quel posto risultava invisibile da tutte le strade che costeggiavano quel fazzoletto di verde. Aveva un aspetto sinistro, antico, quasi medioevale. Sembrava di stare in un futuro postnucleare, alla *Mad Max*.

– Bello qui, vero?

– Taaanto, – fece Robbi. Il cuore gli sbatteva nel petto e aveva la bocca secca.

La ragazza incontrò un paio di figure nere e le salutò. Robbi fece ciao con la mano. Si sentí osservato.

La ragazza si fermò davanti a una roulotte. Non aveva piú le ruote ed era poggiata sopra muretti di mattoni. Davanti avevano costruito una veranda di legno e laminati di fibra di vetro. Tutto intorno c'erano delle latte di olio che servivano come vasi per piante di pomodoro e gerani. Attaccato a una corda c'era un bastardaccio che cominciò a mugolare appena vide la sua padrona.

– Buono Silvio –. Il cane si accucciò sotto la roulotte.
– Questa è la mia casetta –. Tirò fuori un mazzo di chiavi, aprí la porta e fece segno di entrare.
Robbi ansimò: – Carina –. Ed entrò.

Dentro, in effetti, non era per niente male e faceva pure un bel teporino.
Da una parte c'era un grande letto coperto di cuscini colorati. Una piccola lampada diffondeva una luce calda. C'era un grande specchio su cui erano appese collanine, rosari, pendoli e, infilate nella cornice, cartoline e vecchie fotografie. Le finestre avevano delle tendine ricamate. C'era un vecchio stereo. Un cucinino in ordine con una fila di calici verdi messi ad asciugare e una torta di mele e crema. C'era un divano coperto da un vecchio plaid scozzese su cui dormiva un grosso persiano bianco e nero. Un tavolinetto con sopra un vaso pieno di fiori di campo. Una chitarra. E una televisione dipinta di rosa. A terra una moquette color vinaccia su cui aveva poggiato un tappeto consumato.
– È molto accogliente! – disse Robbi guardandosi in giro.
– Lo vuoi un tè? – Lei mise un bricco con dell'acqua a scaldare e poi prese una cassetta: – Ti piace la musica?
Robbi fece segno di sí con la testa.
Lei accese lo stereo e una musica allegra, tutta violini e cornamuse, invase la roulotte. – È la musica del mio Paese –. Poi si levò la giacchetta. Sotto aveva un gilè da uomo sopra una maglietta nera a maniche lunghe. – Io mi spoglio...
Robbi, in piedi, rimase incantato a guardare lo spettacolo.
La ragazza si tolse la maglietta. Indossava un reggiseno di cotone bianco. Di quelli semplici, senza fronzoli e

nastrini. Se lo levò senza farsi problemi. Aveva due tette tonde e piccole ma nemmeno troppo. I capezzoli erano scuri e puntavano all'insú. Poi si sedette sul divano, si accese una sigaretta, si tolse le scarpe e le gettò in un angolo. Si sfilò la gonna e le mutande insieme e si mise in piedi. Robbi ebbe un giramento di testa. Aveva un corpo perfetto. Magro ma con i fianchi. La pancia era piatta e muscolosa. I peli della fica formavano una strisciolina castana e le chiappe alte e sode.

In vita sua Robbi aveva visto un fisico cosí solo sulle copertine dell'«Espresso».

La ragazza versò l'acqua nella teiera. – Che fai, non ti spogli?

– Giusto –. Robbi si strappò i vestiti di dosso

– Infilati a letto. Ti porto il tè.

Robbi non se lo fece dire due volte, planò sul materasso mentre i violini zigani eseguivano una *doina* struggente.

Lei spense la luce. La roulotte cadde nella penombra. Dalla finestrella accanto al letto entravano i bagliori dei fuochi dell'accampamento.

La vide avanzare verso di lui, tra le mani aveva un vassoio, nel buio s'intravedeva la linea perfetta dei seni. Sentí il cazzo indurirsi.

Lei gli si sedette accanto, poggiò il vassoio a terra. – Come sta il tronchetto della felicità?

– Non c'è male –. Lui le prese un polso e la tirò verso di sé.

– Aspetta –. Spense la sigaretta e gli carezzò una gamba.

Al contatto con quella mano fresca sentí lo stomaco strizzarsi come una spugna, fece un respiro e buttò indietro la testa.

Ebbe l'impressione che una sagoma lo osservasse.

Girò lo sguardo un istante verso la finestra e vide dietro il vetro Franco Nero.

Franco Nero in *Django*.

Non ebbe nemmeno il tempo di stupirsi, di strillare, di sollevarsi, di scostarsi, di fare niente, che un braccio grosso come un coscio di prosciutto e una mano forte come una morsa gli si serrò sul padiglione dell'orecchio e fu tirato fuori attraverso la finestrella con una forza incredibile.

Si ritrovò nudo nel fango. Cercò di sollevarsi ma un camperos lo inchiodò a terra come uno scarafaggio. Il sosia di Franco Nero lo guardava con due fessure buie. Era enorme. Molto piú grosso dell'attore. Peloso. Con una criniera biondiccia che gli cadeva sulle spalle. Una barba scura e incolta gli arrivava sopra gli zigomi. Appeso al collo aveva un teschio d'argento, addosso un gilè di pelle con ricami di perline e tra le mani stringeva un fucile con il calcio intarsiato in madreperla.

Django gli poggiò in fronte la doppietta. – Chi cazzo sei tu? Ti scopi mia moglie, pezzo di merda, in casa mia. E ora muori.

Robbi gli vomitò sullo stivale e poi, fremendo come un tritone albino, chiuse gli occhi.

Il colpo non arrivò.

Sentí invece una voce femminile che urlava: – Cjenik usluga u domacinstvu! Cosí capisci che vuol dire tornare a casa e trovare che ti stanno tradendo. Cosí impari, figlio di puttana, l'ho fatto per farti capire come mi sento ogni volta che torno e ti trovo...

Robbi riaprí gli occhi e dalla sua angolatura raso terra vide la ragazza nuda che con un manico di scopa colpiva l'orco slavo sulla schiena e sulla testa. – Non è bello, vero? Vedi! Vedi! Vedi! Ti odio! Tutte te le sei scopate! Marija, Rijeka, Visevica! Ti odio, maiale, porco!

Django cercava di ripararsi e mantenere il piede schiacciato su Robbi, ma la ragazza continuava a menare colpi come un'invasata. Alla fine fu costretto a mollare la presa per difendersi.

Robbi ne approfittò immediatamente e sgusciò nel fango sotto la roulotte.

L'orco strappò la mazza dalle mani della ragazza, la spezzò in due e le diede un rovescio che la fece volare a diversi metri di distanza. Grugní come un orso ferito, gli occhi gli scomparvero tra i peli della barba e urlò: – Povecava! – e poi si gettò sulla roulotte. L'afferrò con due mani cercando di ribaltarla.

Robbi urlava e strisciava. – Io non c'entro niente. Non ho fatto niente. È stata lei a portarmi qua. La prego, la smetta! Parliamo.

Intanto intorno si era radunato tutto il villaggio. Gli uomini stringevano forconi, zappe e torce. Le donne tenevano cani feroci che raspavano il terreno e si strozzavano. Tutti urlavano.

Ora mi ammazzano! Ora mi ammazzano! Robbi cominciò a cercare di scavare a terra una buca mentre sopra di lui la roulotte sbatteva e sussultava come se l'avesse investita una tromba d'aria.

Django mollò la presa e iniziò a dare calci sotto la roulotte urlando: – Esci fuori! Esci se sei un uomo! Battiti da uomo! – Robbi andava avanti e indietro come un topo in trappola.

Qualcuno che stava là insieme agli altri urlò qualcosa: – Vanskji potvori rui!

Improvvisamente ci fu silenzio.

Qualcuno è intervenuto. Il capo del villaggio. Gli avrà detto di smetterla.

Non ebbe il tempo di tirare un sospiro che sentí un latrato ai suoi piedi e un diavolo nero con sessantaquattro denti gli venne addosso cercando di azzannarlo.

Schizzò fuori da sotto la roulotte.
E poi ci fu il nero.

Riaprí gli occhi quando gli arrivò in faccia una secchia-
ta d'acqua gelata.
Strabuzzò gli occhi.
Dove si trovava?
Era nudo, legato contro un palo. In una mano aveva
il coperchio di un secchio dell'immondizia e nell'altra un
tubo di ferro.
Alzò lo sguardo. Era all'angolo di un'arena cinta da stec-
cati e pneumatici. Al centro del ring una 127 sport brucia-
va sollevando fiamme che rischiaravano la notte. Dietro
c'erano vecchi, ragazzini, donne che impugnavano fiaccole
e urlavano. Cani che abbaiavano. Di fronte a sé, dall'altra
parte della recinzione c'era Django. Si era tolto il gilè, aveva le braccia completamente avvolte da due cobra tatuati.
Il sudore che lo copriva lo faceva brillare come un'insegna
al neon. Urlava come un matto. Lo trattenevano. In tre.
Il suono di un gong e Django si sollevò ruggendo, Robbi
provò a scappare, a scavalcare la recinzione ma dietro aveva
un piccoletto calvo con un cacciavite in mano. Glielo infilò
nelle reni. Robbi urlò di dolore come un babbuino ferito.
Una vecchia gli tirò una bottiglietta di Oransoda in testa.
Poi gli sciolsero le corde e lo spinsero verso il centro
dell'arena.
Provò di nuovo a uscire fuori ma il piccoletto lo colpí
ancora con il cacciavite. Tutto intorno era un muro umano. Lo incitavano a combattere. Da dietro le fiamme apparve Django. Ruotava sopra la testa una corda a cui era
legata una batteria Magneti Marelli.
Robbi cominciò a scappare inseguito dall'orco facendo
infuriare la folla che gli tirava addosso immondizia, sassi,

di tutto. Cercò di fare uno slalom ma fu colpito in testa da una bottiglia di Jägermeister. Non ci vide piú. Sentí le gambe trasformarsi in pongo e per poco non cadde a terra. Quando gli tornò la vista Django era di fronte a lui. Sentí un sibilo e la batteria gli passò fischiando a cinque centimetri dal naso. Sollevò il tubo per difendersi ma gli schizzò dalle mani colpito dalla batteria.

Fece due passi indietro e sentí un dolore lancinante nella schiena.

– E mo' basta! Hai rotto il cazzo! – e con tutta la forza che aveva lanciò alle sue spalle come un frisbee il coperchio del secchio colpendo sulle gengive il piccoletto calvo, che crollò a terra sputando sangue.

Ci fu un attimo di silenzio.

Il pubblico era ammutolito.

Robbi si guardò intorno, poi con un balzo insospettabile superò la staccionata e caracollò sul ferito, si rimise in piedi e cominciò a correre mentre intorno a lui si sollevavano le urla.

Correva disperato nel buio, a bocca aperta, a mani avanti, l'adrenalina che gli intasava le arterie, il cuore che gli scuoteva lo sterno.

Correva e piangeva.

Non c'era una parte del corpo che non gli facesse male, che non fosse graffiata, contusa, lacerata. I rami lo artigliavano, i cespugli lo frustavano, i sassi gli bucavano i piedi. Era riuscito a prendere un po' di vantaggio, ma li sentiva dietro. Non mollavano. Appena si fosse fermato lo avrebbero ripreso.

Una piccola porzione del suo cervello continuava a ripetergli che era solo un sogno, un incubo, il peggior incubo della sua vita, che si sarebbe svegliato e avrebbe tro-

vato nonna Carmela che gli portava il caffè e le macine
del Mulino Bianco.

I cani. I cani lo terrorizzavano piú di ogni cosa. Li sentiva abbaiare.

Aveva perso completamente l'orientamento. E quello
spicchio di bosco tra l'Olimpica e viale Parioli era in realtà
un bosco enorme. Decise di risalire il versante di una collina. Ma se non si fermava a riprendere fiato moriva. La milza gli pulsava sopra l'inguine piegandolo in due dal dolore.

Si arrampicò su un grosso condotto di cemento che correva dritto tra gli alberi. Sotto non vedeva niente. Era tutto nero. Poteva esserci un metro come sei.

Torna indietro.

I cani e le urla si avvicinavano e un bagliore di fuochi
rischiarava i tronchi neri degli alberi.

Eccoli.

Strinse i denti, chiuse gli occhi e si gettò nel buio bestemmiando.

Sprofondò in un cumulo di immondizia senza farsi niente.
Era finito tra buste, frutta marcia, poltrone di automobili,
scatole di cartone. C'era una puzza da vomitare.

Doveva fare come Rambo quando era inseguito dall'esercito degli Stati Uniti.

Cominciò a coprirsi con bucce di banana, lische di pesce
marcio, la carcassa di un pastore tedesco, giornali.

Rimase lí tremante a pregare mentre i suoi inseguitori
lo superavano.

Quando fu sicuro che fossero abbastanza lontani, si tirò fuori e sollevò le braccia al cielo.

Scese dal cumulo di immondizia e si ritrovò in un piazzale tra gli alberi. In lontananza sentiva il rumore delle
macchine. Le nuvole grigie riflettevano le luci della città
rischiarando un po' le tenebre.

Forse era salvo.

Si avviò zoppicando verso una baracca di lamiera accanto a un deposito di materiali da costruzione. Era buia, ma avvicinandosi vide che dietro gli scuri filtrava una bava di luce.

Ebbe l'impulso di bussare, ma si trattenne. Se dentro c'era uno di quelli del villaggio?

Dietro la baracca era tirato un filo a cui erano appesi dei panni. Si avvicinò e prese in mano una specie di lunga maglietta. Se la infilò. Gli stava strettissima. Si rese conto che era un vestitino da donna, scollato, che gli arrivava a malapena sotto l'uccello.

Si diresse verso le macchine, attraversò un pantano e si ritrovò in un giardinetto ben curato con tanto di panchine, scivolo e altalene.

Ce l'ho fatta.

Era su una grossa arteria dove sfrecciavano automobili. Non era lontano da casa. Stava per avviarsi quando sentí strillare: – Ostap preda odlegadi! Ostap!

Django. Con tutti gli altri.

Lo avevano beccato.

Cominciò a correre e quando vide una vecchia Mercedes grigia venire verso di lui, si piazzò in mezzo alla strada sbracciandosi.

La macchina inchiodò a una ventina di metri e lo sportello posteriore si aprí e Robbi zoppicando e ringraziando Dio ci si tuffò dentro a pesce.

«Aria. Nell'aria. Voglia. Di te. È domenica e tu chissà che cosa fai... La mia voglia è grande, è scandalosa ormai», cantava Marcella Bella nell'autoradio.

– Grazie! Grazie! Mi avete salvato la vita. Mi volevano ammazzare –. Robbi guardava nel lunotto posteriore scomparire Django e i guerrieri della palude silenziosa. – Non so come... – La frase gli morí in bocca quando vide gli occupanti della macchina.

Dentro la Mercedes c'erano tre ciccioni, enormi, con i capelli tagliati a zero. Avevano le teste tonde e grosse come angurie che si avvitavano direttamente sulle spalle. Gli occhi piccoli e inespressivi come uova di tortora. Dalle labbra umidicce spuntavano sfilze di dentini storti come lapidi.

Tutti e tre indossavano tute acetate Sergio Tacchini azzurre e sotto delle magliette bianche con scritto: «Gemelli Francescini. Caldaie a metano, installazioni e riparazioni».

Ai polsi avevano orologi d'oro grossi come saponette e bracciali che sembravano catenelle del cesso, e sorridevano.

Django e compagni erano dei buontemponi in confronto ai tre gemelli.

Quello seduto accanto a Robbi sarebbe stato in grado di ingoiarsi una libreria dell'Ikea smontata e cacarla montata, con tanto di sportelli.

Quello seduto davanti storse il naso e aprí il finestrino. – A Ivo, questo puzza peggio di un cadavere. Sto per vomitare.

Ivo che guidava scosse la testa. – E mo' 'sta puzza m'impregna tutta la tappezzeria, proprio oggi che l'avevo portata al lavaggio. Tullio, domandagli se se lava con i morti.

Tullio, quello seduto accanto a Ivo, tirò fuori una pistola e la puntò in faccia a Robbi. – Certo che come travestito sei proprio una merda. Ma che cazzo fai? Prima di andare a battere ti fai il bagno nella fogna? Che è una nuova tecnica per farsi notare?

Lo avevano scambiato per un travestito.

Robbi provò a parlare ma aveva la sensazione che uno scorpione gli avesse punto la lingua trasformandogliela in un babà rinsecchito. Sbiascicò una frase senza senso.

– Non si capisce una sega. Dev'essere extracomunitario, – fece Tullio agli altri e poi scandendo le parole a Robbi: – S-e-i-e-x-t-r-a-c-o-m-u-n-i-t-a-r-i-o?

Ivo intanto continuava a osservare Robbi nello specchietto retrovisore e a scuotere la testa: – Io penso che pure per battere ci vuole un minimo di professionalità. Non s'è nemmeno fatto la barba. E guarda che cazzo di peli ha sul petto... Ma ti rendi conto...

Quello accanto a Robbi disse: – Un travestito con i peli è come un negro con la Ferrari. Stona –. Poi tirò fuori dai pantaloni della tuta una pistola e con la canna sollevò il vestito di Robbi. – Ci ha pure il cazzo. Piccino.

Robbi cominciò a battere i denti e provò a difendersi, ma la voce gli tremava come un violino scordato. – Guardate che vi state sbagliando, io non sono un travestito. Io sono normale. Un gruppo di pazzi mi voleva uccidere. Questo vestito me lo sono messo perché mi hanno rubato i miei.

– Allora meno male che siamo arrivati noi a salvarti, – disse Ivo e prese a sghignazzare come se avesse fatto la battuta piú divertente del mondo.

Intanto Marcella Bella, nello stereo, continuava a cantare.

– Guardate che io non sono un travestito. Ve lo giuro su Dio, vi sbagliate, io i froci li odio. E i travestiti li vorrei vedere tutti morti. Mi fanno schifo.

E Tullio disse: – Sí come a me fanno schifo i profiterole e il monte bianco.

Scoppiarono tutti e tre a ridere e si davano gomitate.

Si fermarono a un semaforo rosso. Robbi, senza pensarci, si avventò sulla maniglia. La porta non si aprí.

– Ho messo la sicura per i bambini cattivi che vogliono buttarsi di sotto, – spiegò Ivo e domandò a quello seduto dietro: – Augu', che ne facciamo di questo?

Augusto ci rifletté un po' sopra e poi disse: – Non lo
so... Non so se prima incularmelo e poi ucciderlo, o vi-
ceversa.

La musica finí e Robbi sentí delle urla soffocate e dei
colpi arrivare da dietro la schiena.

C'è qualcuno nel bagagliaio.

– Ahò!? Ma non la pianta piú? Ma come fa? – si domandò Tullio. – Augu' diglie qualcosa.

Augusto cominciò a dare colpi con il calcio della pistola
sul pianale posteriore della Mercedes e a urlare: – Ancora?! Hai cacato il cazzo! E basta!

– La criccata dove gliel'hai data? – domandò Ivo.

– E dove gliel'ho data? In faccia.

– Lo vedi che fai sempre le cazzate? Gliela devi dare
sul mento, un po' a destra, cosí gli scardini la mascella.
Cosí è preciso.

– Guarda che me lo hai detto te di dargliela in faccia.
Tu comandi e io eseguo.

– Ma che cazzo dici?

Robbi ebbe la certezza che quei tre erano i Killer del
Sole e si pisciò addosso. Vide che avevano imboccato il
grande raccordo anulare a centottanta all'ora. Cercò di
asciugare il lago di piscio con il vestito. Non l'avrebbero
presa bene se lo avessero scoperto.

– Augu' devi stare a sentire tuo fratello. Quante volte
te l'ho detto? – disse Ivo.

Augusto sbuffò imbronciato.

Tullio tirò fuori un classificatore di cd. – Che metto?

Ivo imboccò lo svincolo per la Pontina. – E su, fai il
bravo padrone di casa. Domanda all'amichetta che musica vuole sentire.

Augusto aggiunse: – Cosí scopriamo se è frocio o ci fa.
Dalla musica si capisce facile. È la migliore prova.

Augusto gli puntò la pistola sotto il mento. – Che musica ti piace?

– Non sono frocio. A me piacciono le donne.

– Che musica ti piace?

– Ve lo giuro... A me gli uomini... – Augusto gli mollò il calcio della pistola sui denti.

Robbi sentí un fiotto di sangue riempirgli la bocca. E sputò un paio di incisivi.

– Lo vedi che glieli dai sempre in faccia. Avevo ragione o no? – fece Ivo.

Augusto sbuffò. – Non lo faccio apposta. Mi viene naturale. Allora che musica ti piace?

Robbi era talmente terrorizzato che non riusciva a capire nemmeno la domanda. Si premeva la bocca con una mano.

Augusto gli puntò la pistola alla tempia e sollevò il grilletto. – Che musica ti piace? Hai cinque secondi per rispondere. Uno...

Se non rispondeva bene quello gli sparava. In testa aveva solo una domanda: qual è la musica da froci?

– Due...

Cercava nomi di cantanti, di gruppi rock ma il cervello era un buco nero.

– Tre...

Come se non avesse mai ascoltato musica in vita sua.

Ivo disse: – Forza, mica ti ha chiesto i sette vizi capitali. Rispondi che quello ti ammazza.

– Quattro...

Robbi balbettò: – I... Super... Supertramp...

I tre cominciarono a ridere come matti.

Robbi urlò: – No, non i Supertramp, i Metallica.

Ivo si asciugò le lacrime. – I Supertramp! I Supertramp? I Super sono piú froci dei Bee Gees.

Tullio aggiunse: – Pure i Bee Gees.

Augusto: – E di quegli altri, come si chiamano? Quelli
che si vestivano da indiano, da poliziotto, da meccanico...
Come cazzo si chiamavano? Dài, come cazzo si chiamavano?
Ivo: – I Village People. Che razza di frocioni!
Robbi disse: – Guardate che ho detto i Metallica.
Ivo sterzò bruscamente e inchiodò al bordo della stra-
da sollevando una nuvola di polvere e poi si voltò verso
Robbi.
– Stammi a sentire bene. Primo, nei giochi vale sempre
la prima risposta. Secondo, sei un travestito di merda che
non merita di vivere. Terzo, i Supertramp sono merda per
froci. Quarto, scendi da questa macchina.

Robbi piangeva in ginocchio. Gli avevano legato i polsi
dietro la schiena con il fildiferro. Erano a una trentina di
metri dalla strada in un campo arato. La luna faceva capo-
lino tra le nuvole livide e tingeva di giallo le zolle.
I tre gemelli erano in fila di fronte a Robbi, ognuno con
una pistola in pugno.
Augusto disse: – Ora ci fai un pompino a tutti e tre. Mi
raccomando lavora bene, che non c'è niente di peggio che
un pompino fatto male.
Ivo si fece avanti, si stava abbassando la tuta quando
ci fu uno sparo e il ciccione crollò a terra con un foro rosso al centro della fronte. Gli altri due non ebbero il tempo di fare niente, che crollarono a terra pure loro con un
buco in testa.
Robbi si girò.
In piedi a cinque metri c'era un uomo, con un casco da
motociclista, una tuta viola e un mantello di raso rosso.
L'uomo soffiò sulla canna della pistola e sollevò il pollice.
Robbi singhiozzò: – Chi sei? Superman?

Il Tenaglia dormiva sul suo letto. Russava, sfatto dalla maratona. Il tabellone segnava venti miliardi. La Cuccarini disse che doveva lasciare per cinque minuti lo spazio a un'edizione speciale del telegiornale.
Sigla.
La giornalista con aria preoccupata riferí che un altro fatto di sangue si era consumato in quella notte disgraziata. Sulla Pontina era stato ritrovato il cadavere di un transessuale non ancora identificato ucciso accanto a tre gemelli. Partí il servizio.
Se il Tenaglia fosse stato sveglio avrebbe riconosciuto il suo amico Robbi Cafagna in un vestitino a righe e con due soli dipinti intorno agli occhi, steso, morto, tra le zolle di un campo arato.

(2002)

Rane e girini

Questi racconti fanno parte del saggio *In nome del figlio* che ho scritto con mio padre nel lontano 1995. I miei racconti servivano ad aprire i capitoli sull'adolescenza scritti dal professore. Ci siamo divertiti a lavorare insieme e abbiamo litigato come un padre e un figlio quando siamo andati a presentare il libro in giro per l'Italia. Non voleva che guidassi perché non si fidava. Sono passati diciassette anni e ancora adesso si lamenta quando sto al volante. Il tempo non passa mai tra un padre e un figlio.

B&B & Pool Appartment
Chris & Wendy

Casa Serra Mar
Alfarrobeira 9100
Algarve
Portugal

Email: chriswendy@clix.pt

Tel: 289 990117

Mob: 91 945 1990

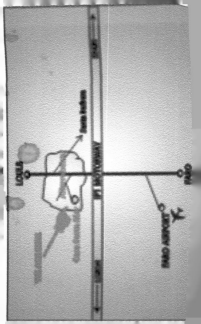

Michele entrò in camera. In mano stringeva un manico di scopa spezzato. Come prima cosa prese a bastonate un po' tutti i mobili della stanza. Poi salí in piedi sulla vecchia poltrona di pelle vicino alla finestra.

– Pippo, Pippo, guarda che ho inventato! – disse.

Suo fratello Filippo stava sdraiato sul letto a leggere per la centesima volta *Asterix in Corsica*.

– Che vuoi?

– Ho fatto un'invenzione nuova. Vieni a vedere.

Michele inventava di tutto: un frullatore che funzionava da ventilatore, una scatola di scarpe con dentro un kit di sopravvivenza nel caso in cui uno si fosse perso in bagno o in cucina, una slitta di stracci con cui aveva rotto la vetrata del corridoio e uno spara-batterie fatto con un tubo dell'acqua con cui aveva quasi fatto secca sua sorella Roberta.

Michele aveva dieci anni e Filippo dodici.

– Ho inventato un telecomando. Un telecomando per la televisione.

Quella del telecomando era un'annosa e lunga questione.

La famiglia di Filippo aveva da tempo immemorabile un vecchio e scassato televisore in bianco e nero Grundig.

Sembrava sempre che dentro quell'apparecchio nevicasse. Tutto: i film, i documentari, il telegiornale avevano qualcosa di nebbioso, come se i programmi si svolgessero in mezzo a una bufera di neve.

L'acquisto di un televisore a colori veniva rimandato dal padre di Filippo con regolarità al Natale successivo ma a pochi giorni dal 25 dicembre spuntavano fuori spese impreviste: tasse, debiti, rate e l'acquisto si rimandava all'anno successivo.

Filippo e Michele invidiavano un sacco Pietro, il bambino che abitava al terzo piano. I suoi genitori avevano in salotto una specie di gigantesco scatolone americano con un telecomando che sembrava una macchina da scrivere.

– Vieni, vieni, – lo pregò Michele con la sua voce lamentosa.

Afferrò per una manica il fratello e lo trascinò a forza in salotto.

– Guarda.

Si sedette a tavola.

Allungò un braccio e con la mazza colpí il televisore un paio di volte facendo un baccano infernale. Alla terza botta, finalmente, centrò il pulsante di accensione. La tele si illuminò.

Furia, il cavallo del West, nitrí dallo schermo.

– Guarda.

Colpí ancora la grossa pulsantiera dei canali. Primo, secondo, reti private.

– È un telecomando.

– Come è un telecomando?

– Sí, è un telecomando di legno, – disse Michele mentre un sorriso che andava da un orecchio all'altro gli deformava la faccia. Si aggiustò gli occhiali di ferro sul naso e si rimise su la frangetta.

– Com'è questa invenzione? – continuò.

Filippo prese il manico della scopa, si sedette anche lui

a tavola e assestò un paio di colpi all'apparecchio facendolo vacillare.

Sí, si riusciva a cambiare. Si poteva mangiare e comodamente cambiare canale.

Suo fratello era un genio.

– Molto buona. Sai che facciamo? La regaliamo a papà questa sera.

– Va bene. Però gli dici che l'ho inventata io.

– Sí.

Il padre di Michele e Filippo, il signor Mario D'Antoni, non si vedeva spesso a casa in quel periodo. Aveva da poco aperto con un suo amico un'agenzia di viaggi e tornava la sera distrutto e spesso di malumore. Gli affari non gli andavano molto bene.

Ma quella era una giornata particolare e il signor D'Antoni sarebbe stato conciliante.

Era sabato. E il sabato alla tele c'era Sandokan e i pirati della Malesia. Filippo contava i giorni tra una puntata e l'altra.

Per cena si riuní tutta la famiglia.

Filippo, Michele, Roberta, la sorella di sedici anni, la signora e il signor D'Antoni. Tutti appiccicati allo schermo a guardare lo sceneggiato. *Sandokan* piaceva a tutti e la mamma di Filippo preparava per l'occasione la famosa «pasta alla Sandokan», che poi non era nient'altro che pasta al burro, parmigiano e basilico.

Filippo era molto eccitato e contento anche perché il giorno dopo, domenica, era in programma una gita in campagna.

La famiglia D'Antoni era alla ricerca del posto ideale per fare un picnic. Una consuetudine smentita solo dalle domeniche piovose o troppo fredde.

Filippo adorava la campagna e quello che piú gli piaceva era fare da avanguardia al suo drappello di parenti e cercare i posti migliori dove farli accampare. Correva in avanti con suo fratello alle costole e lanciava bombe a mano, guardava la bussola e ogni tanto saltava in aria colpito dalle mine antiuomo.

– Domani dove andiamo a fare la gita? – domandò al padre.

– Domani andremo vicino Tuscania, risaliremo un torrente a valle e cercheremo le famose grotte dove vive l'orso laziale dai denti a sciabola.

Il padre di Filippo e Michele riusciva sempre a dare un tono epico alle loro gite fuori porta. La settimana prima erano stati a Tarquinia nella necropoli a cercare il fantasma del «lucumone», l'antico re degli Etruschi.

Entrò la madre di Filippo con una zuppiera tra le mani. La posò al centro della tavola.

Filippo si gettò sul cibo. Si riempí il piatto e se lo mise davanti.

– Aspetta Filippo! Servi prima gli altri. Io non capisco come mai sei cosí maleducato, – gli disse la madre sbuffando.

Filippo prese il piatto che aveva davanti e lo passò a suo fratello. Poi cominciò a prepararne un altro per la sorella.

– Papà. Papà. Abbiamo un regalo per te, – disse improvvisamente Michele con il boccone in bocca.

Il bambino si alzò e tornò poco dopo con il manico di scopa avvolto nella carta da pacchi. Si sedette.

– Tieni.

– Che cos'è? – fece il padre poco convinto. C'era il telegiornale.

– Apri.

Il signor D'Antoni strappò rapidamente la carta e tirò fuori il manico di scopa. Poi lo poggiò contro il muro e riprendendo a guardare la televisione disse:

– È un bellissimo regalo ma ora mangia la pasta perché se no si raffredda. E poi non ti alzare da tavola.

– Guarda papà.

Michele scese di nuovo dalla sedia e corse dal padre.

– Ho detto di non alzarti da tavola. Cristo.

Michele afferrò con due mani il manico, lo portò sopra la testa, si alzò in punta di piedi e prese la mira.

E poi colpí.

– Guard... – la parola gli si ruppe in bocca.

Non colpí il televisore.

Era troppo lontano e Michele era troppo in basso. Colpí la tavola. Il manico della scopa come una mannaia si abbatté sul centro della tavola.

La zuppiera con la «pasta alla Sandokan» si aprí in due spargendo pasta sulla tovaglia. Il bicchiere di sua sorella Roberta schizzò in aria in mille pezzi. La bottiglia dell'olio rotolò fino al bordo del tavolo e precipitò sulla camicia del padre.

Ci fu un attimo di silenzio. Tutto sembrava essersi fermato nella stanza.

La signora D'Antoni a bocca aperta con la bottiglia di vino in mano. Il signor D'Antoni che si reggeva orripilato la camicia unta. Roberta D'Antoni che guardava i pezzi di bicchiere sparsi tra gli spaghetti.

– Micheleeeee! – urlò Mario D'Antoni.

– Michele sei il solito deficiente, – gli ragliò dietro Roberta.

– La mia zuppiera di Vietri, – si lamentò la signora Gabriella.

Filippo si mise le mani nei capelli.

È morto. Mio fratello è morto.

Si sentiva vagamente colpevole, mortificato, per quello che aveva fatto suo fratello. Lui non c'entrava niente se suo fratello era un cretino ma nonostante questo aveva dentro qualcosa simile alla colpa.

È colpa mia. Gliel'ho detto io.

Michele fu il primo a riprendersi.

– Mamma! Mamma te la incollo io la zuppiera. Che ho fatto! – miagolò. Poi guardò meglio il disastro che aveva combinato e scoppiò a piangere.

Filippo si alzò e cominciò a raccogliere la pasta dal tavolo.

– Non mettere le mani lí! È pieno di vetri. Ti tagli, – gli urlò sua madre.

Michele continuava a piangere. Roberta dall'orrore era passata al riso che nascondeva con una mano davanti alla bocca.

– Smettila di frignare. Ma sei impazzito. Guarda che hai fatto, – fece il signor D'Antoni. Stava seduto al suo posto con un ghigno sulla bocca a metà tra il disperato e il furioso.

– Ma papà... – singhiozzava Michele.

– Guarda che mi ha fatto alla camicia. È da buttare. Gabriella non dirmi che non si può lavare.

– E che ti devo dire, Mario. Quella neanche in lavanderia...

Filippo si avvicinò al fratello e cercò di consolarlo. Ma Michele aveva attaccato con uno di quei pianti diluviali che non terminavano mai.

– Dài Michi, smettila. È solo che hai sbagliato il colpo... Ma il telecomando è mitico.

Gli faceva pena suo fratello. Non ne combinava mai una buona. Aveva delle intuizioni geniali che finivano sempre in un guaio. E questo era proprio bello grosso.

– Io sono stanco. Non ce la faccio piú. Lavoro come uno schiavo. Voi mi volete far morire... Questi due mi faranno venire un infarto... Non imparano niente, – continuò affranto il signor D'Antoni.

Perché mi ci mette dentro sempre anche me quando si arrabbia con Michele? Io che cosa c'entro? pensò Filippo. Voleva chiederglielo ma non era il caso. Era meglio farlo sfogare. Era meglio stare zitto e aspettare che la bufera passasse, che cacciasse fuori tutto il nero che aveva dentro, poi forse ci poteva parlare di nuovo.

Intanto alla televisione era incominciato *Sandokan*. Nessuno sembrava farci caso.

Roberta e la madre sparecchiavano. Il padre continuava a strillare. Era una specie di ciclone che si autorigenerava.

– Papà guarda che Michele ti voleva fare un regalo, – balbettò timidamente Filippo.

Il signor D'Antoni si voltò e guardò il figlio con una smorfia ironica e cattiva. Sí, sembrava veramente cattivo.

– Ah, un regalo? È un regalo prendere a bastonate la tavola?

– No, papà, lui voleva solo cambiare canale. Il bastone può funzionare come un telecomando.

– Adesso basta. Stai zitto. Non voglio piú sentirvi, – e poi rivolgendosi alla moglie: – Gabriella portami una camicia pulita.

– Ma io che c'entro? Io non ho fatto niente, – continuò Filippo. Sentiva la gola chiudersi e il pianto montargli su come una marea inarrestabile. Stava per piangere. E non voleva piangere.

– Ho detto che non voglio sentirvi. Andate in camera.

– Ma io che c'entro?

– Sei grande. Non sei piú un bambino. Ti devi occupare di tuo fratello. Se lui fa delle stupidaggini, tu devi dirgli di non farle. Hai capito?

– Ogni volta, alla fine, è colpa mia. È sempre colpa mia, – disse Filippo piangendo.

Il pianto era arrivato e con questo la rabbia. Rabbia verso suo padre che non capiva. Che ogni volta non capiva. Che ogni volta lo incolpava ingiustamente.

Perché?

Perché?

Sentí dentro una strana voglia. Una voglia perfida di riprendere il bastone e incominciare a menare colpi sul tavolo, sul televisore fino a farlo esplodere, su tutto. Ricacciò a forza le lacrime dentro.

– Basta! Vai in camera tua! – urlò il signor D'Antoni. Si girò, alzò il volume della televisione e si mise a guardarla.

Filippo rimase un attimo cosí, volendo rispondere ma senza parole, senza sapere che fare. Afferrò la mano del fratello che ancora singhiozzava e lo portò in camera. Lo fece entrare.

– Stai qua! Torno subito, – gli disse.

Rifece il corridoio poi si affacciò nella sala da pranzo. Suo padre stava pelando una mela, come nulla fosse stato, e si guardava *Sandokan*. Anche Roberta.

– Volevo dirvi una cosa. Io domani in campagna non ci vengo, – disse Filippo ad alta voce.

Sua sorella sembrava quasi contenta di tutta quella storia. Sorrideva, la stronza.

La odiò.

– Che vuoi ancora? – disse il padre girandosi appena.

– Ho detto che domani io in campagna non ci vengo.

Filippo era sicuro che quello era un avvertimento terribile. Che i suoi si sarebbero rimangiati tutto, che si sarebbero scusati, che avrebbero detto che lui non c'entrava niente pur di averlo con loro in campagna.

– E chi se ne importa.

Filippo sentí qualcosa dentro spezzarsi. Un dolore terribile.

«E chi se ne importa».

A suo padre non importava niente se lui c'era o non c'era in campagna. E cosí a sua sorella e a sua madre. Uscí dalla sala da pranzo sbattendo la porta. Corse fino alla sua stanza. Ci si chiuse dentro. Poggiò i piedi contro il muro e spinse il comò verso la porta.

Si era barricato.

Michele aveva smesso di piangere e stava sul letto a guardare il fratello.

– Che stai facendo? – gli chiese.

– Cosí non possono entrare.

Filippo si sedette accanto al fratello e lo guardò.

– Domani non ci andiamo in campagna. Va bene? Ce ne rimaniamo a casa. Io e te soli. Ci vadano loro in campagna. Tanto a me non me ne frega niente...

– Neanche a me, – concordò Michele. Filippo gli poggiò il braccio intorno al collo.

Forse non sarebbero nemmeno usciti dalla stanza. Lí dentro avevano tutto. Acqua, biscotti. Si sarebbero chiusi dentro per una settimana. Lui e suo fratello. Quella non era una stanza ma un bunker.

– Pippo, Pippo, io voglio vedere *Sandokan*!

La voce del fratello interruppe i suoi pensieri di vendetta.

– Che vuoi?

– Voglio vedere *Sandokan*!

– Non si può. Non si può andare di là. Loro ci odiano.

Filippo sapeva che certe cose suo fratello non le capiva. Si dimenticava subito degli schiaffi, delle punizioni ingiuste. In dieci minuti tutto ritornava normale.

– Se vuoi possiamo giocare con la pista, – gli disse infine.

Doveva distrarlo se no quello era capace di andare di là e distruggergli tutto il piano di isolamento.

– Va bene. Ma io voglio la Ferrari.

– D'accordo. Prendila.

Montarono la pista e giocarono un po'. Ma senza voglia.
A un tratto qualcuno provò a entrare.
– Filippo apri la porta.
Era sua madre.
– No, non apro. Andatevene via. Lasciateci in pace.
– Dài Pippo, apri.
– No, – disse Filippo.
– No, – disse Michele.
– Dài su. Lo sai com'è fatto tuo padre. Apri.
– Lui non mi vuole bene.
– Sí che ti vuole bene.
Filippo fu costretto a spostare il mobile e ad aprire. La madre entrò e fece infilare il pigiama a Michele e lo mise a letto. Filippo si accucciò sul suo e cercò di fare come se lei non ci fosse nella stanza.
– Forza, spogliati e non ti arrabbiare, – gli disse a un orecchio. Poi gli diede un bacio sul collo. – Dài che domani ci dobbiamo alzare presto, – continuò.
– Io domani non ci vengo in campagna.
La madre finalmente uscí.
Filippo sentiva il respiro pesante del fratello che dormiva. La bava di luce che filtrava dal corridoio sotto la porta si spense. I suoi stavano andando a dormire. La porta della loro camera si chiuse.
Ora tutto era immobile.
Solo il ronzio intermittente del frigorifero e il ticchettio della sua grossa sveglia con Paperino.
Ripensò ancora una volta a suo padre, a come lo aveva incolpato ingiustamente, ai suoi occhi duri e piatti. Gli faceva paura in quei momenti e di piú gli faceva paura il fatto che lui non riusciva a non abbassare il capo, a fare sempre quello che voleva suo padre. Si sentí indifeso. Indifeso come mai prima.

Guardò fuori e vide le grosse lampade al sodio dei lampioni spargere la loro luce opaca e gialla oltre le sbarre del balcone. Vide il grigio del cielo nuvoloso e vide suo fratello chiudersi meglio tra le coperte.

Si addormentò.

Era ancora presto quando il signor D'Antoni entrò nella loro stanza. Era già vestito.

– Forza, è ora. L'orso dai denti a sciabola ci sta aspettando, – disse con gioia. Accese la radio. Musica italiana.

– Forza dormiglioni. È ora di svegliarsi.

Michele scese dal letto stropicciandosi gli occhi pieni di sonno. Il signor D'Antoni lo afferrò con un braccio e lo sollevò. Era contento.

– Dài Michi, ora ci facciamo la doccia insieme.

Mentre usciva con Michele sotto braccio urlò:

– Filippo prendi la bussola e la borraccia che oggi il percorso è difficile!

Filippo non si mosse. Rimase cosí, con la faccia contro il muro.

Allora tutto è dimenticato. Tutto. Il colpo in mezzo al tavolo, la camicia, la zuppiera di Vietri. Tutto è finito. Com'è possibile? Una notte di sonno e tutto è finito. Tutto cancellato, pensò.

E chi se ne importa.

No. Niente è cancellato. Non è giusto. Non è giusto.

Che cosa non è giusto?

Non è giusto incolpare chi non c'entra niente. Non è giusto dimenticare. Non è giusto che arrivi la mattina come se niente fosse successo. Come se non avessimo mai litigato. Come se tutto andasse bene.

Filippo si acciambellò di piú e decise che lui in campagna non ci sarebbe andato. Lo potevano uccidere ma in campagna lui non ci andava né ora né mai piú.

Si sentí forte.

Provò a riaddormentarsi. Il fratello poco dopo rientrò avvolto nel suo accappatoio giallo. Cominciò a vestirsi.

– Pippo, alzati. Papà è quasi pronto, – disse Michele mentre si infilava i pantaloni.

Allora anche suo fratello non ricordava piú nulla. Era come tutti gli altri. Un infame. Come poteva andare in campagna? Lui si era beccato quella sgridata per aiutarlo. E Michele andava in campagna?

– Pippo ti alzi? È tardi.

– Vai via traditore. Non ti voglio piú vedere, – disse Filippo senza nemmeno guardarlo.

Michele si infilò la camicia, si chiuse i bottoni e senza dire niente uscí dalla stanza.

Entrò sua madre. Si avvicinò al letto. Ci si sedette sopra.

– Mi ha detto tuo fratello che non vuoi venire in campagna. È vero?

– Certo che è vero.

– Dài Filippo alzati. Non fare il bambino, che è tardi.

– Non voglio venire. Lasciami in pace.

– Guarda che tuo padre ci rimane male se non vieni.

Come?! Mio padre ci rimane male? E io? E io non ci rimango male? Come mai il fatto che mio padre ci rimane male è molto piú importante per te, mammina cara, del fatto che IO ci rimango male. Tu non ti rendi conto ma stai sbagliando. Sbagli da morire.

Tutto questo avrebbe voluto dirle, ma sentiva dentro un magone grosso che gli chiudeva la gola, lo stomaco che gli faceva male e di nuovo voglia di piangere.

– Vattene. Vattene. Voglio stare solo.

– Fai come ti pare. Lo senti tu tuo padre.

Anche la madre se ne andò. Ora doveva solo affrontare suo padre. Se lo vide davanti tutto nero con le orecchie a

punta, i piedi grifagni, le mani dai lunghi artigli, sputare
fuoco nella sua stanza, incenerirgli i poster, la macchina
telecomandata.

– Ecco l'eroe. L'incorruttibile Filippo. Guarda che chi
ci rimette a non venire sei solo tu, sei tu che rimani a casa
da solo. E sai che noia...

Era sua sorella. Ora ci si metteva pure lei.

– Vaffanculo.

– Carino! Sei proprio un ragazzino educato!

In quei momenti la trovava insopportabile. Aveva un
tono da «so tutto io». Arrogante e acida. Finalmente se
ne uscí dalla stanza.

Di là, in corridoio, stavano finendo di prendere le ultime cose: i panini, la borraccia, gli impermeabili nel caso
piovesse, gli zaini. Filippo era ancora a letto, guardava il
muro a pochi centimetri dalla sua faccia e ascoltava i rumori, le voci della sua famiglia. Si sentiva solo e deciso. Suo
padre non gli aveva detto niente. Un po' ci aveva sperato
ma lui non si era fatto vedere.

La porta di casa si aprí. Michele disse alla sorella di
chiamare l'ascensore.

Suo padre portò fuori gli zaini.

– Allora, sei sicuro che non vuoi venire?

Era suo padre. Filippo non si mosse. Non si girò nemmeno.

– No. Non vengo.

– Sei sicuro?

– Sí.

– Fai come ti pare.

Sentí i passi di suo padre che usciva. La porta dell'ascensore che si apriva. Suo padre e sua madre che parlavano.

– Non vuole venire?

– No. Ha detto che vuole rimanere a casa.

– Non mi va di lasciarlo solo. Torneremo tardi.

– E che vuoi che succeda?

– Aspetta...

La signora D'Antoni rientrò, si avvicinò al figlio e lo girò dalla sua parte. Gli sorrise.

– Forza Filippo, vieni con noi.

– No mamma. Ho deciso. Voglio rimanere a casa.

– Ok. Se vuoi cosí. Provo a chiamarti da Tuscania. Fai il bravo e non uscire.

– Va bene mamma.

Si baciarono, poi la madre uscí chiudendosi dietro la porta. Filippo ascoltò il rumore dell'ascensore che scendeva. Smontò dal letto, andò in corridoio. La porta era chiusa. Rientrò nella sua stanza. Si infilò le pantofole. Aprí la portafinestra che dava sul terrazzino. Uscí. Sotto c'era la sua famiglia vicino alla macchina. Stavano caricando i bagagli. Michele alzò lo sguardo e lo vide. Sollevò un braccio e lo salutò. Filippo gli fece un segno. Poi tutti salirono, le porte si chiusero. Il rumore del motore che si avviava. La macchina partí.

Filippo rimase un altro po' a guardare la strada deserta poi rientrò. La casa era silenziosa piú della notte. Filippo fece un bel respiro e decise di andare a vedere la televisione.

Quella era la prima volta che rimaneva una domenica da solo.

Motore 49cc, sei marce, raffreddamento ad acqua. Freno anteriore a disco, freno posteriore a tamburo. Ammortizzatori idraulici. Velocità cinquanta chilometri orari. *Non è un motorino, è una bomba. Basta togliergli la membrana al carburatore e ti prende i settanta come niente.* Questo pensava Francesco, anni quattordici, mentre sfogliava una rivista di moto.

Stava seduto sul gabinetto.

Ci stava da almeno mezz'ora là sopra e il sedere cominciava a fargli male. Ma quel giornale lo rapiva. Non c'era niente da fare. Soprattutto le prove su strada. Ci si vedeva sopra quelle belve a due ruote a correre tra i birilli, a provare la ripresa da 0 a 100.

Quello voleva essere da grande: un collaudatore di motociclette.

– Oh, che ti è successo? Sei morto?

La voce di sua madre dietro la porta.

– Esco. Esco.

Francesco si alzò, si abbottonò i jeans, infilò la rivista nella tasca posteriore e uscí. Sua madre era in cucina. Stava preparando l'impasto per la pizza. Francesco prese un bicchiere di succo di pera dal frigo e le si sedette accanto.

– Mamma io esco.

– Dove vai?

– Mah, non lo so. Forse vado a cercare Enrico.

– Ah...

La madre continuava ad affaticarsi sulla pasta, a strizzarla e poi a distenderla con il mattarello. Ogni tanto ci aggiungeva un goccio d'acqua. Guardava l'impasto con un'espressione d'odio.

– Prepari la pizza?

– Sí, ma sta venendo uno schifo. È piena di grumi.

– Lo sai che i genitori di Enrico gli hanno regalato un'Aprilia GSW da cross?

Mentiva. Al suo amico Enrico avevano promesso di comprare un'Aprilia se, e quel «se» era grande come l'oceano, fosse stato promosso a giugno.

– Ah che bello! – gli rispose la madre distratta.

– Sí, lui è contentissimo. E poi non costa molto.

– Quanto l'hanno pagata?

– Tre milioni e ottocentomila, chiavi in mano.

– Ah. Allora sono ricchi i genitori del tuo amico.

La madre di Francesco finalmente finí. Prese la palla di pasta e l'avvolse in uno straccio bagnato. La poggiò sulla credenza. Tirò fuori dal frigo i fagiolini e cominciò a pulirli.

– Guarda che non è molto. Esistono degli scooter che costano piú di quattro milioni, – continuò Francesco ostinatamente.

– Che fai, ricominci? – sbuffò sua madre.

Francesco crollò sulla sedia affranto.

– Dài ma', ti prego, comprami un motorino. Ti prego. Sto malissimo senza.

– Basta Francesco, sei petulante. Te l'ho detto: è no. Quando avrai sedici anni e sarai piú grande te lo compreremo. Non ne possiamo parlare tutti i santi giorni...

Francesco rantolò sulla sedia. Allargò le gambe e prese un grande respiro. Si alzò.

– Vabbè, io esco.

– Torna prima di cena.

Francesco si mise la giacca a vento e i guanti. Fuori faceva freddo. Chiuse la porta di casa e scese le scale di corsa.

Due anni. Due anni non finiscono mai. Era l'unico a non avere ancora il motorino. Lui e quello sfigato di Enrico. Un soggetto, ecco quello che si sentiva.

Poi quando avrò sedici anni tutti i miei amici avranno il 125 e io avrò il 50. Perché il mondo è cosí ingiusto?

Uscí dal portone del condominio correndo, tirò fuori dalla tasca una chiave e aprí il lucchetto che teneva legata la sua mountain bike a un palo della luce. La guardò con disprezzo. Solo un anno prima era la cosa piú bella che aveva, ma ora... Era solo ferraglia fosforescente.

Ci montò sopra e cominciò a pedalare senza una meta precisa. Prese una stradina laterale tra due palazzoni in via di costruzione. Non c'era nessuno. Nessuno dei suoi amici. Decise di fare un po' di cross. Continuò per la stradina che presto perse l'asfalto. Camminava tra i ciottoli, con la bocca faceva il rumore di un motore a due tempi raffreddato ad acqua e ogni tanto sgommava immaginando di essere sopra un'Aprilia GSW.

Scese dalla bicicletta, se la caricò in spalla e si arrampicò su per una scoscesa sterrata. Arrivato in cima la mise a terra. Davanti a lui si stendeva un campo abbandonato. Ai lati c'erano mucchi di mobili sfondati, televisori, reti e altra immondizia. In mezzo all'erba e all'ortica si intravedevano le impronte lasciate dalle moto da cross dei ragazzi piú grandi. In fondo, in lontananza, ce n'erano tre seduti su una panchina sfondata. Fumavano e sicuramente parlavano delle loro moto. Sembravano cavalieri medioevali seduti accanto ai loro fidi stalloni.

Sarebbe stato il massimo starsene cosí, con loro, seduto tranquillo a chiacchierare, con la propria moto davanti. Rimontò in sella. Si lanciò a tutta velocità lungo la pista di fango stando attento a non finire con le ruote della bicicletta nei solchi lasciati dagli pneumatici. Fece un paio di salti ma senza soddisfazione.

Un rumore meccanico scosse improvvisamente il silenzio. Lo strillo acuto di un motore al massimo dei giri. Una motocicletta gli stava venendo incontro a palla, saltando sulle cunette e riempiendo l'aria di un gas bianco e puzzolente. Francesco si buttò di lato e quasi finí lungo, steso nel fango. Il centauro gli passò accanto a pochi centimetri. Gli urlò:

– Levati da là con quella bicicletta, cretino!

Poi scomparve oltre una duna. Francesco si girò su se stesso e spingendo la bicicletta si avviò verso il bordo del campo. Tornò sulla strada. Attraversò una grande arteria trafficata fino alla sala giochi. C'era poca gente e nessuno dei suoi amici. Solo un paio di ragazzi che conosceva appena. Fece un po' di giri con la Formula Uno e riuscí.

Probabilmente i suoi amici erano andati in centro.

Che palle!

Si fermò all'officina di Romano. Davanti, schierati in fila, diversi motorini, alcune moto di grossa cilindrata e un paio di moto da cross.

Francesco mollò la bicicletta su un palo e si mise a osservare i motori, le forcelle. Vicino a una Kawasaki lavorava un giovane, sui sedici, con un codino, un lungo naso aquilino e gli occhiali. Indossava una tuta blu sporca di grasso, gli scarponi scuri e su una guancia aveva una strisciata nera. Stava aprendo la testata del motore e infilando le guarnizioni.

– Ciao Marco! – gli disse Francesco sedendosi sopra un piccolo sgabello di legno.

– Ciao Fra. Sei venuto a rifarti gli occhi? – fece il giovane sorridendo. Aveva un bel sorriso rovinato da un incisivo mancante.

– Mah, passavo di qua.

– Allora che vuoi fare con quel gioiellino? Guarda che se la portano via se non ti spicci.

– Non lo so. Non sono piú tanto sicuro che mi piaccia. Forse mi dovrei prendere un KTM, è piú compresso.

– Fai come ti pare. Ma una moto cosí robusta e con un assetto come quello non la trovi. Te lo dice Marco che di moto ne capisce.

– Tu dici... – fece Francesco riflettendo.

Stimava molto Marco. Lo aveva visto un paio di volte correre sul campetto. Farsi piú di duecento metri su una ruota sola. La sapeva portare la moto.

Tirò fuori da una tasca della giacca a vento un pacchetto di gomme.

– Vuoi una?

– No, grazie.

Francesco rimase ancora un po' a guardare Marco lavorare. Poi si alzò, si tirò su i jeans ed entrò nell'officina.

All'interno era buio. Solo un lungo neon scaricato rischiarava un po' l'ambiente. Su un lato un grosso bancone pieno di attrezzi e una vecchia radio che suonava musica leggera. Al centro della stanza, smontata in mille pezzi, troneggiava una Harley-Davidson gigantesca. Era coperta di borchie argentate e cuoio nero. Sul serbatoio era disegnata una donna nuda che si trasformava in una torcia.

Da un gabbiotto di vetro adibito a ufficio uscí un uomo grasso e pelato. Sopra il naso rotondo poggiava un paio di

occhiali di tartaruga. Le lenti spessissime gli trasformavano
gli occhi in due puntini neri. Indossava la tuta da lavoro.
- Ciao Romano.
- Ciao Francesco. Hai visto che bestiaccia? - disse il
meccanico indicando la Harley.
- Questa è una mille e tre...
I due si conoscevano bene. Da mesi Francesco era un
frequentatore assiduo dell'officina.
- Boh, credo di sí.
- Senti posso vederla... - chiese d'un fiato il ragazzo.
- Vai, vai. Tranquillo.
Romano uscí dall'officina e Francesco rimase solo. Si
avvicinò a un angolo. Accanto a un mucchio di pneuma-
tici usati c'era una moto coperta da una vecchia trapunta
di lana marrone.
La scoprí.
Eccola. La sua moto.
Diventava ogni giorno piú bella.
La sua Aprilia GSW.
Con quei parafanghi viola, il serbatoio metà rosso e metà
viola. Con quei giganteschi ammortizzatori, con le molle
dure e grosse. Il faro piccolo e giallo. Le frecce snodabili.
Per non parlare poi delle ruote con quei tasselli che sem-
bravano dei Baci Perugina. Veniva voglia di masticarli. Era
alta e affidabile. Era semplicemente il massimo.
- Lo sai chi se la vuole comprare? Quel ragazzo... come
si chiama? Quello che lavora al bar *La Palma*.
La contemplazione fu spezzata dalla voce bassa e rauca di Romano. Era in piedi, dietro di lui, con le mani sui
fianchi. Anche lui la guardava soddisfatto.
- Come? - disse Francesco ritornando tra i vivi.
- Sí, se la compra il garzone del bar *La Palma*.
- Veramente?

Il peggiore dei suoi incubi si era avverato.
Se la sarebbe comprata un altro. Odiò il garzone del bar
La Palma. Lo conosceva. Bruno Martucci detto «il Pagnotta». Francesco ignorava l'origine di quel soprannome. Se
lo ricordava bene però. Brutto. Una specie di torello bru-
foloso, con la fronte bassa e sempre sudato. Uno di quelli
che menano, che non ti lascia dire una parola e già ti ha
massacrato di botte. Se lo vide davanti, sulla sua moto, a
fare il coglione su e giú per il campetto. A fare le pinne.
Un incubo. Il peggiore della sua vita.
Nooo, mormorò tra sé Francesco in preda alla disperazione.
    – Gli ho detto che poteva prenderla ma prima dovevo
chiedere a te che cosa volevi fare. Ci sei prima tu. Allora la vuoi?
    – Sí... Sí, la voglio io, – disse Francesco sconsolato.
    – E i tuoi?
Francesco si girò di nuovo verso l'Aprilia. Si emozionò
a vedere il luccichio metallico della marmitta a espansio-
ne. Tornò a guardare il meccanico.
    – Hanno detto che me la comprano.
    – Sei sicuro?
    – Certo che me la comprano
    – Quando?
    – Anche domani.
Romano sembrava dubbioso.
    – Che è, non mi credi? – fece Francesco spavaldo.
    – No. No. Ti credo. Ti credo.
Qual era il piano di Francesco? Nemmeno lui lo sapeva con esattezza. Nulla gli era chiaro in quel momento.
L'unica possibilità che intravedeva era quella di tornare a
casa e attaccare un pianto greco fino a che i suoi, strema-
ti, non gli avessero detto di sí

Sí, sí e sí.

Cosa avrebbe potuto promettergli? Che nella prossima pagella ci sarebbero stati solo sette e otto, che avrebbe portato Pinto, il loro cane, tutte le sere a fare pipí ai giardinetti, che avrebbe preparato la colazione per i prossimi cinque anni a tutta la famiglia, che avrebbe rifatto ogni giorno il suo letto e anche quello di sua sorella, che non avrebbe mai piú detto una parolaccia in vita sua.

Tutto. Tutto. Avrebbe fatto tutto. Ma mai la sua Aprilia a Bruno Martucci. Questo no, questo no.

Ora la cosa che devo fare è portarla via da lí. Levarla dalle grinfie di quel bastardo del Pagnotta... La porto a casa poi la faccio vedere a mio padre. Gli spiegherò tutte le caratteristiche tecniche. Lo convincerò.

Sí, era l'unica strada.

– Romano, l'unica cosa è che mio padre la vuole provare. Lui è uno di quelli che non si fida. Gli ho detto che è perfetta e che ha fatto appena duecento chilometri, – disse in un fiato, cercando di essere il piú deciso possibile.

Il meccanico intanto aveva preso a rimontare il motore della Harley.

– Non c'è problema. Basta che venga qui prima delle sei e mezza e la può provare come gli pare.

– Sí, ma lui torna da lavoro verso le sette, sette e mezza.

– Mi passi quel pezzo, per favore? – disse Romano indicandogli un grosso ingranaggio cromato. Francesco lo prese da terra e lo passò al meccanico.

– Grazie. Allora digli che può venire domani. Noi siamo aperti tutto il giorno. Tu lo sai, no?

Francesco parve riflettere. Si aggirò indeciso per l'officina, si avvicinò al meccanico fingendo di essere interessato al lavoro. Poi, facendosi forza, disse tranquillo:

– Forse la cosa migliore è che gliela porto io a far vedere

questa sera. Poi la chiudo nel garage con la macchina di mio padre e domani vengo con mia madre e te la paghiamo...

Ce l'ho fatta. Sono riuscito a dirlo.

Romano sembrava non aver udito le parole del ragazzo. Continuava a lavorare come nulla fosse. Francesco aspettava impaziente. Non ce la fece piú.

– E allora che ne dici?

Non lo vedeva in faccia. Romano era piegato sopra quel mastodonte di motocicletta.

– Ci sto pensando, – disse dopo trenta secondi che sembravano due secoli.

– Guarda che non ti devi preoccupare. È tutto a posto. Ti lascio qui la mia bicicletta.

Il meccanico si girò su se stesso e lo scrutò a lungo con i suoi piccoli occhi da marmotta. Poi disse poco convinto:

– Ma tu la sai guidare la moto?

– Tranquillo Romano. Non c'è problema. Io al mare ho un Benelli a marce. Lo guido sempre.

– Vabbè, prendila. Ma sta' attento che se caschi e la rovini paghi tutto tu.

– Tranquillo.

Ce l'ho fatta. È mia. E vai cosí.

Romano si alzò e si stiracchiò. Sembrava un tricheco.

– Forza tiriamola fuori questa belva, – disse.

Francesco sentiva l'emozione corrergli sui nervi e il cuore pompargli adrenalina nelle vene. La portarono alla luce del sole. Era ancora piú bella. Ora doveva solo convincere i suoi genitori. Uno scherzo da niente.

– Allora ti sei deciso a prenderla, – gli fece Marco.

Francesco fece segno di sí con la testa. Non riusciva a parlare.

– Aspetta che te la pulisco, c'è un po' di polvere.

– Non importa. Non importa.

Voleva solo andarsene. Portare a casa la moto e prepararsi per il ritorno di suo padre.

La afferrò per il manubrio. Era enorme. Gli tremavano un po' le gambe ma faceva di tutto per non mostrarlo. Anche la saliva era azzerata. Ci montò sopra. La moto si abbassò sotto il suo peso ma era ancora altissima e Francesco toccava appena con la punta dei piedi.

– Come ti ci trovi? – chiese Marco. Lo guardava sorridendo e intanto si puliva le mani sporche su uno straccio. Francesco decise che gli era proprio simpatico quel ragazzo.

– Bene, – gli rispose sorridendogli a sua volta.

Provò ad accenderla con una mossa acrobatica della gamba ma con scarso successo. I suoi colpi erano deboli. Doveva prenderci la mano. Provò un'altra volta. Nulla da fare. Si guardò in giro smarrito.

– Se non giri la chiave puoi restare là tutta la notte, – gli fece Romano appoggiato all'ingresso dell'officina. Aveva l'aria sempre piú dubbiosa.

Cretino. Idiota che non sono altro. Quello adesso ci ripensa. Girò la chiavetta di accensione. Una spia verde si illuminò. Francesco affondò con tutta la forza sulla leva di accensione. Preciso.

Strook.

La moto, come per magia, si accese con un borbottio metallico.

Fantastico.

– Allora... buon viaggio. Stai attento, – gli disse ancora Marco.

E ora veniva il difficile. Francesco in vita sua aveva guidato tre volte un motorino. Una volta un Ciao e due una Vespa con risultati molto mediocri. Aveva però letto bene *Il grande libro della moto* in cui al terzo capitolo erano spiegate dettagliatamente tutte le istruzioni necessarie per guidarla. In cuor suo non era piú tanto sicuro che quel breve apprendistato gli fosse ora sufficiente.

Si ripeté mentalmente le regole.

Uno: tirare la leva della frizione. Lo fece.

Due: abbassare, in modo da inserire la prima, la leva del cambio. Lo fece.

Tre: lasciare dolcemente la leva della frizione. Lo fece.

La moto partí a razzo sulla strada impennandosi su una ruota sola. Proseguí cosí per una decina di metri poi crollò vicino a un camion del latte fermo al lato della strada. Lo schivò per miracolo. Francesco proseguí, in prima, con il motore che gli urlava sotto il culo fino a quando si ricordò il punto quattro: *mettere la seconda.*

In qualche modo riuscí a inserirla ma avendo lasciato la manopola del gas la motocicletta prese ad andare avanti a saltelli singhiozzanti. Sentí appena Marco che gli strillava dietro:

– Attento all'autobus!

Si girò e vide davanti a sé un muro arancione fatto di lamiera e vetro che gli veniva incontro urlando come un bufalo scatenato. Si piegò da una parte e lo lisciò per pochi millimetri. S'infilò finalmente nel flusso di macchine che andava nella sua direzione e si allontanò.

Fu un ritorno veramente impegnativo e Francesco sudò moltissimo. La moto gli si spense un numero imprecisato di volte. Dopo mezz'ora era piú o meno in grado di cambiare, di frenare e di girare il manubrio.

Era soddisfatto.

Mancava ancora un po' di tempo al ritorno di suo padre. Decise di fare un salto a trovare i suoi amici. A fargliela vedere. Probabilmente erano tutti al campetto.

Ci si sentiva maledettamente bene su quella moto. Si guardava nello specchietto e si trovava piú bello, piú grande, piú paraculo.

Ce la posso fare. Papà in fondo le ama le moto. Quando era giovane aveva un Guzzi Falcone, me lo racconta ogni volta. Lo convincerò. Lo convincerò.

Sí, ce la poteva fare ma dentro sentiva un po' d'ansia compressa, nascosta tra le pieghe dello stomaco. Anche il respiro gli si era accorciato. Aveva osato troppo?

No, non ho osato troppo per niente.

Fece due grossi respiri poi girò l'acceleratore portando la moto su di giri.

È proprio una ficata 'sta moto.

Entrò nel campetto come se fosse la cosa piú normale del mondo che lui stesse a cavallo di una moto.

Sciolto. Rilassato.

I suoi amici erano là, seduti sulla solita panchina. Lo videro. Francesco fece un saluto con la mano e poi avanzò piano.

Mi stanno guardando tutti.

Scese dalla moto, la mise sul cavalletto.

– Ti sei comprato la moto? Non è possibile! – gli disse incredulo Enrico, un ragazzo alto e magro come un chiodo con delle grosse scarpe da ginnastica nere ai piedi. Era stupito.

– Sí, oggi. Ti piace?

(Bugia. Bugia gratis).

– Francesco, è pazzesca! – continuava a ripetere Enrico.

– Lo so, lo so.

Tutti, anche le ragazze, ci giravano intorno e Francesco si sentiva bene. I commenti si sprecavano.

– È bellissima!

– Non è troppo alta?

– Mi piace la forma della sella e i colori del serbatoio.

Un rumore potente ruppe la conversazione, di motori quattro tempi. Poi sbucarono da sopra la collina i piú grandi, sulle loro moto. Erano quattro. Girarono intorno a Francesco e agli altri. Il loro capo, Piero, un giovane con i capelli cortissimi biondi e gli occhiali da mosca gettò a terra il mozzicone che aveva tra le labbra. Lo pestò.

– È tua? – fece a Francesco guardandolo torvo. Era la prima volta che gli rivolgeva la parola. A Francesco prese a battere forte il cuore.

– Sí.

Piero fece ancora un paio di giri intorno alla moto. I ragazzini lo guardavano.

– Bella!

– Grazie.

Enrico diede a Francesco una pacca sulle spalle. Aveva passato l'esame. Incominciava a imbrunire e decise che era il momento di tornare a casa. Probabilmente suo padre era già rientrato. Montò sulla moto e l'accese al primo colpo.

Piero e i suoi amici si erano seduti e fumavano. Lo guardavano. A un tratto Danilo, un ciccione, seduto alla destra di Piero, pelato e con una maglietta nera dei Metallica, si alzò in piedi. Si avvicinò a Francesco e poi guardando i suoi amici disse ridendo:

– Ma questa non è la moto che si voleva comprare il Pagnotta?

Tutti si sganasciarono dalle risate.

Che cazzo c'è di tanto divertente? Che cazzo vi ridete?

Mise la marcia. Con la coda dell'occhio vide che anche Piero era rimontato sulla moto. Gli si fece accanto rombando.

– Allora vieni a farti una corsetta?

– No... No grazie.

– Hai problemi? – continuò Piero con un ghigno. Sembrava uno squalo con quegli occhialetti scuri. Uno squalo affamato di carne umana.

– No, è che devo tornare a casa, – disse Francesco cercando di fare lo sciolto.

– Dài, solo una corsetta. Cosí mi fai vedere come ci salti con questa belva.

– No, non posso. Devo andare.

Francesco comprese in un attimo che quello era uno stronzo e che si voleva solo divertire alle sue spalle.

Sono sfortunato da morire.

Doveva andarsene, il piú velocemente possibile. I suoi amici, piccole e inutili formiche, lo osservavano scuotendo la testa. Anche Enrico aveva sul volto un'espressione di addolorata rassegnazione. Perse la testa. Con lo stomaco che gli risaliva su per la gola scattò in avanti. Voleva disperderli, scappare fino a casa, non farsi vedere mai piú.

Ma non era possibile.

Piero con un balzo lo superò e gli si mise davanti con tutta la moto bloccandolo. Gli afferrò il manubrio.

È la fine.

– Che fai, scappi? – gli disse levandosi gli occhiali. Aveva gli occhi affilati e inespressivi di un barracuda.

– No... no.

Le parole gli morirono in bocca. Non riusciva piú a parlare.

Danilo e gli altri lo affiancarono. Gli fecero cerchio intorno.

Era la situazione peggiore in cui si era cacciato in vita sua.

– Andiamo.

Girarono le moto verso il campetto, tranquilli, sorridenti. Anche Francesco fu costretto a girarsi e a seguirli. Enrico, vicino alla bici, faceva segno di no con la testa.

Era come andare al patibolo, e quelli intorno a lui non erano soltanto motociclisti di periferia, ma boia insensibili assetati del suo sangue.

Arrivarono in fondo al campo. Si disposero in fila.

Davanti avevano una ripida discesa, poi un'improvvisa salita che terminava con un balzo. Francesco li aveva visti saltare da quella cunetta, fare voli di dieci metri e atterrare nel fango su una ruota sola.

No, non è possibile. Mi massacrerò.

Avrebbe voluto dirgli tutto questo ma in bocca, al posto della lingua, aveva una gigantesca lumaca viscida e morta.

– Vado io, – disse Danilo.

Partí rombando. Scomparve giú per il discesone e poi si arrampicò, minuscolo, su quel muro di fango fino in cima, con il motore che urlava e con la testa abbassata. Decollò in aria per parecchi metri, la moto di sbieco, levò su un pugno e urlò un grido di battaglia. Poi sparí oltre.

– Vai, tocca a te, – gli disse Piero. Era un comando. *Devo obbedire se voglio tornare a casa tutto intero.*

– Ora vado, – rispose Francesco. – Ora vado.

Si fece mentalmente il segno della croce.

Ce la posso fare, cazzo! Sono un kamikaze. Banzai!

Prese un bel respiro e si lanciò giú per la discesa. Attraversò il mare di fango attento a non cadere. Si reggeva a malapena. Non respirava. Non frenava. Non pensava. Le ruote scomparivano nel pantano e tiravano su schizzi di melma che gli finivano in faccia, tra i capelli. Si sporcò i pantaloni. Giunto in fondo si sentí meglio, gli rimaneva da affrontare solo la salita e poi il salto. Strinse i denti e accelerò.

La salita era ripida e la moto faceva fatica. Francesco cercava di mantenerla su di giri ma le ruote slittavano sollevando fango. Si stava impantanando. Se non si fosse mosso subito sarebbe rotolato indietro e sarebbe caduto come un cretino. Aveva gli occhi di Piero puntati sulla schiena. Strinse i denti. Scalò. Accelerò a palla.

Forza bella!

La moto tirò fuori tutti i suoi cavalli e aggredí la salita. Francesco fu sospinto indietro dall'accelerazione ma non mollò. Continuò a salire a duemila, saltando come una pulce impazzita. Andava sempre piú veloce. Giunse all'apice della collina come un proiettile e saltò.

Noo!

Ora era in aria. In aria con la sua moto. Lui e lei da soli. Lontani. A bocca aperta. Sotto vedeva Danilo, insetto, sulla sua moto, il campo sporco di spazzatura, la strada ingolfata dal traffico, le palazzine bianche e marroni del suo comprensorio, il balconcino davanti alla cucina di casa sua.

È bellissimo!

Poi precipitò giú. Atterrò malamente, sbilanciato in avanti. Crollò a terra, lontano dalla moto. L'impatto del terreno sulle ossa e sul collo lo rintronò. Riaprí gli occhi e vide verde. Il verde delle ortiche. Non riusciva a dare graduatorie ai suoi dolori. Cosa faceva piú male? La caviglia, il braccio, la testa, le ortiche, la figura di merda?

Si rialzò. Zoppicando su una gamba arrivò davanti alla sua moto. Era là, a terra. Uno stallone ferito in battaglia. La forcella storta. La ruota anteriore piegata. Il faro rotto in mille pezzi. Ci si chinò sopra e incominciò a singhiozzare. Dietro di sé sentiva le risa di Danilo. Risa eccessive e sproporzionate. Ma non gliene importava nulla. Aveva pensieri terribili che gli affollavano la testa: che cosa avrebbe detto a suo padre, a sua madre, a Romano che si era fidato di lui. Che cosa avrebbe raccontato a Enrico, a Manuela e a tutti gli altri.

A bocca stretta, solo per se stesso, incominciò a ripetere:

– Sono un cretino. Sono un povero cretino. Cosa ho fatto? Cosa ho fatto?

Sí, era solo un bambino. Si sentiva piú piccolo che mai con quel moccio che gli colava dal naso, la vista sfocata dalle lacrime e il magone in gola.

Piangendo provò a tirare su la moto, a spostarla, ma non ci riuscí. Era piantata nel fango. Danilo continuava a ridere e non lo aiutava.

Questa è la punizione che ti meriti per aver desiderato troppo quella moto, per aver mentito per impossessartene. Sei un poveraccio Francesco. Vai via! Sentiva rimbombargli dentro le parole di sua madre.

Si pulí il naso con la manica della camicia.

Ma non era ancora finita. Da lontano arrivavano degli strilli inumani, come quelli di un maiale sgozzato.

Che succede?

Di corsa vide apparire sul ciglio della collina una figura bassa e larga. Lo riconobbe subito. Il Pagnotta!

No, il Pagnotta no.

Con le mani in testa il Pagnotta, ancora vestito da garzone, con la fascia nera intorno alla vita e il grembiule bianco sporco di fango, si gettò giú e a grandi falcate raggiunse la moto. Era incredulo. Con uno sguardo bovino la fissava a bocca aperta.

– Non ci posso credere! La mia moto! Non ci posso credere! La mia moto! – ripeteva automaticamente. Danilo continuava a ridere.

Francesco non sapeva che fare. Si spostò in là, a testa bassa, come se a terra non ci fosse soltanto la moto ma la mamma del Pagnotta assassinata.

– Mi dispiace Pagnotta. Non è stata colpa mia, – provò a dire Francesco.

Sapeva di aver detto una stronzata ma non era in grado di dire altro, il cervello gli era partito per la tangente.

Il Pagnotta si girò e per la prima volta guardò Francesco. Aveva strani occhi spiritati e un ghigno che gli storceva la bocca.

È un mostro e ora mi massacra.

– Io non mi chiamo Pagnotta! – gli ringhiò e lo spinse. Francesco crollò a terra affondato da un pugno. Un treno in un occhio. Poi il bestione gli fu sopra. Incominciò a colpirlo dovunque, senza senso.

– La mia moto! La mia moto! – latrava.

Francesco si chiuse a riccio. Le braccia intorno alla testa. Poi tutto terminò.

Francesco riaprí gli occhi. C'era Piero che aveva preso da una parte il Pagnotta e gli stava parlando. Non capiva cosa si stessero dicendo. Poi vide Danilo aiutare il Pagnotta a tirare su la moto e a spingerla verso la strada. Piero gli si avvicinò.

– Tirati su, – gli disse e gli porse la mano.

– C'ho parlato io con il Pagnotta. L'ho calmato. Non ti farà niente ma ora vai a casa.

Francesco ricominciò a piangere. Forse erano state proprio le parole gentili di Piero a scatenare di nuovo il pianto. Lo aveva colto impreparato. Piero rimontò sulla sua moto. Francesco, con il naso sporco di sangue e moccio, gli si avvicinò.

Il motociclista si era rimesso gli occhiali ed era tornato improvvisamente di nuovo lontano, distante.

– Che devo fare ora? – gli domandò Francesco tirando su con il naso.

– Cazzi tuoi!

Piero partí su una ruota e si allontanò cosí. Francesco rimase a guardarlo scomparire. Il rombo della marmitta scomparve poco dopo.

Si avviò verso casa zoppicando. Aveva male dovunque. E il duro doveva ancora venire: avrebbe dovuto affrontare suo padre, sua madre e raccontargli tutto.

È tostissima.
Enrico era seduto sulla panchina. Lo aspettava.
– Eccoti finalmente. Hai fatto un botto incredibile! –
gli disse, poi gli si fece accanto, gli mise un braccio intorno al collo. Si incamminarono.
– Comunque non andavi niente male su quella salita, te
lo giuro, – disse Enrico.
Francesco si fermò e puntò i suoi occhi azzurri, rossi
per il pianto, in quelli del suo amico e con un mezzo sorriso interrogativo disse:
– Dici?

3

– Te lo dico eh: quest'anno no! Non esiste! Non facciamo come l'estate scorsa, quando mi hai costretto ad andare a mangiare tutte le sere da tua sorella, – disse il signor Ricci.

Guidava la sua Thema nel traffico lento della riviera. Era abbastanza piccolo e magro e sembrava fuori scala rispetto alla poltrona di alcantara su cui era seduto. Indossava una camicia a rigoni verdi, una giacca di lino blu e dei pantaloni larghi di cotone in tinta. Fumava una sigaretta ed espirava il fumo senza mai levarla dalla bocca, ogni tanto con la destra cambiava la frequenza della radio tenuta a basso volume.

– Costretto! Sei proprio uno stronzo! Ma che ti ha fatto mia sorella di male? – disse la signora Ricci sbuffando.

Era seduta accanto al marito. Portava dei giganteschi occhiali da sole di tartaruga che le coprivano metà della faccia magra. I capelli biondi e stopposi raccolti in alto. Indossava un lungo vestito a fiorellini blu. Sfogliava distrattamente una rivista di moda. La gettò a terra innervosita. Guardò suo marito e arricciò il naso in una smorfia di disgusto. Il signor Ricci sembrava di marmo con quella sigaretta appesa. Un vecchio autista di autobus. Occhi solo per la strada e orecchie per la radio.

– Allora, mi vuoi rispondere?

– Che c'è? Sto guidando!

– Che ti ha fatto mia sorella?

– È noiosa da morire.

La signora Ricci guardò schifata il marito come a valutare la risposta piú acida ed efficace e sarcastica, e rispose gracchiante:

– E invece con i tuoi amici ci si diverte da morire. Con l'ingegner Protti ci facciamo certe risate... eh?! Gente interessante, veramente.

– Che palle che siete! La smettete di litigare! Non siete soli, porca paletta. Dietro ci sono due poveri esseri umani che non ce la fanno piú... – disse Maria Ricci, con voce annoiata. Maria aveva tredici anni, dei lunghi capelli neri, un naso all'insú, due occhi svegli e scuri.

– Maria non ti permettere... – fece sua madre senza girarsi.

– Tua madre ha ragione, come ti permetti di parlare in questo modo? – ribadí il signor Ricci come resuscitato da un coma.

– Ci sono riuscita! Ci sono riuscita! – disse Maria sganasciandosi dalle risa e sbattendo la testa contro il finestrino.

– Quando fai la cretina non ti sopporto, Maria, – disse la signora Ricci.

– Ci sono riuscita. È la prima volta che siete d'accordo su qualcosa da quando siamo partiti! Sono grandissima.

Un Terrier bianco e nero seduto tra Maria e Ciarin, la giovane cameriera filippina, incominciò ad abbaiare e a digrignare i denti. Abbaiava a un gigantesco Terranova stipato in una 126 affiancata alla loro macchina. Con un balzo atterrò davanti. In grembo alla signora Ricci, infilando una zampa all'interno della borsa di corda e continuando ad abbaiare come un disperato.

– Gnigni! Gnigni! Basta! Vai dietro! Dio, questo cane è malato di nervi! Diamogli un Roipnol. Maria, per favore, lo tieni! Non ce la faccio piú!

Lo prese per il collo e con un gesto deciso lo gettò dietro. Maria lo afferrò e lo obbligò a stare buono.

La signora Ricci tirò fuori dalla borsa un cellulare e cominciò a comporre un numero.

– Allora sai che facciamo? Io e Maria andiamo da mia sorella e tu resti a casa. Ciarin ti preparerà quello che c'è in cucina, – disse al marito portandosi poi il telefono all'orecchio.

– Non mi regge di andare a trovare la zia Vittoria. Siamo appena arrivati! – disse Maria.

– Ti muovi, Cristo! – disse il signor Ricci al furgone che gli bloccava la strada.

– Fai un po' come ti pare Maria... Tu tanto fai sempre come ti pare, – sbuffò la signora Ricci.

– Dottore, dottore, si fermi. Voglio comprare le sigarette, – disse Ciarin con il suo strano accento straniero indicando un tabaccaio a lato della strada.

– Ciarin, non ci si metta pure lei, la prego. C'è un traffico bestiale, se ci fermiamo non arriviamo piú. Le sigarette se le compra dopo. Franco supera 'sto branco di deficienti, – fece la signora Ricci al marito, poi chiuse il telefonino e indicò a Maria un gruppo di pagliacci grondanti di sudore e trucco e un cammello vecchio e spelato che facevano pubblicità a un circo di provincia.

Maria si infilò il Sony e incominciò a ballare sommessa tra sé.

Si sentiva agitata e non vedeva l'ora di arrivare. Mancava poco.

Finalmente, superata la cittadina, la Thema imboccò una piccola strada tra i pini. Si fermò davanti a un passaggio sbarrato. Da una casupola uscí il guardiano. Riconobbe il signor Ricci e gli sorrise. La barriera mobile fu sollevata e la macchina entrò nel complesso residenziale.

La pineta era infuocata dal sole e milioni di cicale strillavano in coro. La macchina andava piano sobbalzando
sulle cunette di cemento. Ai lati della strada camminavano bagnanti, pedalavano bambini, si litigavano il parcheggio le macchine.

Svoltarono improvvisamente a destra in un viottolo an-
gusto coperto di aghi di pino e di sabbia trasportata dal
vento. La Thema si fermò sotto una pagliarella. Maria scese per prima, di corsa, salí gli scalini bassi di pietra e arrivò davanti alla villa. Era chiusa. Tutte le imposte verdi
sbarrate. Corse lungo il perimetro dell'abitazione e giunse sul grande terrazzo. Si affacciò. Si vedevano i tetti di
altre ville simili alla loro sprofondate tra gli alberi e piú
in là, in lontananza, la spiaggia, coperta di ombrelloni, e
il mare grigio.

Staranno tutti allo stabilimento.

Si sentivano il brusio lontano delle voci e degli schia-
mazzi e i motori delle barche.

Voleva correre, correre fino allo stabilimento, cosí senza
neanche cambiarsi e andare a cercare Laura, la sua amica
di Bologna, e tutti gli altri. Tutti quelli che aveva conosciuto l'estate prima e non aveva piú rivisto.

Sono tutti là.

– Maria, vieni a darci una mano.

La voce di suo padre la fece ricadere nella realtà. Maria
sbuffò e sbatté i piedi, poi tornò alla macchina e li aiutò
a scaricare le valigie.

La villa puzzava di chiuso e il frigo puzzava di marcio.
Delle mozzarelle avevano passato un autunno e un inverno e una primavera in quel frigo e ora erano solo materia organica decomposta. Ci furono urla tra i coniugi su
chi era stato a chiudere la casa nove mesi prima. Maria
andò nella sua stanza, aprí la valigia e cercò il modo mi-

gliore per fare l'ingresso allo stabilimento. Si infilò i sandali greci e si avvolse il pezzo di sotto del costume con un foulard indiano. Si spazzolò i lunghi capelli e prese la sacca del mare.

Attraversò il corridoio e vide Ciarin che vomitava in bagno stravolta dalla puzza. Gnigni rincorreva un geco in salotto.

I suoi continuavano a scannarsi. Non disse nulla e uscí nell'afa del primo pomeriggio, si avviò per la scorciatoia tra le dune che portava alla spiaggia. Voleva correre, ma avrebbe sudato e lei odiava sudare. *È cafone sudare.* Si arrampicò sull'ultima duna di sabbia prima della spiaggia e guardò in basso.

La spiaggia era là, uguale identica all'anno prima. La sabbia aveva lo stesso colore, le sedie a sdraio disposte in file successive, i pedalò posteggiati in riva al mare, i windsurf accatastati vicino al pontile. La spiaggia proseguiva cosí fino a scomparire nel grigio dell'afa, a destra e a sinistra, in un'unica striscia colorata di ombrelloni. Immediatamente sotto i piedi di Maria sorgeva una capanna con il tetto di paglia, come quelle hawaiane. Stabilimento *La Figlia del Capitano.* Era lí che stavano i suoi amici. Maria si fece coraggio e incominciò la discesa.

Vicino al bar, sotto una pagliarella, intorno ai tavoli, i bagnanti bevevano, mangiavano. Alcuni giocavano a carte. Lo sguardo di Maria corse rapidamente tra tutta quella gente. Niente. Non c'erano. Poi improvvisamente sorrise. Sí, erano lí, al solito tavolino vicino al flipper, tutti quanti.

Laura con un caschetto di capelli biondi, una cannuccia in bocca e un tè freddo in mano era seduta al centro e primeggiava come al solito. Era rimasta identica all'anno prima, forse si era un po' allungata ma era sempre magra come un'alice. Rideva. Seduta accanto a lei riconobbe

Francesca. Leggeva fumetti. Era ingrassata ancora di piú e sembrava scoppiare dentro il costume nero. Carlo si era riempito di peli e aveva allargato le spalle. Stava sbracato con i piedi sul tavolino. Zanna, con il suo nasone e i capelli lunghi, chiacchierava con Laura. C'erano anche Luigi, Giuliana e Ippolita.

Maria girò dietro il bancone del bar e li raggiunse senza farsi vedere.

– Sempre stravaccati, eh? – disse abbastanza forte in modo che tutti potessero sentire.

I suoi amici si girarono e se la videro lí davanti a loro, con le mani appoggiate ai fianchi e un enorme sorriso sulla faccia. Ci fu un attimo in cui sembrarono non riconoscerla. Guardarono il corpo di Maria trasformato. I suoi otto centimetri in piú. Le sue gambe piú tornite, i suoi glutei sodi, i suoi seni gonfi e tondi costretti a malapena nel reggipetto, e le labbra turgide.

Wonder Woman.

Poi tutti le furono intorno. La abbracciarono, le dissero che era cambiata, che era un'altra, che era bella, le chiesero che le era successo. Le ragazze piú espansive, i ragazzi piú distanti, timidi, come se intorno a lei ci fosse un campo di forze per loro invalicabile. Le scodinzolavano intorno come un branco di cani bastonati. Zanna fu l'unico che la baciò.

– Sono proprio contento che sei venuta. Ti aspettavamo, – le disse trascinandola da una parte.

– Grazie Zanna, ma che hai fatto ai capelli? – gli chiese Maria ridendo.

Zanna si scompigliò ancor di piú la chioma sconvolta che gli finiva davanti agli occhi.

– Kurt Cobain. Il cantante dei Nirvana. Quello che si è suicidato. Siamo due gocce d'acqua.

– Guarda che lo conosco... A me sembri piú il chitarri-
sta dei Ricchi e Poveri.

– Che stronza... – fece lui, spingendola con un colpo di
spalla e piegandosi dalle risate.

Si sedette con gli altri ma si sentiva ancora osserva-
ta. Una specie di animale da esposizione. La guardavano
tutti. Chi piú apertamente chi meno. Avrebbe voluto conoscere i pensieri piú intimi dei suoi amici, sapere cosa
pensavano di lei. *Di sicuro niente di buono*, si disse. Era
quasi a disagio.

Se ne fregò. Spostò la sedia e si mise vicino a Laura,
con cui aveva parlato pochissimo.

– Allora, Laura, quanto rimani?

– Fino a fine agosto... Poi andrò con mio padre da qualche parte... In India o giú di lí.

Il padre di Laura faceva il fotografo per il «National
Geographic».

– Fantastico! – disse Maria raggiante, forse piú del necessario.

– Mah... insomma... Ci deve fare un caldo in quel maledetto posto e poi stiamo tutto il giorno in pullmino.

Maria provò a fare conversazione ancora un po' ma senza grandi risultati. Laura rispondeva a malapena. Risposte
secche e sgraziate.

Maria si chiese che cosa aveva l'amica, se ce l'aveva con
lei o roba del genere. Avrebbe voluto chiederglielo ma non
lo fece. Forse era di cattivo umore, chi lo sa?

Poi arrivarono le gemelle. Magrissime con lunghe code
di cavallo bionde, lunghi piedi e occhi piccoli e bovini, e
Laura si rianimò. Corse da loro e se le abbracciò trasci-
nandosele da una parte. Si sedettero a un tavolo e incominciarono una fitta conversazione.

Maria si sentí esclusa cosí, senza ragione.

Faceva proprio un caldo bestiale. La spiaggia si era riempita fino all'inverosimile. Il calore sfocava le cose. Tutto il gruppo si avviò verso la riva, esausto, a fare il bagno. Maria andò con loro. Dopo l'iniziale eccitazione sembrava essere una qualsiasi. Entrarono tutti e quindici in acqua e schiamazzando si diressero a nuoto fino a degli scogli piatti che sorgevano un po' a largo.

Montarono sulle rocce infuocate e si misero vicini a prendere il sole. Maria si scelse un angolino un po' in disparte e chiuse gli occhi. Era talmente piacevole sentire l'acqua asciugarsi sulla pelle, il rumore del mare, la testa fresca e l'odore del sale che si disse che tutto andava bene lo stesso. Avvertiva però una lama percorrerle gli intestini e farle male da morire. Il respiro le si era accorciato.

Perché Laura faceva cosí la stronza? Avrebbe voluto afferrarla e sbatterla contro un muro e dirle: «Che hai? Eh, me lo dici? Io ho aspettato tutto l'inverno per vederti di nuovo, lo capisci?»

Si girò sbuffando e la vide al centro dello scoglio. Teneva banco. Teneva banco come sempre. Raccontava qualcosa che Maria non ascoltò. Tutti, accovacciati, la guardavano e ridevano. Laura saltò su se stessa un paio di volte, piroettò e poi spinse giú dallo scoglio Carlo. Maria ebbe l'impressione di vedere un programma alla televisione, lontano da lei. Separato da uno schermo invalicabile. Tutti lontani.

Che ci faccio io con questi?

– Che fai, ci snobbi?

Maria si girò verso la voce. Era Zanna. Le sembrò l'unico a non essere cambiato. A essere sempre lo stesso.

– No, per niente. È che questo è il mio primo bagno... – rispose quasi in colpa.

Forse aveva ragione Zanna, era lei che faceva la distante e non Laura.

– Chi sono quelle due? – continuò indicando le gemelle.
– Sono le gemelle Obelaschi. Sono di Firenze. Due
stronze mezze nobili, sempre d'accordo su tutto. Oh, mai
che una dicesse un pensiero personale... Roba di telepa-
tia secondo me.
– E Laura? – chiese Maria a bassa voce.
– E Laura è la star del gruppo e le star sai come sono
fatte. Da quando ha saputo poi che quest'inverno andrà a
vivere a Parigi non si contiene proprio piú...
– Ma a te sta simpatica?
– Non è che proprio la amo, però è simpatica.
Zanna le si sdraiò accanto. Maria girò la testa, socchiuse
gli occhi e osservò il gruppo appollaiato sullo scoglio. Laura si tuffò in mare e poi riuscí immediatamente. Era proprio magra, con delle gambe lunghe da puledro e le braccia
sottili e abbronzate, sotto il costume intero si intravedevano appena le colline dei seni immaturi. Pure le gemelle,
anche se piú culone, erano abbastanza carine, non si erano ancora sviluppate del tutto. Giocavano a spingersi e a
inseguirsi sopra gli scogli.
*Al mare si vedono un sacco di cose che in città non si
notano*, pensò Maria. *I corpi.* Il suo corpo aveva proprio
un'altra consistenza e forma rispetto a quello delle altre.
Non era adatto. Non era adatto a tuffarsi. A correre. A
giocare a pallavolo.
Tornarono a riva. Maria si asciugò, rimase un altro po'
cosí, senza sapere che fare, indecisa se andare a casa. Si
fece un panino con prosciutto e formaggio. Chiacchierò
ancora con Carlo. Stronzate.
Era stanca e stranamente inquieta. Non aveva voglia di
parlare. Le parole le uscivano fuori a fatica.
Quella giornata non le era piaciuta proprio. Prese la
sua roba e se ne andò senza salutare nessuno. Attraversò

la pineta domandandosi che cos'era che aveva cambiato il
suo rapporto con Laura e in fondo anche con tutti gli altri. Aveva la sensazione che un'armonia si era persa e che
non si sarebbe ricostruita con facilità. *Che palle!*
Entrò in casa scoglionata e triste. Non c'era nessuno.
Nemmeno Gnigni. Andò in bagno a farsi una doccia. Si
spogliò e si mise davanti al grande specchio vicino alla finestra. Si guardò.
Le tette grosse. I fianchi. Le cosce.
Laura e le sue amiche non avevano niente di tutto questo. Avevano delle tettine appena accennate, dei corpi
asessuati, e lei invece aveva un fisico da maggiorata, da
elefante. Era sgraziata. Tutta quella carne, quella ciccia
formosa le era cresciuta addosso durante l'inverno, prepotente, senza rispettarla.
Non lo voleva, non le piaceva. Era volgare. Quello era.
Roba da giornaletti pornografici. Le sarebbe piaciuto che
nascosta sotto un lembo di pelle che correva lungo tutta
la schiena ci fosse una chiusura lampo.
Vedeva la lampo abbassarsi e lei ne usciva fuori magra
e normale come un anno prima, come una bambina. Quel
corpo eccessivo sarebbe stato solo un enorme costume di
gomma da appallottolare e buttare nell'immondizia. Si
poggiò le mani sui seni e se li compresse sul torace. Cosí
era meglio, ma rimanevano i fianchi. Una portaerei. Una
giumenta da riproduzione.
Rimase un sacco di tempo a guardarsi allo specchio. Nuda e insoddisfatta. Forse doveva solo mettere il cervello
nella condizione migliore di accettarsi. Di accettarsi come
era. *Una parola.*
La porta di casa si aprí. Maria si infilò sotto la doccia.
Entrò in bagno sua madre lamentandosi del bordello che

regnava in paese, delle condizioni della casa e di suo marito che non le dava una mano neanche a morire.

Maria sotto la doccia chiudeva gli occhi e si faceva colpire dalla pioggia tiepida.

Alla fine la madre le chiese se si era divertita al mare.

– Sí.

– E c'era Laura?

– Sí.

– E come stava?

– Bene.

– Sei contenta di averla rivista?

– Sí.

– Loquace come al solito...

La madre uscí dal bagno. Maria continuò a guardarsi allo specchio poi andò nella sua stanza. Dentro l'armadio trovò un paio di jeans lasciati dall'estate prima. Se li provò. Cercò di chiudere il bottone ma non ci riuscí. Fece forza e li chiuse. Senza respirare tornò in bagno e si guardò allo specchio. Un pachiderma imprigionato in un paio di jeans.

Un orrore! Blah!

Se li tolse e li gettò nel cestino.

La sera Maria e suo padre furono obbligati ad andare a mangiare da zia Vittoria. Ascoltarono le sue lamentele mentre distribuiva pasta e zucchine.

In quel posto tutto stava cambiando, anche i commercianti diventavano piú villani di anno in anno.

Maria non parlava. Sbocconcellava appena, con sua madre nelle orecchie che le ripeteva che mangiava poco.

Che cosa doveva fare dopo cena?

Tornare a casa con la puzza delle mozzarelle marce, con i suoi che guardavano la tele in veranda, o uscire e andare in piazza dagli altri?

Mi sta prendendo male!
Tornarono a piedi a casa, attraversarono la piazza, e Maria sotto il lampione vicino alla chiesa vide la sua comitiva: Zanna, Giuliana e gli altri. Laura non c'era.
Rientrò e si buttò sul letto. Si mise a leggere un libro. Ma le frasi le scivolavano addosso come acqua. Lo chiuse. Andò di là a vedere la televisione ma suo padre si era piazzato. Guardava *Giochi senza frontiere*. Un incubo.
Basta! Esco! Non me ne importa niente.
Si mise una camicia e un paio di pantaloni di cotone neri e un paio di espadrillas nere.
In piazza c'era un sacco di gente che seduta ai tavolini dei bar mangiava gelati e beveva, su un palco un complesso cantava canzoni napoletane, all'angolo con il corso i ragazzi del paese seduti sui motorini facevano mondo a parte. Maria gli passò accanto. Sentí i loro occhi puntati addosso.
Che avete da guardare?
Continuò. I suoi amici stavano ancora là. Sperò che Laura non ci fosse e invece c'era. Con un vestito leggero di maglia a righe blu e bianche chiacchierava con Zanna e le gemelle.
Arrivò abbastanza tranquilla.
– Ohi, come va? – disse.
– Bene. Si sta pensando di andare a fare il bagno di notte, c'è la luna piena... Vuoi venire? – rispose Zanna.
– Lo facciamo tutti nudi, va bene? – continuò Laura con un sorrisetto antipatico sulla bocca.
– Sí. Certo... Io mi vado a prendere un gelato, – le rispose Maria distratta.
Si voltò e si avviò verso la gelateria.
Malinconia. L'unica cosa che sentiva era un'enorme malinconia. Malinconia per l'altra estate passata con Laura

a scherzare, a ridere delle cazzate piú insignificanti, per
quello che avevano fatto insieme e per quello che non potevano fare.

Arrivò davanti al gelataio. Ma la voglia di gelato cosí
come era nata era scomparsa. Le venne la nausea guardando quei colori accesi e artificiali del lampone e del
cocomero.

Qualcuno la chiamò.

E adesso chi è?

– Ohi Maria, sei arrivata.

Maria si girò. Un ragazzo sui diciotto, con pantaloncini
da surf, una maglietta colorata, le venne incontro sopra
una bicicletta piccola e scassata. Sotto un braccio stringeva una tavola da surf. Aveva i capelli ricci biondicci, due
sopracciglia crespe e folte e due occhi azzurri chiari chiari.

– Ciao Giovanni, – gli disse Maria.

– Quando sei arrivata?

– Stamattina.

Giovanni era un ragazzo del luogo. Aveva diciotto anni.
Affittava le derive e i surf sulla spiaggia. Maria lo aveva
conosciuto l'estate prima. Era uno tranquillo, che si faceva gli affari suoi, in fissa pesante con il surf.

– Maria sei diventata bellissima. Non ti riconosco.

Maria si imbarazzò. Sentí le guance diventarle di fuoco. Ma Giovanni lo aveva detto in modo carino. Non era
pericoloso.

– Grazie. A te ti stanno venendo dei capelli...

– Hai visto che criniera... È solo che non me li lavo,
– le disse ridendo Giovanni e cercando come di spazzo-
larli con una mano. – Scusami ma ho fretta, devo andare
a riparare un paio di tavole. Senti, perché non ci vedia-
mo domani...

Maria ci pensò un attimo poi le apparve la faccia di quella

antipatica di Laura che le rompeva le palle e un altro giorno
buttata sulla spiaggia piena di gente a patire.

– Va bene...

– Allora ti aspetto domani.

Giovanni se ne andò zigzagando con la tavola sotto il
braccio.

Maria si comprò un gelato e decise di tornarsene a casa
senza salutare nessuno. Come aveva fatto in spiaggia. Le
stava proprio prendendo male. Non aveva piú voglia di
parlare nemmeno con Zanna.

Le sembrava falso. Prima diceva che non gli piaceva
Laura e poi era pappa e ciccia con quella stronza.

Rientrò in casa. Silenzio. I suoi dormivano anche se non
era tardi. Litigare tutto il giorno affatica. Si mise a letto
e poco dopo dormiva anche lei.

Quando si svegliò la sua stanza era già un forno. Mancava l'aria. Tipo zombie andò in terrazzo a fare colazione.
Suo padre leggeva il giornale.

– La mamma?

– È andata a tagliarsi i capelli.

– Che fai oggi?

– Credo che andrò da Gnoli a vedere il ciclismo e man-
gerò là, ha una bella piscina. Vuoi venire?

– No grazie. Me ne vado in barca.

Ma come faceva suo padre a sbattersi davanti alla televisione, vicino alla piscina, abbuffandosi di pastasciutta con
quel mostro di Gnoli, si chiese. Aveva dei piaceri da Fantoz-
zi... Non poteva essere suo padre quell'uomo. Meglio uscire.

La spiaggia faceva paura. Le ultime file di sdraio erano
cosí lontane dalla riva che sembrava di stare nel deserto.
Un deserto affollato di anime in vacanza. Maria attraversò
la spiaggia. Non si fermò al bar dello stabilimento.

Cercò le sdraio riservate dalla sua famiglia. Erano tre.

Fortunatamente vicino alla riva. Si mise a prendere il sole.
Si infilò il Sony. Per non sentire. Non sentire le voci della
gente. Non sentire i rumori e i pianti dei bambini. Chiuse
gli occhi. Ora era sola con il sole e la musica nelle orecchie.
Qualcuno la tirò fuori dalla sua pace apparente.
Aprí gli occhi. Giovanni. Era in piedi davanti a lei.
Grande, abbronzato e bagnato.

– Vuoi venire, ti porto a fare un giro in windsurf? – le
chiese, mentre se la squadrava. Maria si coprí con il telo.

– No grazie. L'acqua è fredda, – disse e si rimproverò
della risposta cretina.

– No, non è vero. Dài, vieni, – le disse prendendole
una mano.

– No grazie, veramente... Casomai piú tardi.

– D'accordo, io sono qui fuori comunque...

Giovanni se ne andò. Non sembrava dispiaciuto piú
di tanto. Lo vide afferrare la tavola e metterla in acqua e
partire planando.

Si era dovuta difendere. Difendere da cosa? Da quegli
occhi che le erano corsi addosso. Da quel sorriso da squalo
che aveva indugiato sul suo seno. L'anno prima Giovanni non l'avrebbe mai guardata cosí. Si ricordava di esserci andata spesso con lui in surf ma non aveva mai avuto
questa impressione.

Forse erano solo film che si faceva? Forse era solo paranoia?

Ora anche Giovanni non le piaceva.

– Che palle! – disse a bassa voce.

Forse poteva tornarsene in città. Avrebbe dovuto convincere suo padre. Una parola. Aveva dentro una strana
ansia che la rendeva inquieta e indecisa.

Rientrò a casa.

Ciarin in terrazzo spazzava i resti della colazione da

terra. Dentro faceva un caldo d'inferno. Sua madre stava in bagno. Era completamente nuda con la nuova messa in piega gialla e ondulata.

– Maria che ci fai qua? Ti piacciono i miei capelli?

– Sí. Molto, – disse Maria. Le facevano schifo in verità. Si sedette e guardò sua madre truccarsi. Cercando di avere un occhio nuovo... Di vederla per la prima volta. Come se non fosse la sua mamma.

Era ancora giovane. E aveva un bel corpo. Aveva un po' di cellulite sul sedere. Un po' di pancia. La signora Ricci vide attraverso lo specchio che sua figlia la guardava.

– Sono vecchia? Sai che ho pensato che forse mi potrei rifare il seno. Mi cala troppo? – le chiese mentre si metteva il rossetto. – Non sarebbe meglio!?

I seni della signora Ricci erano grossi e incominciavano a calare. Lei se li prese in mano e se li ritirò su.

– No. Saresti ridicola.

La madre sembrò come offesa ma poi:

– Guarda che le donne quando invecchiano a queste cose ci pensano... Tu non lo sai. Tu sei troppo ragazzina... Hai un bellissimo corpo. Guardati. Tutti i ragazzi ti verranno dietro. Li ho visti come ti guardano. Non sarà sempre cosí. Vedi dopo che hai avuto un figlio...

– Io non voglio che i ragazzi mi guardino... – le disse Maria esitante. Odiava parlare di certe cose. Soprattutto con sua madre.

– È normale. Sei bellissima.

Ora la signora Ricci si stava infilando il suo bikini leopardato. Sembrava soddisfatta.

– Vabbè, mamma, con te non si può parlare...

La signora Ricci non sentiva piú. Troppo presa a infilarsi gli orecchini.

Maria si buttò davanti alla televisione

Il giorno dopo Maria uscí tardi e arrivò davanti allo stabilimento. Sul piazzale troneggiava un quattroruote gigantesco, carico di tavole. Il tutto faceva parecchio Malibu beach. Maria entrò. Musica anni Settanta al massimo. C'erano parecchi ragazzini che guardavano le tavole appoggiate ai muri. Dietro un bancone una giovane ragazza, sui venti, leggeva un giornaletto dell'Uomo Ragno. Maria le chiese se c'era Giovanni.

– Tu devi essere Maria... – le disse la ragazza posando il giornaletto.

– Sí.

– E io sono Marina, ciao!

Maria trovò Marina bellissima. Aveva gli occhi verdi, le lentiggini sul naso piccolo e dei capelli neri neri. Non molto alta ma con un corpo ben fatto e muscoloso. Abbronzatissima. Aveva due tette grosse nascoste a malapena da una maglietta mezza strappata. Negli occhi le vide la stessa tranquillità che aveva visto in Giovanni. Quei due la mettevano a suo agio. Desiderò anche lei possedere quella calma felice.

– Giovanni ha detto che doveva venire una ragazza carina ma non credevo cosí carina... Comunque. Giovanni è al largo, sta provando una plancia. Ha detto di accompagnarmi che lo andiamo a prendere. Ti va?

– Va bene. Andiamo.

Le due uscirono dal negozio, montarono sul fuoristrada e partirono con una sgommata.

Marina chiese a Maria di aprire una borsa frigo. Dentro c'erano delle birre. Gliene offrí una ma lei non accettò. Si sentiva abbastanza emozionata. Era bello stare con una ragazza cosí grande che la trattava come se avessero la stessa età.

Arrivarono al porto, posteggiarono la macchina e si

avviarono sull'imbarcadero. Marina si fermò davanti a un motoscafo cattivissimo, blu e rosso. Si tolse le scarpe e con un salto agile atterrò sui cuscini che rivestivano la poppa.

– Senti, Maria, in quella barca laggiú ci sono dei miei amici, perché non gli chiedi se vogliono venire con noi, intanto io accendo i motori?

– Ok. Vado.

Maria proseguí fino alla barca che le aveva indicato Marina. Una grossa barca a vela a due alberi. Nel pozzetto regnava il caos: asciugamani, lattine di Coca-Cola, una mezza pizza ai funghi, attrezzi da lavoro. Da dentro al boccaporto arrivava il rumore di un trapano.

– Scusate c'è qualcuno? – urlò diverse volte senza effetto. Non sentivano. Si vergognava a salire cosí. Quella gente non la conosceva. Era troppo timida, si disse. Pensò a Marina, a come Marina si sarebbe comportata in una situazione analoga. Sarebbe salita senza farsi troppi problemi. Si fece forza e s'incamminò sulla passerella. Una testa sbucò dal boccaporto. Era una ragazza. Aveva dei lunghi capelli biondi e degli occhiali da sole.

– Dimmi?! – le fece asciugandosi con un braccio la fronte dal sudore.

– Sono un'amica di Marina. Ha chiesto se volevate andare in barca con lei, – le disse Maria cercando di fare la disinvolta.

– Aspetta!

La ragazza scomparve all'interno della barca. Dopo un minuto risbucò.

– Eccoci, – disse tirandosi fuori.

Era alta con un fisico slanciato, chiara di pelle. Non doveva essere italiana. Forse tedesca. Dopo di lei uscí un'altra ragazza un po' cicciotta ma con un bel sorriso e un panama consumato in testa. Una lunga treccia di capelli castani le cadeva sulla schiena abbronzata.

– Eccoci. Ci siamo. Io mi chiamo Ingrid, – disse la ragazza bionda. – E io Giorgia, – proseguí l'altra.

Maria si presentò. Arrivarono al motoscafo che ora sputava nafta e fumo e borbottava. Salirono.

– E gli altri? – chiese Marina mentre manovrava per uscire dal porto.

– Sono tutti fuori con le tavole. C'è vento, – rispose Giorgia.

– Fichissimo! Per una volta siamo solo donne senza quei rompicoglioni... – urlò ridendo Marina, poi spinse in avanti le leve del gas e il motoscafo urlò e accelerò saltando sulle onde.

Maria si sdraiò sui cuscini reggendosi forte. Si levò la maglietta e rimase in due pezzi. Il vento le scompigliava i capelli e le entrava in bocca con quel suo odore di alghe e salsedine. La spiaggia si ridusse presto a una sottile striscia colorata.

Ingrid e Giorgia le si sdraiarono accanto, si levarono le magliette e rimasero solo con il pezzo di sotto.

Fanno topless!

Maria le guardò stesa sui cuscini. Ingrid aveva due seni molto piccoli, Giorgia invece li aveva grossi ma le cadevano un po', finendo in due areole tonde e piatte. Il colore dell'abbronzatura era uniforme su tutto il busto.

Per loro era normale farlo. Nessuna delle amiche di Maria lo faceva e nemmeno sua madre e le sue amiche. Loro invece sembravano rilassate, come se fosse la cosa piú normale del mondo, non si vergognavano neanche un po'.

Maria sí. Maria si vergognava. Avrebbe voluto farlo perché non c'è niente di male ma odiava le sue tette, questa era la verità. Laura con il suo corpo aggraziato e magro avrebbe potuto farlo ma lei no. Sarebbe stato ridicolo.

Il motoscafo decelerò improvvisamente e si fermò in mezzo al mare. Lontano si vedevano le vele colorate dei surf, che piegate correvano da una parte all'altra.

– Bene, aspettiamoli qui! – disse Marina dopo che ebbe spento i motori.

Prese delle birre dal frigo e si mise a gambe incrociate tra le sue amiche. Si levò la maglietta scoprendo i seni. *Ha delle bellissime tette*, pensò Maria.

– Dove siete state ieri sera? Non vi ho trovato da nessuna parte, – chiese Marina alle sue amiche.

– Siamo andate al *Pirata*, c'era un anguria party. Due palle. Ingrid ha fatto una conoscenza fondamentale... – le rispose Giorgia.

– È vero, è vero. Siete finite, è meglio che la prossima estate ve ne andate in montagna. Ieri sera ho conosciuto un chirurgo estetico di Modena. Gli ho chiesto se era pericoloso rifarsi le tette, mi ha detto che non ci sono proprio problemi. Ho deciso, quest'inverno mi rifaccio le tette. Le voglio gigantesche. Vi farò morire di invidia. Le regalo a Marco per Natale.

– Che fai, te le impacchetti e poi ti metti sotto l'albero di Natale? – le disse Giorgia dopo aver bevuto.

– Sei sicura? Guarda che sono carine anche cosí, – continuò Marina.

– Ma che dici? Tu non puoi parlare. Guarda le tue, sono bellissime, – fece Ingrid indicandole.

– Ringrazio mamma e papà per avermi dato questo equipaggiamento... – disse ridendo Marina.

– Io non sono contenta cosí, che vi devo dire. Agli uomini piacciono piú grandi, gli piace affondarci... – disse riflessiva Ingrid.

– Per me fa bene Ingrid a rifarsele. Io pure ci sto pensando. Me le potrei ritirare un po' su, – disse Giorgia prendendosi in mano i seni e tirandoli verso l'alto.

– E tu che ne pensi Maria? Bisogna rifarsele o no? – fece a un tratto Marina.

Maria non aveva aperto bocca fino a quel momento. Era stata solo ad ascoltare. Sentí le guance infuocarsi e la lingua farsi secca.

– Lei neanche ci pensa a queste cose, guarda che tette che ha. Secondo me le ha meglio delle tue, Marina. Sono ancora piú sode. Hai trovato chi ti batte, – disse Ingrid a Marina.

– Sentiamo cosa ne pensa Maria, – continuò Marina senza curarsi di quello che le aveva detto Ingrid.

– Non lo so... Non ci penso spesso.

4.

– Senti, dimmi una cosa, noi non lo faremo mai? – chiese Pietro a Patrizia.

Erano accucciati uno vicino all'altra sul letto sfatto. La televisione, muta, ai loro piedi, trasmetteva spot musicali. Poca luce verde illuminava la stanza. Quella di una lampada da tavolo coperta da un foulard verde. I poster dell'Uomo Ragno, dei Clash, anch'essi verdi.

Pietro stringeva le braccia intorno alla vita piccola di Patrizia, la bocca sul suo collo.

– Non per ora... Non sono sicura che tu mi vuoi bene abbastanza! – disse dopo un po' Patrizia. Aveva lo sguardo puntato fuori, oltre le finestre, verso quella cosa grigia e uniforme del cielo.

Pietro le diede dei piccoli baci sul collo e poi prese a baciarle il lobo dell'orecchio.

– Dài, mi fai il solletico, – rise Patrizia.

Sotto le risa si sentiva un fondo di fastidio.

– Guarda che io ti voglio un bene pazzesco. Roba che se non ti vedo per tre giorni mi sento morire, mi passa la fame, mi si accartoccia lo stomaco...

– Sí va bene, tu scherza... – disse Patrizia.

Pietro si tirò su e si mise a gambe incrociate. Appoggiato al letto c'era un basso elettrico. Pietro lo prese e incominciò a pizzicarlo svogliatamente.

Patrizia rimase nella stessa posizione, immobile, di spalle.

– Lo sai che Paolo ed Eli già lo hanno fatto un casino di volte? – fece Pietro accordando lo strumento.

– Che c'entrano Paolo ed Eli. Loro stanno insieme da un sacco di tempo. È un'altra cosa.

– Guarda che stanno fidanzati da sei mesi.

– Solo? Pensavo di piú.

– E poi scusa, io non ti capisco. Per te è come quei bonus che prendi al supermarket. Dopo un tot di spesa ti regalano il tostapane. Sembra che per te fare l'amore è un premio fedeltà. Noi stiamo insieme da tre mesi...

– Pietro, non è possibile che mi stressi ogni volta con questa storia. Hai solo quello in testa. Ci sta Laura Saudelli che ti sbava dietro e lei credo che non si faccia problemi. Vai con lei se proprio non ce la fai piú...

– Lo sai qual è il tuo problema Patty? È che sei stronza. Mi devi far sentire un animale. Io lo voglio fare con te. E basta.

Patrizia intanto si era alzata dal letto. Si stava infilando gli anfibi, si stirò sulle gambe i collant scozzesi e si rimise il golf. Nero e aderente. Indossò la giacca di pelle nera su cui spiccava, sulla schiena, disegnato in bianco, un enorme cerchio anarchico. Si guardò allo specchio e si tirò su i capelli biondi e stoppacciosi che avevano delle strisce rosso fuoco che le partivano dalle tempie.

Patrizia era una punk.

– Che fai? – gli chiese Pietro continuando a strimpellare.

– È tardi. Ora tornano i tuoi e non mi va di incontrarli.

– Ci sentiamo domani?

– Perché non mi vieni a prendere a scuola?

– Forse devo provare col gruppo alla mezza. Se posso vengo.

– Ok.

Patrizia si avvicinò a Pietro e gli diede un piccolo bacio sulle labbra. Poi, presa la borsa, uscí chiudendosi la porta alle spalle.

Elisabetta guidava come una matta la sua Vespa rossa. Tenendosi ben stretta, Patrizia le parlava in un orecchio. Correvano sulla Cassia, e il motore faceva un rumore d'inferno. – Non sono mica tanto convinta. A me queste cose fanno impressione. Già quando mi sono fatta il primo buco all'orecchio per poco non svenivo. Figuriamoci al naso, – urlò Patrizia all'amica.

– Patty, tranquilla, è una cazzata. Non senti niente. Te lo giuro.

Elisabetta aveva un piccolo brillante sulla narice destra. A Patrizia piaceva Eli anche per quel dettaglio. La faceva piú grande e infatti era l'unica del suo gruppo a essersi forata il naso. Quella mattina Patrizia si era decisa a farselo pure lei, ma ora che si avvicinava alla bottega dei tatuaggi e dei buchi, non era piú tanto sicura. Aveva paura.

Superarono il raccordo anulare e poco dopo svoltarono per una stradina in salita. Si fermarono di fronte a una costruzione moderna, un garage e insieme un centro commerciale. Tirava un vento freddo che arrivava dalla campagna vicina. Elisabetta legò la Vespa a un palo.

– Lasciamo perdere. Non mi regge, – disse Patrizia. Si sentiva le gambe deboli e caldo in testa.

Doveva esserle calata la pressione.

– Dài, almeno andiamo a vedere. Mi hai fatto venire fino a qua, – fece Elisabetta.

Elisabetta era una ragazza magra e piccola. Aveva la faccia appuntita, un po' da topino. Si muoveva a scatti, nervosa. Anche lei era una punk. Una punk piú estrema. Sul collo infatti si era fatta tatuare un drago spinoso. Patrizia ogni volta si chiedeva come facesse la sua amica a gestirsi i rapporti con i genitori. I suoi l'avrebbero uccisa se si fosse presentata con un tatuaggio del genere.

Girarono intorno all'edificio, scesero delle scalette e giunsero davanti alla bottega dei tatuaggi. In origine doveva essere stato un garage.

– È chiuso. Andiamocene, – disse Patrizia sollevata.

– Aspetta. Guarda, dice che apre tra mezz'ora, – fece Elisabetta indicando un piccolo cartello attaccato con lo scotch alla porta. – Sai che facciamo? Torniamo su e ci mangiamo un pezzo di pizza qui all'angolo cosí ti passa la debolezza e aspettiamo che apra.

Patrizia non disse di no. Sapeva che Elisabetta le avrebbe tenuto il muso per un mese se non si fosse fatta anche lei quel benedetto buco.

Comprarono un po' di pizza. Patrizia con il formaggio e i funghi. Elisabetta rossa. Si sedettero sulla Vespa a mangiare chiuse nelle loro giacche di pelle. Da quel cucuzzolo di cemento si vedevano in lontananza le valli verdi della campagna romana. Su un colle piú basso pascolava un gregge di pecore. Faceva strano vedere quegli animali tranquilli brucare sotto i cavalcavia.

– Credo che Pietro impazzirà quando ti vedrà con il buco al naso, – fece a un tratto Elisabetta affondando i denti nella pizza fumante.

– Speriamo... Ieri sera abbiamo scazzato. In questo periodo non c'è una volta che non ci massacriamo, non apertamente, ma ogni volta che me ne vado ho il magone.

– Perché avete litigato?

– Non ci voglio andare a letto insieme!

– E perché?

– Perché sembra che Pietro non abbia in testa altro. Si deve rilassare, in questo modo mi fa passare ogni voglia, te lo giuro.

– Ma tu hai voglia? – le chiese con uno strano sorriso Elisabetta.

– Che vuol dire?

– Se hai voglia di fare l'amore con lui.

– In verità no, non molta.

– E con altri?

– Nemmeno...

Patrizia si stava imbarazzando. Le si era chiusa la gola in un groppo. Non le piaceva parlare di certe cose.

– A te non ti viene voglia di fare tutte le schifezze possibili con il tuo uomo?

– No, non molto.

– Strano!

– Lo dici come se fossi malata. Invece te hai sempre voglia di farlo? Ogni momento?

– Vuoi sapere la verità? – chiese Elisabetta con un'espressione ironica in viso, e poi scoppiando a ridere: – Da morire!

– Sei tu che sei ninfomane e ti devi far curare! – le sorrise Patrizia.

– Patty, io proprio non ti capisco. Secondo me sei bloccata. Vai dallo psicologo. Guarda che è bello scopare e se una ha un uomo è giusto che lo faccia. Non c'è niente di male. Sei strana. Secondo me parli cosí perché non l'hai mai fatto.

– Guarda che le cose non stanno cosí. Va bene, io ho sedici anni e sono ancora vergine. Ma si è vergini una sola volta e poi finisce tutto. È una cosa importante. Bisogna esserne sicure, prima di perderla. Sai che cosa credo? Credo che Pietro non capisca quanto è importante per me questa cosa: non capisce che gli offro la cosa piú preziosa che ho, la mia verginità. Tu questo non lo puoi capire, tu ti sei fatta sverginare da quel coglione di Giuliano Santarelli a quattordici anni. Neanche te lo ricordi da quanto eri ubriaca.

– Ecco la romantica... Guarda che la prima volta è una scopata orrenda per tutte, domandalo a chi ti pare. Una ha troppo strizza. È dopo che diventa bello. Se continui a ragionare cosí ci rimani tutta la vita vergine. Non lo troverai mai uno che possa capire l'enorme regalo che gli fai.

– Vabbè Eli, sei tu che non vuoi capire. Non sto parlando del lato fisico della cosa. Comunque... Andiamo a vedere se è aperto, – fece infine Patrizia scocciata.

Era aperto infatti.

La bottega era piccola e disordinata, coperta di fotografie di tatuaggi, di foto di donne e uomini con orecchini dappertutto. Sulle sopracciglia, sulle labbra, sull'ombelico, sui capezzoli.

Ivano, il tatuatore, era un uomo gigantesco. Alto quasi due metri. Biondo e con gli occhi miti. Sulle braccia aveva delle aquile colorate che tra gli artigli stringevano dei cobra contorti e cattivi.

Fece sedere Patrizia su una sedia da barbiere.

– Vuoi un po' d'acqua e zucchero? Hai una faccia, bella mia! – disse a Patrizia ridendo.

– Mi chiami la mia amica per favore? – gli disse Patrizia con un filo di voce. Ora si sentiva veramente uno schifo.

Ivano uscí. Chiamò Elisabetta che stava nel piazzale davanti a fumarsi una sigaretta.

– Siediti vicino a me e stringimi la mano. Ho una strizza... – fece Patrizia all'amica. Elisabetta le sorrise e le afferrò la mano.

– Non ti preoccupare. Non è un cazzo. Va tutto bene?

– Se sopravvivo giuro che lo faccio con Pietro, – mormorò Patrizia.

Pietro smise di suonare. Era tutto sudato. Avevano suonato tre ore di fila senza neanche accorgersene. Nella saletta di registrazione faceva un caldo bestiale. Il gruppo c'entrava a malapena in quel buco. Ogni volta che qualcuno si muoveva rischiava di far cadere qualcosa. Un piatto della batteria. Un amplificatore.

La porta insonorizzata si aprí. Spuntò la testa di un vecchio dai lunghi capelli bianchi.

– Forza ragazzi sbaraccate. Avete suonato mezz'ora di piú. Tocca agli altri, – disse con il suo romano strascicato.

– Abbiamo finito. Ora ce ne andiamo! – gli rispose Pietro. Infilò il basso nella custodia.

– Oggi non siamo andati niente male. Alla fine anche Laura ci pigliava, – disse Paolo a Pietro.

Paolo era il batterista del gruppo. Un ragazzo alto e magro, con una montagna di riccioli castani in testa.

– Sí, non male, perché non prenotiamo per dopodomani?

Una ragazza in pantaloncini neri si intromise nella conversazione:

– Sono stata brava? Sono stata brava? – chiese cantilenando a Pietro.

– Sí Laura, sei stata brava, solo che quando canti devi ascoltarmi. Il basso è quello su cui devi tenere il ritmo, se no ti perdi.

Laura aveva due grosse tette mal nascoste dalla canottiera sudata sotto le ascelle. I capelli neri e corti, da maschio, le davano un aspetto sexy e aggressivo. Si era praticamente appiccicata a Pietro e teneva gli occhi scuri puntati nei suoi.

– Dài Pietro, oggi sono stata brava! Ammettilo. Ogni volta mi sgridi. Ce l'hai con me, – gli rispose gattona.

– No, non è vero, – disse Pietro, imbarazzato, cercando di respingerla indietro. Gliele stava mettendo in bocca, le tette.

– Potremmo provare io e te. Da soli. Ti chiamo.

– No, tu non mi chiamare, ti chiamo io.

Uscirono.

Era già buio e faceva freddo.

Pietro e Paolo camminavano per una stretta stradina chiusi nei cappotti lunghi fino ai piedi.

– Col cazzo che la chiamo io a Laura. Quella è una piattola, – disse Pietro soffiandosi sulle mani.

– Tu sei un pazzo malato. Quella ti si farebbe subito. Le dai alla testa. Che cosa aspetti? – gli fece Paolo.

– A me quella là fa un po' impressione. Sembra che ti voglia mangiare con gli occhi.

– Io mi farei mangiare molto volentieri da Laura. Hai visto che bocce? Rocco c'ha avuto una storia l'altr'anno, mi ha detto che è una bella macchina da sesso. Secondo me quella ti potrebbe aiutare a diventare uomo, – disse ridendo Paolo.

– Sei divertente, – fece Pietro offeso.

– Ogni volta che si parla di scopare, tu t'infastidisci. Mi chiedo come mai.

– Vuoi sapere perché? Perché secondo me il fatto che io sia ancora vergine a te ti fa impazzire di gioia. Ogni volta in un modo o nell'altro me lo fai notare. Tu ti senti un fico, vero? Perché vai a letto con Eli, ti senti un uomo vero...

– Madonna mia come t'incazzi. Hai una coda di paglia bestiale. E poi scusa, sei pure fidanzato con Patty, perché non ci scopi?

– Perché non mi va. Non ne ho voglia. Credo che non siamo ancora pronti. Voglio farlo solo quando sarò sicuro che la nostra è una storia importante!

Arrivarono alla fermata dell'autobus.

– Stai malissimo, Pietro. Mi dispiace dirtelo, ma stai veramente male. Ti rendi conto di cosa stai dicendo. Secondo me lei non te la vuole dare. Io se fossi in te chiamerei di corsa Laura. Patty non lo verrà mai a sapere! – disse Paolo con un'aria preoccupata.

– Patty ha un sesto senso per queste cose, mi sgamerebbe in tre secondi e poi non ho nessuna voglia di tradirla... Guarda, sta arrivando il 59. È il mio.

L'autobus frenò e aprí le porte. Pietro ci saltò sopra e fece un saluto a Paolo con la mano.

Il naso non le faceva male, un po' gonfio ma non le faceva male. Patrizia si stava guardando nella vetrina di un negozio. Era strana con quel coso al naso. L'anello, un cerchietto d'argento, le forava la narice destra. Non era convinta che le stesse veramente bene.

Forse mi devo solo abituare, pensò.

Continuò a camminare fino a casa. Ora doveva affrontare il passo piú difficile: sua madre. Si sarebbe arrabbiata sicuro. Due, tre giorni al massimo e passava. Era fatta cosí. Un temporale d'estate.

Entrò nel suo palazzo di corsa e prese l'ascensore.

Dentro l'ascensore si guardò di nuovo allo specchio. I suoi occhi erano avidi di vedere quel cambiamento sul suo volto.

– Sto benissimo! E ora andiamo ad affrontare l'orco, – si disse ad alta voce, prese una boccata d'aria e uscí sul pianerottolo.

In casa c'era solo suo fratello Antonio che guardava la televisione.

Non gli disse niente. Decise di fargli una sorpresa.

– Come va? – gli chiese.

– Bah, insomma. Fa un freddo bestiale!

Antonio aveva ventun anni. Era grosso e alto e ci stava stretto sdraiato sul divano. Si era imbacuccato in uno scialle di sua madre.

– Sembri una vecchietta! La mamma dov'è? – rise Patrizia cercando di attirare la sua attenzione.

– Boh, non lo so. È uscita. Dovrebbe tornare...

Niente. Aveva gli occhi puntati dentro lo schermo. Non le aveva concesso neanche uno sguardo.

Il rumore della chiave nella serratura. La porta di casa si aprí. La madre di Patrizia entrò. In mano le buste della spesa. Una bella donna, alta e con dei lunghi capelli biondi.

– Patty, vieni a darmi una mano che queste buste pesano un accidente...

Patrizia si fece avanti spavalda.

– Patrizia, oh mio Dio, che hai fatto? – disse la madre facendo cadere a terra le buste.

– Mi sono fatta il buco al naso. Ti piace?

Patrizia aveva detto queste parole con l'ansia dentro. Sperò con tutte le forze che a sua madre piacesse.

– È orrendo. Io proprio non ti capisco!

– Dài ma'... È bellissimo.

– Ti fa una faccia da idiota.

Antonio si era alzato e guardava la scena senza dire niente.

– Antonio a te piace? – gli chiese Patrizia. Sperò che il fratello le venisse in soccorso.

– Insomma...

– Patrizia perché ? – le chiese sua madre. Era immobile con le buste a terra vicino ai piedi.

– Perché mi piace.

– Che cosa vuol dire!? Dai delle risposte da deficiente.

– Perché fa molto alternativo. Patty in questo periodo si sente molto alternativa. Ci fa la punk ribelle e crede che tingersi i capelli e farsi il buco al naso sia molto trasgressivo ma non ha capito che è il massimo del conformismo, – disse Antonio con un mezzo sorriso sulla faccia.

– Bravo. Ora ha imparato pure a fare il sociologo. Sei un coglione, – fece Patrizia e capí nello stesso momento l'errore che aveva fatto: chiamare coglione il fratello. Ora sua madre aveva un appiglio.

Antonio con il sorriso in faccia, avvolto nello scialle, se ne andò.

La madre prese le buste ed entrò in cucina. Le mise sul tavolo. Patrizia la seguí.

– Io sono stanca di te, Patrizia. Come parli? Non ti riconosco piú. Che ti sta succedendo? Ti vesti come una stracciona. Credi di essere piú sexy? Credi che cosí i ragazzi ti corrono dietro?

La madre di Patrizia aveva preso il via. Ora era impossibile fermarla. Mentre parlava, come un automa, tirava fuori il cibo dalle buste e lo metteva a posto.

– Che dici? Perché mi parli cosí? – disse Patrizia poggiata allo stipite della porta.

– Non studi. Passi tutto il giorno con quel debosciato di Pietro. È lui che ti ha convinta, vero?

– Che c'entra Pietro? Ho deciso io. Credi che non sappia decidere niente da me?

– Tu decidi tutto da te. Non parli mai. Io avevo fiducia in te. Cerco di avere un rapporto di amicizia ma tu fai tutto di testa tua. Non mi racconti niente.

Patrizia odiava quando sua madre faceva l'amica. La faceva diventare piú vecchia di cento anni.

– Che cosa?

– Quello che fai tutto il giorno. Dove vai. Io non so niente. Non ci sei mai. Vieni solo a cena.

– Non è vero, ma'.

Che palle, pensò Patrizia. Piú di tutto odiava il tono lamentoso di sua madre. Sembrava una bambina. Una bambina vecchia e insensibile.

– Che cosa fai insieme a Pietro tutto il giorno?

In quella domanda Patrizia trovò che c'era come una strana malizia morbosa di sottofondo. Una brutta curiosità. Insopportabile. – Che cosa ci faccio? Dài!

– Lasciamo perdere...

Stava andando tutto nel piú classico dei modi. Ora Patrizia avrebbe dovuto solo insistere e sua madre avrebbe cacciato il rospo.

– Lasciamo perdere un bel niente. Che vuoi dire?

– Se non me ne parli tu...

Patrizia decise di interrompere i deliri di sua madre. Pane al pane, vino al vino.

– Ho capito. Pensi che sto tutto il giorno a scopare con Pietro. Lo so quello che immagini. Orge, qualsiasi cosa, solo perché mi metto una giacca di pelle e ho tre buchi all'orecchio, – le disse sapendo di essere perfida.

– Sei completamente impazzita? Ma come parli, Patrizia?

– Tu sei mia mamma, lo capisci? Io non ho nessuna voglia di confidarti certe cose. Ogni volta che esco con qualcuno ti vedo che cerchi di capire. Non c'è niente da capire. Mamma, io non sono piú vergine. Ora sei contenta?

Pietro stava seduto sul letto a non fare niente. Aveva mangiato da poco e non aveva voglia di uscire. Faceva troppo freddo. Prese il telecomando e diede vita alla televisione. Trovò un documentario sulle termiti dell'Amazzonia.

– Grande! – disse ad alta voce.

Si infilò meglio sotto il piumone.

La porta della sua camera si aprí improvvisamente. Entrò Patrizia.

– Ohi Patty che ci fai qua? Ma che hai fatto al naso?

– Hai visto? Anch'io mi sono fatta il buco. Ti piace? – disse Patrizia contenta, poi piroettò su se stessa.

– Sei belliiissimaaaa! Sei belliiissimaaaa!
Pietro si era messo in piedi sul letto, il basso tra le ma-
ni, e cantava la canzone di Loredana Berté.
– Quanto sei scemo! Ti piace allora? – chiese ancora.
Pietro si mise seduto sul letto e disse serio:
– Ti sta benissimo.
– Veramente?!
– Veramente!
Patty gli saltò in braccio e cominciò a riempirlo di baci.
Tantissimi. Su tutta la faccia.
– Ohi che ti è preso? Un attacco di bacite acuta? – dis-
se lui crollando tra le coperte. Sopra, a cavalcioni, Patri-
zia continuava a tempestarlo di baci. Poi di botto smise.
Si tirò su e se lo guardò dall'alto.
– Va bene, facciamolo, – disse infine.
– Cosa?
– Facciamolo!
– Cosa?
– L'amore.
– Non ci posso credere. Ti sei decisa?
– Sí, mi sono decisa.
– Perché?
– Perché ti voglio bene.
– Ma sei sicura? Cosí, di botto!
– Che è, non ti va?
– No... No... per andarmi mi va...
– E allora stai zitto e baciami!
Patrizia si piegò su Pietro, gli strinse le mani intorno al
collo e lo baciò in bocca.

5.

Matematica	4
Fisica	5
Scienze naturali	6
Storia	4
Filosofia	5
Italiano	5
Rel...	

Lorenzo finí di leggere la pagella. La chiuse, la mise sul banco e ci poggiò le mani sopra.

Si morse un labbro.

Bene. Peggio di cosí non poteva andare. Ho fatto lo schifo. Roba che se mio padre la legge lo portano diretto al policlinico.

Aveva fatto bene a preparare la valigia e prendere con sé tutti i risparmi. L'aveva sotto il banco, la valigia, tra le gambe. Gli dava sicurezza. Là dentro aveva tutto l'indispensabile.

Quella vecchia troia della professoressa di italiano gli si avvicinò quasi rimbalzando e lo guardò attraverso i suoi orrendi occhiali con i diamantini appiccicati sulla montatura. Strizzò placida gli occhioni da soriano castrato.

Lorenzo le sorrise buono.

Bastarda!

Tutti gli alunni della II C puntavano lo sguardo sopra la propria pagella.

Alcuni con un sorriso di soddisfazione sulla bocca e altri, come Lorenzo, meno.

La Rossi con uno slancio che voleva essere giovanile si sedette su un banco vuoto in fondo all'aula. Aveva una minigonna spaventosa da cui uscivano due cotechini infilati dentro calze a rete color crema.

– Silenzio. Ascoltatemi! – gracchiò rauca alla classe. La classe si fece zitta e ventitre teste si girarono verso il banco su cui era seduta la professoressa.

– Devo dire che quest'anno le cose sono andate un po' meno peggio dell'altro anno. Non so come mai, non credo che sia dovuto a un maggiore impegno da parte vostra, piuttosto preferisco pensare a qualche contingenza astrale o che so io. Ma la media di questa classe è senz'altro migliorata. Me ne rallegro.

Ci fu un brusio che doveva essere la media soddisfazione della classe. La Rossi aspettò che passasse e poi riprese:

– Aspettate. Aspettate. Esistono comunque dei casi irrecuperabili che si contraddistinguono per la loro capacità di fare male con costanza. Vorrei parlare, ad esempio, del nostro benamato Valli, il nostro campione...

Gli sguardi della classe si spostarono dalla professoressa a Lorenzo. Risate.

Lorenzo, con tutto il suo metro e ottanta, si chiuse su se stesso, si aggiustò gli occhiali tondi sul naso ossuto e tagliente e poi accennò come un inchino di ringraziamento levandosi un immaginario cappello.

La classe scoppiò in un boato.

– Fortunatamente Valli ha dello spirito. Non credo comunque che per lui ci siano grandi possibilità di passare l'anno. Anzi, anche se mancano quattro mesi alla fine dell'anno, gli consiglio di non studiare piú... tanto! Quelle di Valli sono braccia rubate all'agricoltura. Non tutti devono studiare e il liceo non è una scuola dell'obbligo ricordatev...

– Professoressa posso dire una cosa? – la interruppe Lorenzo con la voce un poco tremula. Steso sul banco, teneva la mano alzata e la reggeva con l'altra.

– Come no! Parla... parla, ti prego!

La Rossi sembrava incuriosita. Una smorfia vagamente compiaciuta le si dipinse sulla bocca. Nella classe ora non volava una mosca.

– Be' vorrei dirle che lei ha ragione. È inutile che io studi. Riconosco le mie colpe. Ma le devo dire un'altra cosa. Lei è una zitella inacidita da troppi anni d'insegnamento. Lei non capisce niente... Non sa niente di me. Ripete a pappardella ogni anno sempre le stesse cose. Lei non è una donna, è un computer. Lei non ama quello che insegna. Lei non lo sa ma è morta da un sacco di tempo. A lei Dante fa schifo piú che a me...

La Rossi spalancò gli occhi da tartaruga fino a trasformarli in due fari. La bocca aperta su residui di denti. Le mani, due chele di granchio. Non riusciva a parlare. Prese fiato e per un attimo alla classe sembrò che svenisse sul banco, lí come un rinoceronte a cui hanno sparato un proiettile narcotizzante, ma poi:

– DAL PREEESIDEEE!!!

Un grido rauco, distorto, da bufalo ferito a morte.

Lorenzo prese la sua valigia, si infilò il cappotto, si annodò la sciarpa in un silenzio innaturale. Ora gli occhi dell'intera classe erano puntati su di lui, ma in maniera diversa, con rispetto.

Un pezzo da pazzo cosí non l'aveva mai fatto.

Aprí la porta, uscí e se la chiuse alle spalle. Riprese fiato. Aveva detto tutto quello in apnea.

Improvvisamente, oltre la porta, rimbombarono le grida dei suoi compagni. La Rossi urlava:
– Basta! Basta! State seduti. Anche tu e tu dal preside!
Ora Lorenzo correva con passi lunghi e molleggiati nel corridoio mentre le porte delle aule si aprivano e ne uscivano fuori i professori allarmati. Cos'era quel bordello? Balzò. Con una mano colpí la vecchia lampada di alluminio all'ingresso del corridoio. Una perfetta schiacciata. La lampada ondeggiò paurosamente fino a infrangersi nei vetri della finestra. Lorenzo ricadde a terra sotto una pioggia di cristallo. Gli urlarono dietro di fermarsi.

Attraversò il cortile, il campo da basket, con la valigia appoggiata alla schiena.

Dalle finestre della sua classe si sporgevano i compagni. Lo salutarono e gli fischiarono. Gli urlarono che era un mito e lanciarono le cartelle di sotto.

Un autobus passò davanti alla scuola. Lorenzo lo inseguí di corsa fino alla fermata. Ci montò sopra. Era pieno di gente, gente che andava a lavorare. Si mise in un angolo e chiuse gli occhi. Rivide mille volte la scena di lui che usciva dalla classe, della Rossi paonazza.

Avrebbe voluto ascoltare i commenti fatti a ricreazione e nei giorni dopo a scuola sul suo gesto eroico.

La stazione era grigia come era grigio tutto il resto: il cielo, le strade, gli alberi. Aveva da poco finito di piovere e grandi pozzanghere si allargavano sul piazzale davanti alla stazione. La benzina e l'olio formavano arcobaleni sulla superficie dell'acqua.

– Un biglietto di seconda per Genova, – chiese allo sportello.

Il treno era semivuoto. Lorenzo si prese uno scompartimento tutto per sé. Aveva fumetti e un romanzo ma non riusciva a leggere. Aveva la bocca secca e lo stomaco chiuso. Si abbatté sulla sua poltrona con il cuore in tumulto e il respiro corto. Un fischio e poi la stazione si mosse.

Si parte!

Il treno ora correva nella campagna grondante d'acqua, scura e senza sole.

A Lorenzo piaceva andare in treno, piaceva il rumore che faceva correndo sui binari. Poggiò la testa sul vetro umido e tenne gli occhi fissi sul paesaggio fino a che si sfocò in un verde uniforme. Tra le braccia stringeva la sacca. Passò il tizio con i panini e i caffè sgolandosi.

Il treno si fermò a Pisa. Pioveva un sacco. Dal tetto della banchina scrosciavano cascate di pioggia. I pochi passeggeri si affaccendavano alle porte dei vagoni cercando di non bagnarsi.

La porta dello scompartimento di Lorenzo si aprí ed entrò una ragazza. Si trascinava dietro una di quelle gigantesche valigie a rotelle di plastica rossa. Indossava uno strano impermeabile giallo come quello dei pescatori degli spot della Findus e un basco blu, che le dava un'aria molto francese, sopra i capelli neri raccolti insieme in una coda di cavallo.

– È occupato? – chiese a Lorenzo ansimante di fatica. Lo chiese come se nello scompartimento ci fosse un unico posto libero su cui fosse posato un giornale. Lorenzo lo trovò molto carino.

– No, è tutto libero. Entra, – le sorrise.

La ragazza prese tra le braccia la sua enorme valigia di plastica e provò a metterla sopra il bagagliaio. Pesava troppo. La tirava su per un angolo e le cadeva dall'altro.

– Posso aiutarti? – fece Lorenzo alzandosi.

– Grazie...

Lorenzo afferrò la valigia e provò a tirarla su ma pesava troppo anche per lui. La poggiò a terra.

– Ma che ci sono dentro, le pietre? – chiese ridendo e un po' imbarazzato per non essere riuscito a tirarla su.
– No, un sacco di libri. Lasciamola a terra...
– Forse è meglio.
Lorenzo si sedette.
È carina. Anzi non è carina, è bella.
La ragazza si tolse l'impermeabile bagnato. Sotto indossava una camicia a righe blu, dei jeans neri e delle scarpe con un po' di tacco e i lacci.
Si scelse il posto di fronte a Lorenzo, vicino al finestrino.
Tirò fuori dalla borsa una torcia elettrica e se la mise in grembo, poi tirò fuori anche un libro. Cominciò a leggere. Poi guardò in alto verso le luci e chiese improvvisamente:
– Scusa, funzionano le luci nelle gallerie?
– Come? Non ho capito.
Lorenzo era distratto, perso chissà dove.
– Funzionano le luci all'interno dello scompartimento quando il treno passa nelle gallerie?
– Ah... Sí, credo di sí...
– Ah...
La ragazza parve rilassarsi.
Lorenzo non capí il senso piú profondo della domanda ma non aveva voglia di chiedere maggiori spiegazioni, di fare conversazione. Un altro giorno ma non oggi. Aveva ancora il respiro corto che gli dava un senso di malessere diffuso e d'inquietudine. Poggiò di nuovo la testa contro il finestrino.
La ragazza sprofondò dentro il libro. Lorenzo sbirciò il titolo: *Il giovane Holden.*
Lo lasciò secco.
Il suo libro preferito. Lo aveva letto tre volte e lo aveva con sé nonostante avesse solo una valigia microscopica.
Un libro cosí non si abbandona!

La guardò meglio, con piú attenzione. Aveva una spruz-
zata di lentiggini su un naso all'insú. Gli zigomi alti e una
bocca forse un po' larga ma molto sexy.
Pensa stare insieme con una come lei, mi ci vedo benissi-
mo. Saremmo una coppia pazzesca.
Lorenzo pensò per un attimo di portarla via. Insieme
a lui. Di parlarle, di dirle delle cose bellissime cosí lei lo
avrebbe amato. Lui l'avrebbe amata sicuramente. Lui in
quel momento poteva tutto.
Il cielo grigio si era finalmente squarciato lasciando passare un fascio di raggi che formò un disco di luce bianca
sui boschi lontani.
Arrivò il controllore, bucò i biglietti e se ne andò.
Il treno s'infilò in una galleria. Buio e lo sferragliare
rimbombante del treno. La ragazza urlò. Un urlo trattenuto ma pieno di angoscia. Lorenzo fece un sobbalzo per
lo spavento. Paura. Strinse forte il bracciolo. La sentiva
respirare forte e armeggiare nel buio.
– Che succede? – le chiese con il cuore in gola.
– Non riesco a trovare la torcia... Ti prego... Ti prego aiutami.
Panico. Il panico nella voce. Le sfrecciate delle luci della
galleria tagliavano in due lo scompartimento senza illumi-
narlo. Non si vedeva niente. Lei stava a terra, piegata in
due, e con le mani spazzava il fondo dello scompartimento.
– La mia torcia! Dov'è? – miagolava.
– Aspetta! Aspetta! – disse Lorenzo poggiandole una
mano sulla spalla.
Quanto dura questa fottuta galleria!
Tirò fuori dalla tasca del cappotto l'accendino. Fece luce.
Per un attimo la fiamma balenò negli occhi della ragazza.
Un animale selvatico impazzito. Lorenzo si abbassò e sot-
to la sua poltrona, in un angolo, vide la torcia. L'afferrò.

– Dammela! Dammela!

La ragazza gliela strappò di mano e l'accese. Il fascio le illuminò un attimo gli occhi giganteschi e umidi e poi ci fu di nuovo il giorno. Il treno era uscito dalla galleria. La ragazza si lasciò cadere sulla poltrona ansimando, esausta. Lorenzo non sapeva cosa fare. La guardava senza sapere che dire. Che cosa aveva?

Si sedette anche lui. La ragazza rallentò il ritmo del respiro. Spense la torcia.

– Ho paura del buio! – disse. Poi con un sospiro: – Scusami. Devo averti spaventato!

– No, è che non capivo che ti stava succedendo.

– Scusami... Non so come ma mi era caduta la torcia.

Lorenzo si chiuse meglio nel cappotto. Gli era venuto improvvisamente freddo.

– Come stai ora?

– Bene, bene. Ma lo sapevo.

– Lo sapevi cosa?

– Che non dovevo prendere il treno. Che mi dovevo far accompagnare da mio padre a Genova. Lo odio io il treno... – disse la ragazza come riflettendo tra sé.

Rimasero tutti e due in silenzio. La ragazza sembrava meno imbarazzata di Lorenzo. Lui teneva gli occhi fissi, puntati verso il basso, lei sembrava essersi ripresa e ora era di nuovo vispa. Fremeva sulla sua poltrona.

– Che hai pensato quando mi hai visto a terra che urlavo?

– Be' ho pensato che stavi male. Male di nervi. Che avessi, che ne so, un attacco di epilessia o roba del genere.

– Faccio questo effetto. Lo so.

Il treno fu scosso da un boato. Il finestrino fremette e poi si illuminò improvvisamente della luce di un treno in corsa nella direzione opposta. Lorenzo aspettò che finisse e chiese:

– Ma hai paura del buio solo in treno?

– No, non solo in treno. Dovunque. Dovunque ci sia il buio. Io vivo con la luce accesa. Ho sempre in tasca una pila.

La ragazza sembrava aver accettato la sua paura da tanto tempo e non le costava parlarne. Un po' come uno che ha una piccola malformazione congenita a una mano.

– Forse dovresti andare a vivere in Norvegia. Lí non c'è mai notte. Tipo che a Capo Nord la notte dura solo mezz'ora. Staresti benissimo, – le fece lui.

– No, non va bene. D'estate è come dici tu ma d'inverno, invece, alle due già fa buio.

– Ah... Io credevo che fosse sempre giorno, in ogni momento dell'anno!

– Noo! – rise lei.

Lorenzo parve riflettere e come voler aggiungere qualcosa ma poi non disse niente. Diede un'ultima rapida occhiata alla ragazza e poi fissò di nuovo la campagna.

– Vai anche tu a Genova? – domandò lei.

– Come...

Lorenzo si era incantato.

– Ti ho chiesto se vai anche tu a Genova.

– Sí.

– Ma non sei di Genova, vero?

– No. Sono romano. E tu?

– Io sono di Pisa ma studio a Genova. Vivo lí da un anno con mia zia, be' non proprio, sto in collegio con le suore. Vado da mia zia nei weekend.

– E come sono le suore?

– Sono abbastanza simpatiche in generale. Ma quella che m'insegna italiano è tremenda. La chiamiamo «squalo». Ha la macchinetta sui denti e due fondi di bottiglia davanti agli occhi.

– Io pure ho una professoressa d'italiano... Non sai che

è! Fa veramente paura. Peserà centocinquanta chili e, pensa, si mette le calze a rete. Ti rendi con...
Buio.
Un urlo represso.
Luce. La torcia illuminò lo scompartimento.
– Tranquillo. Ho acceso la luce. Aspettiamo in silenzio!
– la voce della ragazza fintamente tranquilla.
Lorenzo rimase seduto senza fiatare fino a quando tornarono all'aria aperta. La ragazza spense la luce.
– Hai visto, sono stata brava!?
– Sei stata bravissima... – disse Lorenzo contento.
Gli piaceva quella ragazza, aveva un gran bel modo di affrontare la vita. Quella paura la rendeva cosí indifesa che a Lorenzo venne un'improvvisa voglia di abbracciarla, di proteggerla dalle tenebre. Lui non aveva paura.
– E tu che ci vai a fare a Genova?
Lorenzo provò a parlare ma non gli uscirono subito le parole e sentí il viso infiammarsi.
– Vado... vado a imbarcarmi.
– E per dove? – disse lei entusiasta.
– Non lo so...
– Come non lo sai? Farai il solito giro del Mediterr...
– Aspetta. Non hai capito, io non faccio una crociera, non faccio niente di simile. Io m'imbarco su una nave mercantile. Quelle gigantesche piene di containers, – la interruppe Lorenzo. Sembrava che fosse seduto su cocci di vetro.
– Sei un marinaio?
– No, non ancora. Ma conto di diventarlo al piú presto. Voglio fare il giro del mondo.
– Non è vero. Stai scherzando.
– Te lo giuro su Dio.
– E quando ritorni?
– Non lo so. Forse mai piú.

– Continuerai a vagare per gli oceani facendo il marinaio?

– No, non per sempre. Solo per un po'. Voglio solo vedere il mondo e fare un po' di soldi; a quel punto me ne vado in Amazzonia.

– In Amazzonia?

– Sí. Vado ad allevare discus.

– Discus?

– Sono pesci. Dei pesci d'acquario. Sono i piú bei pesci d'acqua dolce che esistono al mondo. Guarda.

Lorenzo aprí la sua valigia. Ne tirò fuori un libriccino con la copertina di cartone. Sopra c'era scritto: *L'allevamento e la riproduzione del discus*.

Lo sfogliò e poi passò il libro aperto alla ragazza.

– Questo è un discus, – disse porgendole la foto a doppia pagina.

– Ma è bellissimo...

– Ti piace veramente? – chiese Lorenzo esitante.

– Veramente! Ha dei colori pazzeschi.

– In quelle foto non si capisce niente... È mille volte meglio dal vivo.

– Mi piacciono da morire gli occhi. Rossi. Rossi con quella striscia nera che li attraversa. Tu li allevi?

– Ora non piú. I miei li ho dovuti regalare. Avevo tre bellissime coppie. Mi si riproducevano ogni mese. Sono pesci speciali...

– Perché?

– Perché si curano dei loro figli, non sono come i pesci comuni che fanno milioni di uova e poi non se ne curano piú. Loro li allevano e producono un muco sul corpo che serve a nutrire i piccolini... I miei erano bellissimi.

– E li hai regalati?

– Ho dovuto farlo –. Lorenzo si mise piú comodo e poi riprese: – Ora ti racconto: l'altr'anno sono stato bocciato.

Mio padre si è incazzato come una bestia e mi ha sequestrato l'acquario. Ha detto che ci perdevo tutto il giorno
appresso e che non studiavo...
  – Non studiavi per niente?
  – No, studiavo, solo non i libri di scuola ma i libri sui
pesci... E cosí ho dovuto svuotare l'acquario. I pesci li ho
dati a un mio amico, solo che ero sempre preoccupato che
lui li tenesse male, che non gli desse da mangiare e quindi
andavo tutti i giorni a casa sua fino a quando sua madre
non si è incazzata dicendo che non facevo studiare nemmeno lui...
  – E allora?
  – E allora niente. Ho incominciato a pensare che io a
Roma non c'entravo piú niente, che me ne dovevo andare
via. I discus vivono in Amazzonia e gli indigeni li allevano
in grandi bacini artificiali e poi li vendono. Ci si diventa
ricchi. Ora io vado lí e mi metto ad allevarli con loro poi
li spediamo in Italia...
  – E i tuoi lo sanno?
  – No, non gli ho detto niente. Mi sono venduto il motorino e lo stereo, giusto per avere un po' di soldi e me ne
sono andato.
  – Ma gli piglierà un colpo quando scopriranno che sei
scappato.
  – E chi se ne frega. Gli avrei dato molte piú insoddisfa-
zioni se me ne rimanevo a casa. Mi avrebbero bocciato di
nuovo. E mio padre mi considera solo come una sua copia
non riuscita, vuole che faccio le stesse cose che fa lui. Devo
essere avvocato. Devo sposarmi una donna come mia madre. Non mi lascia vivere e poi io non voglio piú studiare!
  Lorenzo ora era accaldato e aveva alzato il tono della
voce.
  – Ma non puoi sforzarti un po' di piú e cercare di finir-

la in qualche modo la scuola, basta impegnarsi poco, poi
fai tutto quello che ti pare...

– Stronzate. Poi quando hai finito il liceo devi andare
all'università se no tuo padre si incazza e là dentro ci mar-
cisci... Ne esci fuori a trent'anni che non hai piú la voglia
di vivere. Scusa, ma tu sei contenta al collegio?

La ragazza esitò a rispondere.

– No, per niente. Il collegio non mi piace, non mi piacciono le suore ma penso che studiare sia bello... Impari un
sacco di cose, capisci quello che ti gira intorno...

– Questo può essere anche vero, però non sei felice...

– Felice? E che vuol dire felice? – disse quasi con stiz-
za la ragazza.

– Che stai in grazia di Dio, tranquillo, che non ci sono
dei genitori che ti rompono, che ti dicono quello che devi
fare, quello che è giusto e quello che è sbagliato...

– Guarda che io i genitori li vedo una volta al mese e
non mi dicono niente. Ma c'è comunque qualcuno che
mi giudica, che mi dice quello che devo fare. È sempre
cosí, anche a trent'anni ci sarà qualcuno che ti dirà quello che devi fare. Anche sulla nave dove t'imbarcherai ci
sarà un capitano che ti farà rompere la schiena a lavare i
ponti, lo capisci?

Lorenzo rimase un attimo senza parole, si risistemò gli
occhiali sul naso e disse:

– Forse questo è vero ma in ogni caso è una scelta che
ho fatto io. Io da solo. E questo già mi fa sentire meglio.

La ragazza ora taceva guardando fuori. Aveva la bocca
chiusa e gli occhi a fessura.

L'ho fatta arrabbiare!

Lorenzo sperò di poter riprendere la conversazione. Era
dispiaciuto. Si era troppo scaldato ma non ci poteva fare
niente. Era fatto cosí. Appena si parlava di scuola, geni-

tori e tutto il resto lui s'inalberava. Era proprio come se vomitasse quella roba nera che aveva nel petto.

Il viaggio proseguí senza che i due scambiassero piú una parola. Lorenzo fece finta di leggere, lei lesse per davvero. Quando si avvicinarono a Genova la ragazza accese la sua torcia. Lorenzo la vedeva in un angolo, schiacciata contro una parete con la lampada che le illuminava la faccia.

– Va tutto bene? – le chiese a un tratto. Non riusciva a vederla cosí.

– Sí, va tutto bene, – gli disse lei sorridendo.

Gli afferrò la mano e gliela strinse. Lorenzo rimase pietrificato, sentí il cuore gonfiarsi di qualcosa che non sapeva nemmeno lui come chiamare.

Arrivarono alla stazione.

Lei si alzò. Si rimise l'impermeabile giallo e il basco blu.

Afferrò il manico della sua valigia. Lorenzo intanto richiudeva la sua sacca. La ragazza aprí il vetro dello scompartimento e si girò, come se avesse dimenticato qualche cosa, e invece disse:

– Come ti chiami?

– Lorenzo. E tu?

– Caterina –. Poi un po' imbarazzata proseguí: – Senti, Lorenzo… Visto che devo andare in collegio stasera e ora non ho niente da fare, ho pensato…

– Cosa?

– Ecco, ho pensato che potrei accompagnarti al porto. Tu non conoscerai Genova e cosí…

Lorenzo afferrò la sacca e con un sorriso che andava da un orecchio all'altro disse:

– D'accordo. Andiamo.

6.

Hai ventisei anni.

Ti chiami Carlo Condemi.

Oggi per te sarà una giornata tosta. Tosta da morire. Devi fare l'esame di diritto commerciale. È da due mesi che lo studi, anzi è da due mesi che non lo studi, che fai finta di studiarlo. Avrai fatto sí e no metà del programma. Ti mancano tutti i libri speciali e il manuale l'hai letto ma come fosse l'elenco del telefono.

Ma ci devi provare lo stesso, vai a vedere che ti dice bene. *È durissima.* Andare impreparato agli esami ti fa stare male, fisicamente male. Ieri, per punirti, solo per punirti che non avevi fatto nulla da mesi, sei rimasto a casa tutto il giorno, seduto alla tua scrivania davanti al libro. Non è che studiassi, stavi seduto. Un po' guardavi fuori, dalla finestra, le macchine passare, i bambini giocare a calcio al giardinetto, un po' andavi al cesso. In totale avrai passato tre ore sopra il gabinetto. Alla fine ti faceva male il sedere, ti si erano formate delle strisce rosse sulle chiappe... Avevi strizza per l'esame. Capito, avevi strizza per l'esame?! Come puoi avere paura quando hai la certezza matematica che andrà male? Non lo sai. Devi avere qualche squilibrio ormonale.

I nodi vengono al pettine.

Ti sei ripetuto questa frase in testa un milione di volte. È come se fossi sopra un terrazzino all'ottavo piano che in maniera microscopica si ritira all'interno del palazzo, ogni giorno, di un paio di centimetri. Le finestre dietro di te sono sbarrate ma sul terrazzino si sta alla grande, c'è da mangiare, c'è uno stereo che spara a palla musica non male e ci sono delle bonazze che ballano. E allora che fai? Certo non ti preoccupi che questo cazzo di terrazzino ti sta scomparendo sotto i piedi. Ti metti a ballare e ti diverti pure di piú perché sai che è l'ultima volta che puoi farlo. Capisci come ragioni?

Ora ti sono rimasti solo un paio di centimetri e poi precipiti di sotto e la voglia di ridere e di ballare ti è passata.

I nodi vengono al pettine. Quanto è vera questa frase. Comunque. Ti alzi dal letto e come prima cosa ti fai la barba. È da una settimana che non te la tagli ma oggi è necessario. I professori piú ti vedono preciso e ordinato e piú hanno fiducia in te. È una verità. Non ti resta che tagliarla. Ti levi l'orecchino. Ti vesti abbastanza acchittato. Un paio di jeans ben lavati, una camicia a righe che ti fa schifo e una giacca di tweed che hai usato sí e no tre volte. Dovrebbe andare.

Prima di abbandonare la cuccia metti il disco di *Hair*, quel musical degli anni Settanta di cui hanno fatto anche un film. È la storia di un ragazzo che parte dalla campagna per andare in Vietnam. Va a New York dove lo devono arruolare. Lui a New York non c'è mai stato e in Central Park fa amicizia con un gruppo di hippie e incomincia a divertirsi, a prendersi qualche acido e si trova pure una donna niente male ma dopo aver passato un paio di giorni pazzeschi è costretto a partire. Il capo degli hippie gli dice che in Vietnam non ci deve andare. Lui non ascolta e se ne va in caserma. Lo mandano in uno stato lontanissimo a fare le esercitazioni prima di imbarcarsi per la guerra. Gli hippie decidono di andarlo a trovare, prendono una macchina e lo raggiungono. Il loro capo travestito da ufficiale entra nella caserma e si scambia i vestiti con l'amico che esce fuori nascosto dai suoi gradi mentre il figlio dei fiori rimane in caserma. È tristissima la scena in cui il giovane va a trovare la donna e gli amici che lo baciano e l'abbracciano. E c'è l'ultima scena in cui si vede il povero figlio dei fiori obbligato a salire su un aereo che parte per il Vietnam che è veramente straziante. Ogni volta che la vedi senti il cuore lacerarsi. Il poveretto che aveva bruciato il foglio del richiamo alle armi, che predicava pace e amore, è costretto a partire al posto dell'amico. Mentre entra nella carlinga insieme ad altri mille canta una canzone funebre.

È quella che ascolti e quando l'ascolti salti per farti coraggio.

Esci dalla stanza. C'è tua madre ancora in vestaglia che sta facendo colazione e ti dice di mangiare qualche cosa. Ma tu hai lo stomaco annodato. Qualsiasi cosa mangi in questo momento la vomiti.

Arriva tuo padre, scattante come al solito, con la sua cartella in mano e l'odore di colonia sul collo. Ti guarda e in quello sguardo vedi un po' di cose. Da una parte ti sta incitando a rompergli il culo, dall'altra ti dice che se non lo passi neppure questa volta sarà lui a romperti il culo.

– Stavolta li massacro! – gli dici tu per farlo contento.

Gli lasci quattro ore di speranza poi lo bastoni all'ora di pranzo.

– Fammi sapere appena l'hai fatto, – ti dice.

Ti dice sempre cosí. Mai una volta che ti augurasse buona fortuna (che, tra l'altro, porta anche sfiga) o in bocca al lupo. Esce. Tu pure devi andare. Tua madre si raccomanda. E mentre lei si raccomanda la guardi nella sua vestaglia troppo grande, le guardi le rughe in faccia, i capelli tinti e ti rendi conto di quanto è invecchiata e tu invece

sei sempre uguale. Ti dice che devi passarlo a tutti i costi
l'esame, che tuo padre ci tiene da morire, che devi chiudere con l'università e che ti devi prendere qualsiasi cosa,
anche un diciotto. Ti rendi conto che ti sta incatastando,
che ti sta facendo del male. Va interrotta. Immediatamente.

– Non preoccuparti, – le dici e poi: – Un diciotto lo
porto sicuro a casa.

Esci. Con che faccia riesci a mentire? Chi ti ha dato
questa capacità?

E poi perché? Che senso ha se tra meno di tre ore le dirai che ti hanno bocciato.

Prendi il motorino. Si gela e con solo la giacca di tweed
puoi anche morire ma risalire non ti va. Il sole è pallido e
freddo. Corri per arrivare in tempo, per esserci all'appello
ma già sai che arriverai in ritardo.

Corri come un pazzo nel traffico di tram incolonnati,
di macchine ferme ai semafori, di autobus pieni di gente.

Vedi avvicinarsi le mura dell'università e ti senti male.
La porta è intasata dagli studenti che devono entrare, dai
motorini, dagli zingari che ti leggono la mano, dalle bancarelle di reggipetti e mutande.

È un mostro che inghiotte studenti. È un mostro che
al posto dei denti ha inferriate di metallo e al posto delle guance ha muri di mattoni su cui è scritto AUTONOMIA
OPERAIA e GIUSY TI AMO ANCORA.

Non ce la fai. Non ce la fai a farti masticare anche oggi.

Tanto non sei preparato. Perché ti devi umiliare di fronte a un perfetto sconosciuto. A un fottuto professore che
vedi oggi per la prima volta in vita tua.

Prosegui dritto. E vaffanculo. Continui senza sapere
dove andare. Giri per i quartieri vicino all'università. Ti
perdi nelle piccole vie. Senti dentro la testa il tuo nome
chiamato dalla bidella, la vedi sbarrarlo sul foglio, uno dei

tanti a cui non gli regge. Non importa, lo potrai sempre
rifare tra un mese. Questo mese studi come un pazzo, poi
torni e gli spacchi il culo. Bello vero?

Ti fermi a un bar. Ti bevi un caffè.

Forse potresti andare a sentire le domande, casomai se-
gnartele. Ma è tutto inutile, sono solo i sensi di colpa che
ti mordono la coscienza come un branco di bastardi affa-
mati. Devi andare, non puoi essere cosí vigliacco.

Rimonti sul motorino. Lo lasci all'entrata opposta a
dove sta la tua facoltà. Ti incammini a testa bassa con un
senso di malessere che ti schianta. È pieno di studenti che
corrono alle lezioni, che parlano di esami, che li fanno, e
tu? Tu sei un estraneo in questo posto, continui a venirci
perché non sai dove sbattere la testa, questa è la verità,
cazzo finalmente te la sei detta.

L'edificio dove ha sede la tua facoltà pare esplodere,
esplodere per la carne, le ossa, i cervelli che ci sono stipa-
ti dentro. Ti fai spazio a gomitate tra quelli che si devono laureare, che aspettano, eleganti nei loro abitini blu, il
momento di entrare. Loro la fanno finalmente finita. Loro con le tesi sotto il braccio e i genitori a lato con i fiori.

Li superi. Sali al primo piano.

Il corridoio è invaso da quelli che devono fare l'esame
di diritto commerciale, il tuo. Sono milioni. Hanno tutti
la bocca secca. Alcuni stanno a terra, altri appoggiati ai
muri, altri solo in piedi. Chiedi se hanno già cominciato
gli esami con Recchi. Ti dicono che non si sa con certezza, che stanno cercando di capirci qualche cosa anche loro. Senti l'ansia aleggiare come uno stormo di avvoltoi su
tutto il corridoio. Prendi fiato e t'infili come un vecchio
kamikaze tra la massa compatta. Poi senti il tuo nome. La
bidella urla cinque nomi tra cui c'è anche il tuo.

Cristo, ti stanno chiamando.

Non dovevi venirci. Lo sapevi, idiota che non sei altro.
E ora che devi fare?

Provare non ti costa nulla. Chiunque direbbe cosí. Tu
no. Non ti piace fare le figure di merda. Chissà chi ti credi
di essere per non poterti portare a casa un diciotto rubato! Non ti va di arrampicarti sugli specchi col professore.

Scappi. Incominci a correre e a sbattere contro quelli che
aspettano mentre senti il tuo nome ripetersi mille volte.

Quando sei fuori ricominci a respirare e vedi che è una
bella giornata. Limpida e frizzante. Ti fa girare la testa.

E ora che fai? Dove ti sbatti fino all'ora di pranzo?

Decidi di andare a cercare Laura, la ragazza con cui ti
fai le storie in questo momento. Prendi il motorino e attraversi la città. Passi davanti a un negozio di dischi. Se
avessi qualche soldo ti andresti a comprare un paio di cd.
Prosegui. Arrivi sotto casa di Laura. La chiami al citofono.

Sali, ti dice. La trovi ancora a letto. Ha la faccia piena
di sonno. Gli occhi piccoli. Ti chiede che ci fai là, perché
non stai all'università a fare l'esame? Tu non hai voglia
di parlarne, ma lei incalza, ha già capito tutto. Accendi
la tele mentre lei ti dice che non vai da nessuna parte in
questo modo. La zittisci con un bacio. Mugugna qualcosa.

Incominci a spogliarti. Il piumone, il letto caldo ti attira
da morire. Laura ride. Le dici che hai voglia di fare l'amore e di rimanere con lei tutto il giorno sotto le coperte a
farvi le coccole. Lei ti dice che non può, che deve andare
a sentire una conferenza sui cetacei. Tu le dici che ha la
fortuna di avere il piú bel cetaceo del mondo nel suo letto,
che non c'è bisogno di sbattersi chissà dove per conoscere i
rituali di accoppiamento dei delfini, tu puoi insegnarglieli.
Incominci a fare dei versi che dovrebbero essere il richiamo delle balene in amore. Lei ride ma intanto continua a
vestirsi. Alla fine, quando oramai ha infilato il cappotto

e messo gli occhiali da sole ti dice che se vuoi restare non c'è problema. Non sa quando tornerà. Ti dà un bacio sulle labbra e se ne va.

Di nuovo solo.

Almeno ora stai in una casa, al caldo e non in mezzo a una strada. Apri il frigo. Ti mangi il resto di uno spezzatino con i funghi e ti butti a letto.

Accendi la tele. C'è la replica del *Maurizio Costanzo Show*. Cerchi di capire di che parlano ma non ce la fai, stai troppo male. Ti è esplosa dentro un'ansia che non ti lascia respirare. È qualcosa che va oltre l'esame, oltre il fatto che stai dentro un letto mentre tutta Roma è in movimento, lavora e produce, è qualcosa di piú indefinibile, di piú triste. È la sensazione che non ti scrollerai mai di dosso questa palude che ti si è allargata dentro. Una palude di intenzioni, di aspettative tradite ogni giorno.

Ti accucci e provi a dormire mentre Rita Pavone parla della condizione delle donne mongole. Ti addormenti.

Quando riapri gli occhi scopri che hai dormito un sacco. Come una pietra. È già mezzogiorno e mezza. Devi tornare a casa e dire ai tuoi che non hai fatto l'esame. Ti rivesti ed esci.

Rimonti sul tuo motorino. Attraversi la città e giochi a non mettere mai i piedi a terra. Sei un povero soldato a cui hanno mozzato le gambe e che è costretto a usare un motorino per andare a trovare la madre morente.

Ai semafori giri su te stesso come una trottola per non cadere ma una macchina ti inchioda davanti e poggi un piede a terra e il tuo gioco finisce.

Non hai voglia di tornare a casa.

Decidi che da domani la storia cambia, che smetti di uscire fino alle tre di notte, di perdere tempo a leggere fumetti e romanzi di fantascienza. Decidi che troverai qual-

cuno con cui studiare, non Francesco o Paolo. Con loro
finisce che giocate a scopa o a backgammon. Tu hai bisogno di qualcuno che sia preciso, che ti ci faccia sbattere
la testa sul libro.

Antonio. Antonio Giovannini.

È lui il tuo uomo.

Ha due anni meno di te e ha fatto piú esami di te.

Quasi quasi lo passi a trovare. Non abita lontano.
Arrivi sotto casa sua. Suoni. Ti risponde sua madre. Ti
dice che Antonio sta facendo un master di diritto internazionale a Bruxelles. Ringrazi.

Cazzo, si è già laureato e fa un master! Non te ne sei
neanche accorto. *A Bruxelles!*

Te ne vai.

Mentre attraversi il ponte di Belle Arti vedi che sul Tevere ci sono i cormorani. Non ci puoi credere. Hai sempre
visto solo buste trascinate dalla corrente, solo quel grigio
dell'acqua di fogna. Stanno lí che nuotano, neri con il collo a esse, che si immergono e riescono, uno ha addirittura
un pesce in bocca.

Leghi il motorino e scendi giú sulla riva del fiume. Le
scale sono viscide e piene di rifiuti.

L'argine è parzialmente coperto d'acqua. I cormorani sono diventati molti di piú. Saranno una ventina. Ti
avvicini a uno che sta pescando. È uno strano tipo. Non
ha l'aria del pescatore. Alto. Sulla cinquantina. È vestito
in completo di flanella grigio. Ha la cravatta e le scarpe
di cuoio. Regge in mano una lunga corda che finisce su
una canna, da questa prosegue in acqua dov'è attaccata
una rete quadrata. Sta fermo immobile, gli occhi puntati nei gorghi.

Ti ci avvicini. Per lui è come se non esistessi.

– Si pesca? – gli domandi alla fine.

– Oggi poco e niente...

Si è girato verso di te. Ha gli occhi azzurri e sopracciglia folte.

– Ma ci sono i pesci?

– Dipende. A volte ne scendono giú tanti. A volte non
ne passano per intere settimane.

Rimanete in silenzio. A quest'ora dovresti stare a casa a
parlare con i tuoi. Gli dovresti raccontare tutto ma invece
continui a startene lí, seduto su una bombola del gas arrugginita. In alto, oltre gli argini, le macchine incolonnate.

A un tratto l'uomo urla. La canna si è piegata e la cima si è tesa.

– Oddio! Oddio! Ne ho presi tantissimi. Un intero banco! Aiutami!

Lo aiuti. Pesa un casino. Anche in due fate fatica. Finalmente tirate fuori la rete. Saranno venti chili di pesciolini
piccoli e argentati che si dibattono. Il manager è felice e
pure tu lo sei. Tutti quei pesci!

– Io non so che farmene di tutto questo bendidio.
Prenditene un paio di buste. Forza! Io lavoro alla Rai,
qua dietro a viale Mazzini, non posso tornare con tutti
questi pesci...

Tu nemmeno sai che fartene. Alla fine accetti. Ne metti
una decina in ogni busta ma ti fanno pena allora ci metti
pure l'acqua. Te ne torni al tuo motorino e riparti. Le buste piene d'acqua ti fanno sbandare. Ai semafori control-
li che i pesci stiano bene. Ora che fai? Non puoi tornare
dai tuoi con i pesci... Quelli vogliono sapere dell'esame.
Decidi di portarli da Laura. A quest'ora sarà tornata. Li
metterai nella sua vasca da bagno. Poi troverai che farci.
È l'unica. Non devono morire.

Ti fai il lungotevere piano piano.

Suoni al citofono. Non è tornata.

Poi te la vedi arrivare. Eccola. Tutta elegante, con un cappello tirolese con la piuma. Le calze marroni ricamate. Gli stivaletti e i guanti.

– Che hai fatto? Guardati! – ti dice mettendo il bloster alla sua Honda 50.

Ti guardi, ti sei inzaccherato il fondo dei pantaloni e le scarpe. Hai le buste piene d'acqua in mano.

– Non sai! Ho pescato un sacco di pesci! Con un dirigente Rai.

Le racconti tutto. Lei non sembra gioirne come tu ti aspetti. Alla fine le fai il domandone da mille punti:

– Possiamo metterli per un po' nella tua vasca?

– Tu stai veramente male, Carlo.

– D'accordo, come non detto. Sai che faccio? Li sbatto nelle fontane dell'orto botanico. Non mi va di rimetterli nel fiume, verrebbero ripescati subito.

– Carlo io veramente non ti capisco... E soprattutto non capisco come io possa stare con uno come te. Come fai a vivere cosí? Oggi avevi l'esame e che fai? Te ne vai a pescare. Ma non crescerai mai? L'altro giorno mi hai detto che mi vuoi sposare. Ti rendi conto...

Cerchi di interromperla.

– Guarda che io faccio sul serio. Io ti voglio sposare. Ti potrei mantenere pescando... Ho un futuro.

Cerchi di cazzeggiare. Di buttarla sul ridere.

– Smettila. Pensi che si possa scherzare su tutto. Su tutte le cazzate che dici? L'altra sera sei stato un'ora a cercare di convincermi che ci dovevamo sposare... Io ti ascolto, sai. Ti racconti un sacco di storie. Com'era? Mi laureo e poi andiamo a vivere in Maremma. Ma dove vuoi andare... Ma se nemmeno sei in grado di affrontare un esame. Cazzo hai ventisei anni...

Stai a pezzi. Le braccia ti fanno malissimo. Quelle due

buste pesano un accidente. E senti che ha ragione. Sai che
le hai raccontato un sacco di cazzate. Quella sera avevi bevuto, avevi avuto uno strano slancio d'affetto per Laura e
allora avevi incominciato a immaginarti felice con lei. Lei
però ti ascoltava. Non puoi piú permetterti di raccontare
i tuoi film. Lei continua a parlare, tu non ascolti piú. Cerchi di concentrarti:
    – Senti facciamo cosí: non mi chiamare. Non c'ho vo-
glia di sentirti. Ti chiamo io! – ti sta dicendo.
    – Non c'è problema... – le dici acido.
    Perché ti difendi in questo modo? Perché ti piace peg-
giorare le situazioni.
    Lei scompare dietro il portone. Vorresti citofonarle ma
sai che faresti peggio. Ti odi e odi quei maledetti pesci. Li
guardi boccheggiare.
    Alla fine te ne vai. Non ce la puoi fare a tornare a ca-
sa. Vai avanti sul tuo motorino senza una meta. Arrivi al
Colosseo. Non pensi a niente. Però ti dispiace per Laura.
La fai sempre incazzare. Quante volte l'hai fatta piangere? Milioni di volte. Ti fermi. La chiami da una cabina.
Risponde la segreteria. Non vuole rispondere.
    – Piccola, scusami. Mi dispiace. È che in questi giorni
non sto bene... Non riesco a vivere. Ogni cosa che devo
fare mi sembra impossibile, un ostacolo impossibile. Oggi all'università mi è preso un attacco di panico. Non so
neanch'io che ho. Non so che devo fare. Alle volte ho paura. Ho una paura tremenda. Allora... Scusami. Ti voglio
bene. Ti richiamo stasera.
    Rimonti sul motorino.
    Hai cercato di avere un tono patetico nel messaggio.
Di colpirla. Speri che cosí si penta di averti trattato male.
Ti stupisci di quanto sei attore. Di come fingi, di come ti
imposti con tutti. Forse non senti niente? Forse sei finto

fino al midollo? È tutto mediato dall'ipocrisia nella tua vita. Ti sei bruciato dentro, non senti piú niente, ti dici. Cerchi di essere triste. Ti viene da ridere.

Sei sulla Cristoforo Colombo. Fa freddo. Un'enorme strada piena di macchine che corrono. I pesci continuano a boccheggiare attaccati al manubrio.

Vai avanti fino all'Eur. I tuoi ti avranno dato per disperso. Vai avanti con il motore che urla e le gambe che ti tremano.

Sei fuori Roma oramai.

Arrivi a Ostia che è quasi scuro. I lampioni sono accesi. C'è il vento pieno di sabbia che spazza la riviera. Il mare è nero, anche la spiaggia è nera. Ti avvii con le tue buste in mano fino alla riva.

– Belli, ora vi libero... – dici ai pesci.

Li stai per mettere in mare quando ti scoppia dentro un dubbio.

E se fossero pesci d'acqua dolce e in mare muoiono subito?
Tu li hai trovati nel fiume.

Sei un coglione, pensi. Tutta quella strada per portarli a morire nel mare. Te ne torni al motorino. Ti viene voglia di buttarli a terra e di andartene. Poi vedi al centro della piazza una fontana grossa e tonda. Attraversi, attento a non farti investire.

Li versi nell'acqua sporca della fontana. Ti siedi sul bordo.

I pesci rimangono un attimo immobili poi scompaiono dietro i sassi.

L'amico di Jeffrey Dahmer è l'amico mio

La maggior parte degli inquilini del mio palazzo sono serial killer. Siamo rimasti in due a non commettere omicidi seriali al numero 117 di via Enrico Fermi.

Lo devo ammettere, non ho mai ammazzato nessuno. E nemmeno fatto a botte.

E sono sicuro, abbastanza sicuro, che neanche Giovanni Bigazzi, lo studente di Cesena che fa tanto il fichetto, abbia fatto fuori qualcuno. Quando siamo in ascensore non ci parliamo mai e ci guardiamo appena. Colpevoli tutti e due. Gli altri inquilini sono sicuramente psicopatici con gravi turbe della sfera sessuale e con problemi assai seri nelle relazioni affettive, ma noi due no.

Noi due stiamo...

Come stiamo?

Vabbè. Lasciamo perdere.

È facile capire che i miei condomini sono serial killer. Sono rispettabili. Irreprensibili. Sicuri. Padroni. Sostengono il sindaco e il Giubileo. Frequentano. Riciclano. Hanno cambiato il senso di marcia sul lungotevere. Vedono i film solo in dvd. Disprezzano i fratelli Taviani.

Sono di un'altra razza.

Non hanno niente a che fare con me e Bigazzi.

Bigazzi passa la notte sui libri studiando, mangiando polli di rosticceria. Il venerdí sera torna a Cesena. Quel testa di Bigazzi. Quanto lo odio. Quante cose abbiamo in comune, cose che disprezzo.

La mattina, dalla mia finestra, vedo i miei vicini uscire in giacca e cravatta in una nuvola di after shave, con l'occhio brillante, la frangetta senza forfora, la cartella della Bottega Veneta, montare sui loro scooter carenati per andare a lavorare in qualche agenzia di pubblicità.

Nelle loro tane hanno degli scannatoi completi di home theater e Dolby Digital 5.1. Quando tornano a casa si spogliano nudi, si fanno un bagno in una vasca piena di sangue e bagnoschiuma al ribes, si mettono al collo una collana di vertebre, inseriscono nel lettore Mega-bass Harman Kardon un cd di Donatella Rettore (introvabile per noi, sempre presente nelle loro collezioni) e con l'uccello duro e una motosega entrano in salotto dove prostitute nigeriane, zingare, operatrici ecologiche, infermiere, pranoterapiste sono legate ai termosifoni e lí si dedicano al loro studio preferito: l'anatomia aliena.

Non ho alcuna prova che Pietro Ruggero, il giovane architetto del terzo piano, sia il famoso killer delle ragazze che curano gli uffici stampa delle case editrici milanesi, ma non so perché ho la sensazione che sia proprio lui.

Pensate se vivesse nel mio palazzo. Sarebbe bello.

Cresce, il ragazzo. Sta diventando importante, incomincia a essere considerato una star nella cerchia del nostro Paese. Qualcuno dirà che il sociopatico che ammazza quelli che vanno da Gigi Marzullo, o quello che ammazza i manager proprietari di Harley-Davidson, è piú famoso. D'accordo. Ma anche Ruggero non è niente male. Veramente.

Io sono sicuro che è lui.

Una volta, per farvi un esempio, gli ho suonato a casa e

quello ha aperto uno spicchio di porta, era nudo, la faccia
congestionata, l'occhio acceso.
- Mi scusi, - ho detto. - Sono Riccardi...
- Riccardi?
- Riccardi. Antonio. Vivo al quinto piano. Mi scusi se
la disturbo... Ho finito il limone. Sto preparando le sca-
loppine. Non ne avrebbe anche solo una fettina?
- No, mi dispiace. Sono a dieta. In frigo ho solo un paio
di femori, una milza, due pancreas, un intestino, un feto di
due mesi e uno yogurt Müller alle banane. Niente limone.
   A bruciapelo, tecnico, gli ho sparato lí: - Non è che ha
il numero di Alberto Bevilacqua, lo scrittore della *Califfa*
e di *GialloParma*?
   E da dietro, da lontano, una voce femminile incredi-
bilmente sofferente ha sospirato: - Il numero di Roma è
06453211 ma dal mercoledí al venerdí non c'è. È a Milano. I libri bisogna mandarli alla sorella cosí lui se li prende
il sabato, quando va a mangiare da lei.
   Be', piú chiaro di cosí?

1. *Betta.*

> Il cobra non è una biscia.
>
> DONATELLA RETTORE

Sono diventato anch'io un serial killer.
   Era una cazzata grossa come il mare che bisogna essere
degli eletti, dei geni, per diventare assassini seriali.
   È facile. È tranquillo.
   Se ce l'ho fatta io, ce la potete fare pure voi.
   Basta crederci. E impegnarsi. Quel tanto che basta.
   Sono troppo felice.

Pensate che sono stato invitato (viaggio e soggiorno tutto gratis!) al terzo congresso internazionale dei serial killer che si tiene a Reggio Emilia ogni novembre.
Come rosicano i miei vicini di casa.

In realtà devo tutto alla mia fidanzata, Betta, se sono diventato un serial killer di fama internazionale (o meglio, invitato ai meeting internazionali).
Una storia come tante. Ci conosciamo, ci incontriamo, andiamo al cinema, scopiamo, scopiamo di nuovo, ci fidanziamo. Stiamo insieme per qualche mese ed era abbastanza bello ma c'era un problema: lei voleva che andassi a dormire a casa sua e io che venisse lei da me.
Abitiamo lontano. E questo potrebbe pure andare. Mentre vai ti senti la musica in macchina. Che te ne frega? Ma sotto casa sua non c'è un parcheggio neanche a... Devo dire che pure sotto casa mia non è che ci sia tutto questo posto.
Quanto ci siamo litigati per 'sta storia... Alla fine abbiamo deciso di fare un giorno da lei e uno da me.
Preciso.
Niente da dire.
Quando è venuto il caldo però da lei si schiattava, viveva in un sottotetto e quindi le ho proposto di trasferirsi a casa mia. Solo fino a quando tornava il fresco. Figuriamoci. Si è incazzata come una bestia. Ha detto che se non ero capace di sopportare un po' di caldo (cinquanta gradi) voleva dire che non l'amavo, che ero un egoista, un insensibile. E quindi, in un paio di giorni, mi ha lasciato.
– Non ti far sentire e vedere mai piú! – ha frignato sbattendomi fuori di casa.
Devo dire che non l'ho presa bene, soprattutto quando,

dopo nemmeno due giorni, ho saputo che si era rifidanzata con un certo Falafel, un arabo.

Un arabo ci stava come a casa sua, in quel forno.

Per tirarmi un po' su sono andato ad affittarmi l'ultimo lungometraggio di Aurelio Grimaldi, *La donna lupo*, con Loredana Cannata, da Blockbuster.

Quando sono andato a pagare, la cassiera, una ragazza cicciottella (circa due chili di sovrappeso, capelli crespi e secchi, priva di tette), mi ha fatto notare che tre cassette non erano state ancora riportate.

Da ben cinque giorni!

No! Le avevo lasciate da Betta, porca la miseria.

E ora come facevo? Che cazzata tremenda! Si può essere piú deficienti di me?

È possibile?

Niente, dovevo chiamarla e chiederle se, per favore, poteva riportarle lei; se non poteva, non importava, passavo io a casa sua e le riportavo io.

Mi costava parecchia fatica fare quella telefonata («Non mi sentirai mai piú in vita tua, troia!» le avevo detto appena una settimana prima) ma era necessaria. Ogni stramaledetto giorno che passava erano diecimila lire. Cinquantamila erano già partite.

Era imperativo bloccare lo strozzinaggio di Blockbuster.

Presi un bel respiro e chiamai.

– Pronto sono Antonio...

– Antonio chi?

Era il vecchio Falafel.

– Antonio Ricc...

– Ah, l'ex! Che fai, non ci stai? Torni alla carica? Non ti abbatti, eh?

– Come, scusa, non ho capito...

– Non ci vuoi stare che Betta ti ha mollato e che ora sta con me, con un arabo, un extracomunitario. Tu devi essere un po' razzista... E anche mortalmente noioso, almeno da quello che dice Betta –. Falafel aveva una parlata decisamente romana.

– No. Assolutamente. Anzi. Mi potresti passare Betta?

– È uscita. Che vuoi da lei? Vuoi invitarla a cena per recuperare il disastro? Vuoi un consiglio? Lascia perdere. Sai che ho fatto? Vuoi sapere che ho fatto?

– Che hai fatto?

– Le ho regalato un Pinguino DēLonghi. Ora è felice. E si sta freschi. Sei un micragnoso... Per due miserabili milioni ti sei perso una donna eccezionale.

Pezzo di merda. – Quando torna? È abbastanza urgente.

– Puoi dire a me.

– Ascolta. Ci dovrebbero essere tre cassette di Blockbuster che ho lasciato lí...

– Che fenomeno singolare! Me ne sto vedendo una proprio adesso. Che cagata incredibile. *Nove settimane e mezzo - Atto quarto*. Come si fa ad affittare un film cosí schifoso? Fa cosí schifo che non te lo fa venire neanche duro, anzi. Potrebbero usarlo nei casi di priapismo. Vedi 'sta roba e ti si ammoscia. Come fai a vederla?

– È una pellicola modesta, lo so, solo che c'era Naomi Hunter... E poi, scusa, io vedo quello che mi pare.

– Mi ha detto Betta che tentavi di eccitarla con questa roba e che lei voleva vedere Lars von Trier. Ho visto che hai affittato anche *Malizia 2000* e *Paprika*. È normale che ti mandano a cacare. Non ti lamentare, allora.

M'incominciavo a innervosire. – Quelle cassette van-

no riportate subito. Oggi stesso. Sennò devo pagare un...
Devo venirle a prendere. Ci sei a casa?
– No, mi dispiace, sto uscendo. Le riporto io. Tranquillo. A via Nomentana, vero?
– Sí. Quando le riporti?
– Oggi stesso.
– Sicuro?
– Fidati.
Abbassai.
Falafel non mi piaceva neanche un po', ma almeno riportava le cassette.

Il giorno dopo sono andato da Block e ho preso *Ginestra Selvatica*, il remake di *Orchidea Selvaggia* con la nuova star cinese del softcore Mei Ling. Ho tirato fuori la tessera e la cassiera cicciottella ha scrutato come una pernice lo schermo del computer e ha scosso la testa con disappunto. – Ci sono tre cassette. Che non sono ancora state riportate... Oramai siamo a piú di settantamila!
Mi sono dovuto poggiare al bancone per non cadere. Mi girava la testa. – Scherza?
– Eh già, noi stiamo qui a divertirci.
Dio, quanto la odiavo. Le avrei infilato su per il culo quegli enormi lecca lecca a forma di dildo che stavano accanto alla cassa. Non prima di averli rigirati in un formicaio.
Ho mollato *Ginestra Selvatica* e sono tornato di corsa a casa.

– Falafel, sei tu?
– E chi deve essere?
– Mi passi Betta, per favore?
– Non c'è.
– Non hai riportato le cassette!

– Certo che le ho riportate...
– Giuda, non è vero!
– Te lo giuro...
– Spergiuro! Spergiuro! Non giurare che è meglio! Ci sono stato oggi!
– Mi fai finire di parlare? Sono andato verso... Che potevano essere? Circa le tre di notte. Ed era chiuso.
– Ovvio. A quell'ora. Potevi metterle nella buca... È fatta apposta! Per i ritardatari come te. Il servizio ventiquattr'ore su ventiquattro.
– Non l'ho vista. Dov'era?
– Senti, lascia perdere. Passo io a prendermele. Me le metti in ascenso...
– Mi piace Laura Antonelli.
– Laura Antonelli?
– *Malizia 2000.*
– Hai capito? Vengo ora a prendermi le cassette.
– No, sto uscendo. Te le riporto io. Devo andare lí vicino. Veramente, per gli ex di Betta questo e altro.
– No, è meglio che lo faccio io. Sono piú tranquillo. Veramente. Queste cose mi fanno venire l'ansia.
– Veramente, non mi costa niente.
– Giuramelo.
– Te lo giuro sulla testa di Betta. Sei contento?
– No.

Sono tornato il giorno dopo da Blockbuster. Ero abbastanza felice. Veniva da me a pranzo Aurelio Picca, un noto scrittore di Velletri che ha pure vinto il premio Grinzane Cavour. Volevo fargli vedere *La donna lupo* con Loredana Cannata e preparare un barbecue con salsicce, fegatelli e scamorze. Sono arrivato alla cassa e la solita commessa mi ha preso la tessera, ci ha passato lo

scanner e con un sospiro ha detto: – Ha trentasei cassette da riportare.
    – Trentasei cassette? – Sono trasalito. – Che vuol dire?
    – Ieri un suo amico, a suo nome, ha affittato trentatre
cassette. Tutti i capolavori del cinema iraniano e i grandi
maestri del cinema bulgaro. Ha molto gusto, il suo amico...
    – PERCHÉ GLIELE AVETE DATE, PERCHÉ?
    – Non urli, si calmi...
    – IO NON MI CALMO PER NIENTE!
    – Non lo sa che questo è il mese dell'amicizia?
    – Cazzo significa?
    – Non dica male parole. Da Blockbuster è proibito. Il
mese dell'amicizia è una speciale offerta in cui gli amici
degli abbonati possono prendere tutto quello che gli pare
tanto pagano i titolari della tessera. Il suo amico ha usu-
fruito della promozione e ora lei deve pagare e riportare
al piú presto i supporti video noleggiati. Ogni giorno di
ritardo sono seicentotrentacinquemila lire.
    – Naaaaa...

2. *Aurelio Picca.*

Vorrei scappare, ma i peschi sono in fiore.

DONATELLA RETTORE

Lo scrittore Aurelio Picca era alto, asciutto e slanciato
come un ghepardo. La fronte antica, il teschio etrusco. Parte della calotta cranica era coperta da una discreta quantità di capelli neri tenuti rigorosamente indietro con il gel.
Gli occhi neri come mica, attenti a cogliere gli aspetti piú
interessanti del mondo che lo circondava, erano nascosti
da un paio di occhiali da sole Shaman di tartaruga e teak.

«Uno scrittore si deve guardare intorno, osservare», amava ripetere. Ora si stava guardando intorno e niente, non c'era un fottuto buco dove lasciare la sua Mini Cooper.

Ogni volta che veniva a Roma a trovare il suo amico Antonio Riccardi la stessa storia.

A Velletri la macchina la lasci dove ti pare, questa è civiltà.

Alla fine piazzò il bolide davanti ai cassonetti della spazzatura. Scrisse con la sua Parker Thunderbird su un foglio: QUESTA SEMBRA UNA MACCHINA, MA NON LO È. È UN COBRA. TOCCALA E SEI MORTO.

Convincente, si disse soddisfatto.

Uscí dalla macchina, aprí il bagagliaio e tirò fuori una busta della Pork House di Ariccia (due chili di braciole di maiale, due chili di salsicce, due chili di porchetta).

Picca quel giorno indossava un completo di lino color carta da zucchero Armani, una camicia di Battistoni a righe rosse e bianche con il colletto a tre bottoni, una cravatta di Marinella di seta regimental, calzini blu Ragno e un paio di sandali di cuoio di Ferragamo.

Diceva di essere tale e quale a Pierce Brosnan, l'ultimo 007. Ma si sbagliava. Cesare Lombroso lo avrebbe classificato come «homo dei castelli». La porchetta era la sua carta d'identità, il pane cafone il suo lasciapassare.

Quando entrò in casa del suo amico, lo trovò dentro la vasca da bagno che piangeva disperato. A Picca vedere un uomo piangere gli faceva venire la gastrite. S'incupiva. – Forza, esci da quella vasca.

– Sono rovinato. Finito. Sto a pezzi. Forse devo fare una vacanza, fuggire in Messico. Betta mi ha mollato. E Blockbuster vuole la mia morte.

Picca si tirò su il fondo dei pantaloni, si sedette sul cesso e cominciò a passarsi il filo interdentale. Riusciva anche a parlare. – Premetto che secondo me stare con una donna è fico. Intanto non stai solo e poi ci esci, ci vai a mangiare fuori, ci scopi. Però danno pure un sacco di grane. Non riesci piú ad avere un attimo di pace, è impossibile scopare in giro e ti ritrovi il sabato pomeriggio a scegliere le maioliche per il cesso... No, single si sta meglio.

– Io sto di merda –. Antonio Riccardi si tirò fuori dalla vasca e si sedette su uno sgabello asciugandosi i capelli. – Ho un grave problema finanziario. Aure', dimmi una cosa, ma tu sei mio amico?

– In che senso?

– Faresti tutto se un tuo amico è nei casini?

– Tutto.

– Veramente?

– L'amicizia è tutto, Antonio. Lo sai come la penso.

3. *La scippatrice di anime.*

> Ti prometto che mangerò e
> non mi nutrirò solo del tuo viso.
> DONATELLA RETTORE

A bordo della Mini Cooper siamo io e Aurelio Picca. Il lungotevere è un delirio. È l'ottava volta che hanno invertito il senso di marcia, i bastardi. Alla radio c'è la Rettore che canta: «Donatella è uscita e a casa non c'è!»

– Che casino, – osserva Picca senza innervosirsi. È abituato al traffico. La via dei laghi è sempre un bordello.

– Quando arriviamo lí tu mi segui. Tranquillo. Manzo. Non ti incazzi. Non fai di testa tua. Non fai un cazzo. La tua presenza deve solo incutere timore e rispetto a Falafel. Si deve cacare sotto e darci le cassette e i soldi. Non fare come al solito, mi raccomando.

– Basta che vede questo gioiellino e si caca sotto, – sghi-
gnazza e tira fuori da sotto il sedile una mitraglietta Uzi.
– D'accordo. Ma non metterti a sparare subito –. Io tiro
fuori un fucile Remington a pompa e controllo che sia carico.
– Fidati.
Vorrei che le cose tra me e Betta fossero andate in modo diverso, cazzo. Ero sicuro che con lei avrei avuto un
rapporto civile, non come con tutte le altre ex.
M'infilo il passamontagna.

Inchiodiamo la Mini sotto casa di Betta e proprio in quel
momento si apre il portone ed escono fuori, stringendosi
la mano, la mia ex e il suo nuovo fidanzato.
L'ignobile Falafel.
Centotrenta chili d'ignoranza distribuiti su una superficie di un metro e sessanta per un metro e dieci (circonfe-
renza del punto vita). È ricoperto di peli, soprattutto sulle
spalle spioventi. La testa è grossa e liscia come un'anguria.
Ha uno sguardo cattivo e acido, da pantegana, da pusher
di Beirut. Un naso che sembra uno stronzo di cane. Tra le
labbra umide spunta uno stuzzicadenti. Addosso ha una
canottiera di lana lercia, una papalina viola, un pantalone
corto a rombi Sergio Tacchini da cui spuntano due zampe
larghe come colonne fecali. Ai piedi calza delle ciabatte di
plastica rosa De Fonseca.
Betta invece è uguale a Cameron Diaz, solo meglio. Oggi
sfoggia il vestitino rosso semitrasparente che le ho regalato
io quando abbiamo festeggiato un mese di fidanzamento e
che fa risaltare perfettamente i suoi novanta sessanta novanta. Ai piedi dei sandali capresi.
Falafel ha un sacco dell'immondizia in mano.
Non ci hanno visto.
Slegano lo Scarabeo. E fanno tutto maledettamente in

fretta. Guardandosi intorno. Cos'avranno mai da nascondere? Ho un brutto presentimento. In quel sacco ci deve essere la refurtiva.

I video di Blockbuster.

Me lo dovevo immaginare. Il vecchio Falafel vuole rivendersi i maestri del cinema bulgaro e i capolavori del cinema iraniano a qualche collezionista senza remore.

Ma si è sbagliato alla grande.

Se la dovrà vedere con me.

– Usciamo senza farci vedere, – spiego ad Aurelio che si è infilato anche lui il passamontagna ed è pronto a scattare come un toro di Pamplona dietro i cancelli. – Gli arriviamo alle spalle e li fermiamo.

– Bene. Sono pronto.

Smontiamo dalla Mini armi in mano. Passiamo, accucciati, accanto alle macchine accostate al marciapiede. Saranno a una decina di metri. Betta sta infilando la catena nel bauletto posteriore.

– Ora io m... – Non ho neanche il tempo di finire la frase, di coprirlo, che Aurelio scatta in avanti. – Aspett...

Con un balzo da giaguaro, impossibile per un normale essere umano, supera in volo una Peugeot 205. – Dove credete di andare? – Cade a terra. Rotola. Si rialza. Estrae alla velocità del suono le due Uzi con il calcio in madreperla. E gliele punta contro. – Vi consiglio di non fare mosse azzardate. Potrebbe finire male. Assai male. Dove sono le cassette?

Betta alza le mani ma Falafel non si lascia impressionare. – Quali cassette?

– Non ci fare lo gnorri. Non lo fare. Caccia fuori le cassette!

– Non ho nessuna cassetta. Se cerchi cassette ti consiglio di andare ai mercati generali.

– Falafel, il tuo senso dell'umorismo è piú scadente del latte della centrale.

Falafel allarga le braccia e con la voce di una creatura innocente dice: – Perché ce l'hai con me? Che ti ho fatto?

– Dammi i video sennò ti strappo quello stuzzicadenti da bocca e te lo appunto sulle palle. Forza.

Picca delira, crede di essere Mel Gibson. A volte gli piglia cosí. Speriamo che gli passi presto.

– D'accordo, ecco qua le cassette –. L'arabo getta a terra il sacco che tiene in mano. – Ma che diavolo ci devi fare?

– Dimmi una cosa, Falafel, ma tua madre ha partorito anche dei figli normali? Vanno riportate immediatamente da Blockbuster. Forse al tuo Paese la gente affitta le cassette e poi se le tiene, qui non funziona cosí. Questo è un Paese civile.

Non ho detto che Picca è un po' razzista e soprattutto non riesce mai a fare quello che gli si dice, porcalamiseria. Io mentre lui fa il gradasso continuo a starmene accucciato dietro la macchina. Non voglio fare figure di merda con la mia ex.

– Ma tu sei Aurelio Picca, il famoso scrittore? – dice Betta con la stessa voce di una fan isterica che vede Gianluca Grignani levarsi gli slip.

– Certamente. Si vede? – fa lui tronfio.

Betta gli si butta ai piedi. – Nooo, non è vero. Io ho letto tutti i tuoi libri almeno tre volte. Il tuo primo romanzo… Il capolavoro… Come si chiama, oddio?

– *L'esame di maturità*.

– Esatto. È un libro immenso, che mi ha toccato qua. Proprio qua –. Gli prende la mano e gliela poggia sul petto generoso. – Sei il meglio di tutti. Le tue dita sono state toccate dal Signore. Se Thomas Pynchon fosse nato a Genzano non sarebbe mai riuscito a dare quello che hai dato te.

Non è vero. Lo sta fregando! Picca si sta facendo fregare da quell'infame di Betta. Betta legge solo i libri di De Carlo. Lo so benissimo. Se incominci a fargli i complimenti Aurelio si scioglie come una medusa sulla spiaggia di Fregene. È maledettamente sensibile ai complimenti. Perde di vista la situazione.

– No, è esattamente cosí. È che io sono un bisturi affilato che seziona l'animo umano. Io e Alex Baricco siamo due maledettissime realtà della letteratura italiana, ed è meglio farci i conti il prima possibile. È incredibile ma i nostri libri si leggono cosí in fretta che tu, lettore, quando lo avrai finito, non saprai mai cosa ti è successo. Semplicemente sei diventato migliore, ora sei un intellettuale. Quando ti compri un mio libro, io ti faccio un regalo superiore: ti regalo gli strumenti per interpretare questo pianeta di merda. Quand...

RA TA TA TA TA TA TA.

Falafel prova a scappare. Si tira dietro Betta come fosse una bambina. Superano le macchine posteggiate e si lanciano in mezzo alla strada. Tra le macchine, i motorini e gli autobus che suonano e inchiodano e gli automobilisti che urlano, strillano, fanno le corna.

Falafel ci punta contro il suo fucile a pompa e spara. Esplode in un miliardo di cubetti la vetrina di *Mondo Cane*, un negozio di animali. Un cucciolo di pitbull, un maiale pigmeo, un lemure e un paio di pappagalli dalla cresta blu scappano per strada.

Vedo Aurelio che si prepara. Gambe larghe. Ginocchia leggermente piegate. Culo in fuori. Schiena arcuata. Naso che fende l'aria come l'alettone di un sottomarino. Gli occhi due fessure buie. Le braccia in avanti, tese ma non rigide. La grossa pistola stretta tra le mani. La posizione è perfetta. Si è trasformato in uno strumento di stermi-

nio. È un ibrido di carne e acciaio con un unico compi-
to: togliere la vita, mettere a zero le reazioni biologiche
piú elementari, trasformare materiale organico in cibo
per batteri saprofaghi, per funghi, per larve e vermi. Per
riportare carbonio, acqua, ammoniaca alla terra avida di
sostanze chimiche.

Nutrimento per le piante. Concime.

Io vorrei dirgli di non sparare. Vorrei pregarlo di non
farlo. Ma il frastuono dei colpi di Falafel mi ha reso quasi
sordo e Aurelio è una bomba innescata e non ci saranno
parole, preghiere, niente che gli impedirà di compiere il
suo dovere.

– Nooo!!! – urlo.

Aurelio spara.

Il corpo del killer si piega un attimo per assorbire il colpo.

Vedo il proiettile esplosivo placcato in oro dalla gioielle-
ria Rubiconi di Albano Laziale uscire dalla canna dell'Uzi
e passare tra i tavolini del bar a una velocità di circa ot-
tocento chilometri l'ora e infilarsi nel finestrino di una
Regata parcheggiata, attraversare l'abitacolo, portarsi via
il naso del conducente e l'Arbre Magique alla cannella e
sbucare dall'altro finestrino e proseguire tra le macchine,
incunearsi nello zainetto Invicta di uno studente in sella
a un vespino, attraversare l'agenda Stile Libero Einaudi
e l'ultimo romanzo di Massaron e rispuntare piú aggressivo che mai dall'altro lato, avanzare adesso alla velocità di
seicentoquarantadue chilometri l'ora tra macchine e tram
e finalmente, micidiale e stupido portatore di morte, an-
darsi a piantare come un meteorite infetto nella scapola
di Betta e lí esplodere.

Il braccio destro, il seno destro, lo sterno, la parte destra
della cassa toracica, il polmone destro, il fegato, il rene e
gran parte delle viscere di Betta si disintegrano.

– Nooo!!! Cazzo, Aurelio. Hai ammazzato la mia ex!!! Sei il solito stronzo! – mi sgolo.

Però Betta continua a camminare. Nonostante le manchi la metà destra del tronco. La mano nella manona di Falafel. Negli occhi le leggo smarrimento, paura, piú che dolore. Avanza al rallentatore.

Per lei non ci saranno piú gite al lago di Martignano. Nottate sul ponte del traghetto per le Eolie. Tramezzini da Antonini. Non ci sarà piú lo shopping da Ikea, non ci saranno piú i film alle quattro con lo sconto pomeridiano, non ci saranno piú file alla segreteria della facoltà. Non ci sarà piú il cambio di guardaroba a fine stagione. Non ci sarà piú niente. Solo la glaciale e fredda incoscienza dell'eternità senza Dio.

Da qualche parte, non so da dove esattamente, appare tra le macchine un essere nero, un corvaccio nero, una specie di fantasma incappucciato che assorbe luce e che plana verso Betta, ha una falce scintillante tra le mani. Si avvinghia come un totano alla mia ex. Le squarcia il cuore, le scippa l'anima e si dilegua.

– Falafel, muoio. Falafel, amore mio. Mi raccomando, riporta le cassette da Blo… Blo… Anto… ci tien… Giuramelo… su… n… amorehhhh.

Il 58 barrato proveniente da piazzale Zama superò l'incidente e i morti e proseguí verso il Vaticano senza perdere neanche un secondo sulla tabella di marcia. I passeggeri del tram, appiccicati ai finestrini come mosche, non avvertirono neanche il rumore della plastica che si deformava e si disintegrava sotto le ruote d'acciaio.

4. *Le segrete.*

> Io avrò una faccia nuova
> grazie a un bisturi perfetto.
> Invitante, tagliente,
> splendido splendente
>
> DONATELLA RETTORE

Antonio Riccardi è in taxi. Con un occhio guarda al tassametro, con l'altro osserva affranto quello che resta dei supporti video affittati: pezzi di plastica nera, ingranaggi, molle e una matassa ingarbugliata di pellicola magnetica. Su trentasei cassette solo una se n'è salvata: *Yol* di Şerif Gören e Yilmaz Güney, prodotto nel 1982 in Turchia.

Riccardi è silenzioso, introspettivo, seduto sul sedile posteriore di una Fiat Marea diesel che lo sta portando da Blockbuster. Esamina la sua situazione, sonda tutto con un'obiettività fredda, matematica, con una logicità semplice e puntuale, considera le diverse possibilità che gli restano, pesa e ripesa le soluzioni, anche quelle piú strampalate, con imparzialità da giudice della corte suprema e giunge, finalmente, a una conclusione: è nella merda fino al collo.

INTERVISTA RILASCIATA AL «GAZZETTINO DI ORISTANO» DAL FAMOSO EDITOR ANTONIO RICCARDI DIVENTATO NOTO AL GRANDE PUBBLICO PER AVER UCCISO TUTTI I DIPENDENTI DEL BLOCKBUSTER DI VIA NOMENTANA

Allora ci racconti, brevemente, cosa le è successo appena entrato da Blockbuster.
Allora… appena ho mostrato le cassette rotte, sono apparsi due bestioni vestiti con la divisa di Blockbuster e mi

hanno trascinato nell'ufficio del direttore. Non sapevo che esistesse una stanza del direttore. Una stanzetta piccola, nascosta dietro gli espositori dei film d'azione. Un ufficetto squallido con le pareti bianche e senza finestre. La moquette rossa. Al centro un tavolo, dietro cui è seduto un ometto pelato e gobbo con una divisa di Blockbuster coloniale. Era una specie di mostro, ricordo che aveva degli occhiali tondi che poggiavano su una specie di buco, e soffriva di asma e un rivolo di bava gli colava dalle labbra umidicce. Alle sue spalle c'era una bandiera su cui era ricamata una grossa aquila reale che planava davanti a un sole rosso e tra gli artigli stringeva una cassetta. Tra le nuvole c'erano i volti di Demi Moore e Sylvester Stallone.

Aveva paura?

Molta. Il direttore mi ha porto il dizionario universale dei film del Mereghetti e mi ha fatto giurare che avrei detto tutta la verità, nient'altro che la verità.

Quale edizione?

Non ricordo. Doveva essere quella del 1998. Ma non ci metterei la mano sul fuoco. Ho provato a spiegare che era stato un incidente, che non era colpa mia, che forse le cassette si potevano mettere a posto, che potevo provarci io ma loro erano sicuramente più esperti...

E poi?

Mi ha chiesto perché di tutti i film solo *Yol* si era salvato. Io ho indugiato un attimo e mi ha colpito con un manrovescio che mi ha portato via un'otturazione... Ho detto, tamponandomi il sangue che mi colava dalla bocca, che *Yol* è uno straordinario film dove cinque prigionieri turchi, alienati dalla carcerazione, ricevono un permesso di una settimana e scoprono che anche la società turca aliena i suoi abitanti. Le storie di questi cinque uomini che tornano a casa sono cinque tragedie: uno ha una moglie in-

fedele, e la famiglia gli ordina di ammazzarla per salvare
l'onore della famiglia. Un altro è innamorato di una giovane ragazza del villaggio, ma è costretto a sposarsi la cu-
gina. Un altro ancora non può incontrare sua figlia e sua
moglie, avendo abbandonato il cognato durante una rapi-
na in banca. Tutti questi uomini sono costretti a confron-
tarsi con una dura tradizione che impedisce ogni libertà e
sentimento. Questo è un bellissimo e mai noioso film che
è semplicemente indimenticabile.

Lo consiglia ai nostri lettori?

Certo. Ma non affittatelo. Compratevelo. È piú sicuro.
Comunque quei bastardi mi hanno torturato, mi hanno
obbligato a trangugiarmi una pizza Buitoni Bella Napoli
congelata e mi hanno fatto mettere i testicoli in una va-
schetta di gelato Häagen-Dazs al gusto di pecan nut per
piú di mezz'ora.

Dev'essere stata una brutta sensazione...

Abbastanza sgradevole. Niente però in confronto a
quando mi hanno legato i testicoli con il joypad vibrante
della Sony PlayStation e si sono messi a giocare a *Super
Racing*. Dopo mezz'ora di dolori atroci ho confessato che
le avevo rotte io, per il puro gusto di distruggere la grande
istituzione internazionale di Blockbuster. Ma avrei detto qualsiasi cosa, pure che amo i film di Pieraccioni, per
farli smettere.

Dopo avermi torturato mi hanno trascinato nel negozio. Chiedevo aiuto, imploravo, ma nessuno degli avventori mi ha aiutato, ha fatto un gesto, tutti guardavano le
custodie delle cassette e facevano finta di niente. Hanno
sollevato una botola e mi ci hanno buttato dentro. Sono
volato per tre metri nel buio e mi sono spiaccicato a terra,
dolorante e dispe...

5. *Mutanti.*

Antonio Riccardi steso a terra urlava.

Gli era uscita la spalla, aveva preso un colpo sulla fronte e il sangue gli colava sugli occhi, si stemperava nelle lacrime, per poi gocciolargli, salato e metallico, sulle labbra.

Il dolore era cosí lancinante che si vomitò addosso. Si sollevò in ginocchio mentre vomitava e si afferrò con la mano sinistra il braccio destro. E grugnendo come un maiale se lo tirò. La testa dell'omero con uno schiocco di frusta rientrò all'interno della sua capsula cartilaginea e Riccardi poté di nuovo respirare.

Era successo tutto in un batter d'occhio, come in un incubo. Aveva riportato le cassette e lo avevano interrogato e lo avevano torturato e lo avevano picchiato e gli avevano fatto confessare crimini mai commessi e lo avevano gettato...

Dove?

Dove cazzo lo avevano gettato?

Cos'era quel posto? Era completamente buio. E sembrava molto vasto. Le sue urla rimbombavano contro pareti distanti. Come se fosse in una cisterna vuota, una fottuta prigione sotterranea, una di quelle segrete che stanno sotto alla Bastille.

– Aiuto! Aiuto! – urlava. – Qualcuno mi aiuti!

Era solo. E comprese che nessuno lo avrebbe mai sentito. Sopra di lui, a parecchi metri, ci doveva essere un soffitto e sopra un pavimento e sopra ancora la folta e fonoassorbente moquette di Blockbuster. In quel momento, sopra di lui, c'era gente rispettabile, brave persone che affittavano *Il silenzio degli innocenti*, *Il buono, il brutto e il cattivo*, *L'ira di Khan*, incoscienti che un poveraccio era stato sequestrato, gettato in una segreta.

– Vi prego... Un po' di pietà, – mormorò disperato.

– È cosí. Sei pfinito tra i dannati. Non c'è pfietà per i dannati –. Una voce rauca e bassa gli rispose.

– C'è qualcuno? C'è qualcuno? – Riccardi cominciò a cercarsi nelle tasche. Le chiavi. Il portafoglio. Le sigarette. L'accendino.

L'accendino!

Con le mani che gli tremavano provò piú volte prima di riuscire ad accendere la fiamma.

La flebile fiammella non riuscí ad attraversare le tenebre peste. Vide solo che a terra c'era cemento.

– Chi ha parlato? Dove sei?

– Pfiamo qua. Ma ti pfego, spfenni quella luce, ci fa male agli occhi.

Antonio Riccardi avanzò verso quella voce strana. Sembrava la voce di un vecchio o di un bambino, non si capiva. Vide delle sagome emergere dal buio. Non era uno solo. Erano molti. Erano buttati a terra, uno accanto all'altro, come un branco di macachi nella gabbia di uno zoo. Appena la luce gli trafisse le pupille cominciarono a stringersi di piú e a coprirsi gli occhi con le mani.

Cos'erano? Dei mostri?

Erano completamente bianchi, albini. Avevano i capelli lunghi, sporchi, le barbe crespe, erano avvolti in panni lerci, puzzavano come carogne. Riccardi ebbe l'impressione di essere finito nella caverna dei lebbrosi. Ma non erano lebbrosi. Erano pingui, obesi. Le donne avevano le mani gonfie come cadaveri putrefatti. La maggior parte non aveva piú denti, ad alcuni ne erano rimasti un paio, ma erano marci e cariati.

– Chi siete? Che ci fate qui? – domandò Riccardi.

Il vecchio che aveva parlato prima e che sembrava il capo si mise faticosamente in piedi. Doveva pesare cento-

cinquanta chili. – Le domande le pfacciamo noi. Tu pfer-
ché sei qui?

– Mi hanno buttato qui dentro perché ho rotto delle
cassette.

– Quante?

– Una ventina...

– Grave. Molto grave. Pensa che io sono qui perché per
sei volte non ho riavvolto le cassette.

Una donna accucciata disse: – Io perché il videoregistra-
tore si è mangiato *Salvate il soldato Ryan*. Era una novità.

– Io perché ho riconsegnato per tre volte le scatole vuo-
te, – disse un altro che aveva intorno agli occhi delle croste e delle perle di pus.

– Ma io ti conosco... – Riccardi fece due passi avanti.

– Tu sei Lorenzo Pavolini... Stavamo in classe insieme
al liceo. Ero convinto che fossi morto. Dicevano che eri
scomparso. Hanno fatto una puntata di *Chi l'ha visto?* su
di te. Da quanti anni stai qua?

– Non lo so. Abbiamo perso il conto del tempo. Da
un'infinità.

– Perché siete ridotti cosí?

– Mangiamo solo dolciumi, merendine, biscotti al cioccolato, popcorn, lecca lecca, gelato. Ogni tanto qualche
Bella Napoli. Beviamo solo Coca-Cola, Sprite e Fanta.
Le cose che vendono sopra. Tutta questa roba che ci ha
aumentato a livelli incredibili il tasso di glicemia e il co-
lesterolo. I denti ci si sono cariati e sono caduti. Molti di
noi sono diventati diabetici. E la mancanza di luce ci ha
depigmentato la pelle. Siamo esseri mutanti, il nostro DNA
si è modificato. Questa è la punizione per non aver trattato bene quello che Blockbuster ci aveva dato.

Riccardi scoprí cosí che quegli esseri che prima erano
stati gente normale vivevano nelle tenebre, rischiarate una

volta al giorno dalle novità di Blockbuster. Una finestrella
si apriva e ogni giorno veniva proiettato un nuovo film.
Conoscevano tutti i film di Demi Moore, Tom Cruise,
Sandra Bullock, Christian De Sica, erano i loro dèi, che
pregavano chiedendo pietà. A loro si prostravano e doman-
davano di essere lasciati liberi. Ma gli dèi se ne fottevano.
Appena finiva il film, le tenebre tornavano.

SECONDA PARTE DELL'INTERVISTA AD ANTONIO RICCARDI
RILASCIATA AL «GAZZETTINO DI ORISTANO»

E cos'ha fatto quando ha scoperto tutto questo?
Ero disperato. Mi diedero dei Mars. E per tre giorni
mi rifiutai di mangiarli. Poi cedetti. Vidi molti film. *Giovanna d'Arco* di Luc Besson, *Mission Impossible 2* e via cosí. Come gli altri cominciai a pregare le star e a ingrassare
lentamente.
In quei venti mesi che fui rinchiuso là dentro mi inna-
morai della direttrice di un noto settimanale femminile
che si era affittata *Fargo*, il film dei fratelli Coen, e poi
era rimasta per un mese ad Alicudi. Abbiamo avuto un figlio. Lo ha generato nel buio. Era un bambino deforme
di una bellezza incredibile. Con un unico occhio. Senza
denti. E una grave dipendenza dai film di Scola, malattia rarissima. Ma lo amavo. Lo abbiamo chiamato Keanu
Reeves. Quando si è acceso il proiettore l'ho sollevato in
alto e l'ho esposto a quei pallidi raggi. Quel giorno c'era
Godzilla. Lo abbiamo svezzato con la Sprite. E poi siamo
passati agli Smarties.
E come avete fatto a uscire di lí?
Niente. A un certo punto è arrivato il mio migliore amico, Aurelio Picca...
Lo scrittore di Velletri?

Esatto. Lui in persona.

Stavamo lí in attesa del gelato quando si è aperta la botola ed è stato gettato il direttore mezzo morto. Quello schifoso che mi aveva torturato. Carne! Quella era la prima carne che vedevamo da mesi. Ce lo siamo mangiato vivo. Poi è sceso Aurelio Picca che ci ha dato le armi e ci ha liberato. Siamo usciti e io, personalmente, ho fatto una strage. Ho fatto fuori tre commesse e poi sono scappato, ciccione, immenso, cieco, per corso Trieste sparando ai passanti. Bellissimo.

Ora sono anch'io un vero serial killer!

E vorrei dire solo una cosa: di tutto quello che è scritto amo solo quello che si scrive con il proprio sangue. Scrivi con il sangue e apprenderai che il sangue è spirito. Non è facile comprendere il sangue altrui: odio gli oziosi che leggono. Chi conosce il lettore non fa piú nulla per il lettore.

Questo non l'ha detto Nietzsche in «Cosí parlò Zarathustra?»

Può essere, non ne ho idea.

Progetti futuri?

Intanto andare da Marzullo, poi si vedrà. Domani è un altro giorno.

PERIZIA MEDICA DI ANTONIO RICCARDI
EFFETTUATA DALLO PSICHIATRA MASSIMO AMMANITI

L'editore Saporetti mi ha chiesto di valutare lo stato mentale di Antonio Riccardi perché teme che possa essere un soggetto socialmente pericoloso e poco produttivo nell'ambito lavorativo. Nel lungo colloquio mi ha parlato dei condomini del suo palazzo, soprattutto di Blockbuster, e si è rifiutato di parlare di altro. Per questo motivo l'ho sottoposto al test di Rorschach e a tutte le tavole mi ha risposto che vedeva una macchia, tranne quella colorata in cui mi ha detto che era un nano incantatore suonatore di piffero. Si tratta di un soggetto che soffre di grave paranoia e con un importante disturbo della percezione della realtà. Com'è stato messo in luce da Cameron, il soggetto vive in due comunità paranoidi, quella della casa editrice e quella di Blockbuster, e nonostante si senta perseguitato si è oramai abituato e non ne può fare a meno. Forse ho scoperto una inusuale forma clinica di nitridatismo mentale.

Per concludere, Antonio Riccardi può continuare a lavorare con profitto perché risulta integrato nel suo ambiente lavorativo e reca danno solo ed esclusivamente a se stesso.

(2000)

Gelida manina

Farà caldo quella sera e sarai stanco di camminare.

Stanco di trovarti lontano da casa, stanco delle scarpe che ti fasceranno dolorosamente i piedi. Continuerai a camminare per un po' cosí, infilandoti a caso nel dedalo di stradine. Non avrai piú voglia di controllare sulla mappa la tua posizione. Ti perderai, questa è la verità. Penserai che con un po' di intuito riuscirai a tornare su una grande arteria, su uno di quei viali alberati che tagliano a pezzi la città e prendere un taxi e farti portare all'albergo.

Tua moglie ti starà sicuramente aspettando. L'ansia sicuramente avrà già assalito la povera donna.

Una pessima idea quella che ti ha spinto a intrufolarti in quel groviglio di vicoli incoerenti alla ricerca di chissà quali tesori artistici. Ti farai animo e ripartirai. Il sole sarà già tramontato dietro i tetti e le tenebre cominceranno a rendere i contorni delle costruzioni meno definiti. Prenderai un viottolo a destra. Il fondo della strada diventerà piano piano piú dissestato e viscido fino a trasformarsi in un pantano dove ti sarà difficile camminare senza inzaccherarti le scarpe.

Imprecherai.

Le costruzioni di pietra perderanno progressivamente la loro integrità di case per diventare ammassi di sassi sgangherati tenuti insieme alla meno peggio da travi di legno mangiate dal tempo.

Non un'anima a dare vita a quei ruderi. Non un povero Cristo. Non un cane.

Quel posto sarà inquietante nella sua desolazione da terremoto e tu deciderai che sarà il caso di tornare indietro. Girerai su te stesso e comincerai a filare dritto senza rompere il passo di marcia.

Non ti ritroverai, inevitabilmente convinto di aver percorso un unico vicolo dove ora invece c'è un bivio.

Dove sono? Com'è possibile?

Due strade larghe pochi metri partiranno in direzioni opposte. Prenderai quella a sinistra. Imbrunirà e la strada non sarà illuminata. Solo il riverbero della luce diffusa della città rischiarerà un po' il paesaggio. Spazzatura, reti di letto, frigoriferi sfondati, televisori scoppiati ti ostruiranno il passaggio.

Nella testa avrai solo l'immagine di te chiuso in un taxi che ti porta all'albergo, da tua moglie, a un bagno caldo.

Ma non sarà cosí, lo sai.

Prima fuori.

Fuori da queste catapecchie, fuori da questo pantano.

Attraverserai una volta di marmo chiusa tra due case arroccate e scenderai delle scale storte, scivolose, coperte di vegetazione e muschio.

Dove vai?

Una discarica.

Di là potrai solo andare a morire. Farai marcia indietro e rimonterai sbuffando. Mentre ti arrampicherai sugli scalini scassati, sentirai una voce dietro le spalle:

– Signore, signore, ti sei perso?

Ti girerai e in una porticina, che prima non avevi notato, vedrai una ragazzina. Undici, dodici anni al massimo. Capelli neri e lunghi, lisci sulla testa, sulle spalle esili. Occhi penetranti e grandi, una bocca scura e gonfia. Magra,

sottile, e sotto il vestitino di cotone grigio i piccoli seni e i
capezzoli immaturi. Le lunghe gambe da puledra escoriate
sulle ginocchia e i piedi scalzi e sporchi.
– Sí, credo proprio di sí, – riuscirai a risponderle dopo
esserti ripreso dalla sorpresa.
– Vuoi che ti aiuto? – ti chiederà la ragazzina guardan-
doti fisso fisso.
– Sí, per favore. Ho paura che da solo non ce la posso
fare, – le dirai.
La ragazzina ti si avvicinerà e ti prenderà la mano. Tu
sentirai l'inconsistenza e la delicatezza di quella stretta. Bella e minuta e stranamente donna in quelle forme
acerbe.
Lei ti tirerà per le scale ridendo e mostrando i denti
candidi. Di corsa le ultime rampe.
Tornerete nel vicolo da cui sei partito e proseguirete.
– Vuoi venire a casa mia? – ti chiederà strana, sorridendo smorfiosa.
– No grazie, piccola, devo tornare all'albergo, mia moglie mi sta aspettando, si sarà già preoccupata. Dove posso
trovare un taxi? – dirai dandoti un tono di incorruttibilità.
– Vieni con me, allora.
Mano nella mano per i vicoli. Ti sembrerà di girare in
tondo e che la ragazzina lo faccia di proposito.
– Sei sicura che questa è la strada? – chiederai trafelato.
Suderai e sarai innervosito dalla situazione.
Non ti piace essere preso in giro da una bambina appena appena cresciuta.
– Non ti fidi di me? – lei ti chiederà con uno sguardo
che forse potrai definire languido.
*Questa ragazzina è già una donna, ha già coscienza delle
sue forme avvenenti. Quel modo strano di guardare sfaccia-
ta, pare consapevole delle forze ormonali che in breve tempo*

trasformeranno il suo corpo in un bellezza adulta. Questo penserai mentre verrai tirato negli oscuri vicoli.

Sfrontata. Una prostituta. Una bambina puttana. Li conosce gli uomini, concluderai.

Intanto il sole sarà tramontato. Sarà tutto buio. Non un lampione, non una finestra illuminata. Il buio ti costringerà a camminare poggiando le mani sui muri.

Quanto tempo è passato da quando l'ho incontrata? rifletterai.

Moltissimo, troppo.

A un tratto la ragazzina urlerà. Il suo grido squarcerà il silenzio.

Alzerà un piede e rimarrà, un attimo, in equilibrio su una gamba sola e poi si accascerà a terra tra le immondizie.

– Che succede? – le farai fermandoti preoccupato.

– Mi sono tagliata, – ti dirà.

Starà a terra con il piede tra le mani.

– Fammi vedere che ti sei fatta, – dirai tu tirando fuori dalla tasca l'accendino.

Non si è fatta nulla, sta solo fingendo, mi vuole fregare, penserai sentendoti in fondo in fondo colpevole di quei pensieri malevoli.

La luce traballante rischiarerà un po' intorno. Tu le prenderai il piede e lo avvicinerai alla fiamma.

In mezzo alla pianta si è conficcata una grossa scheggia di vetro. Il sangue cola dal taglio riempiendole di rosso il piede e gocciolando dal tallone.

– Mi fa male. Levamela, ti prego, – farà la bambina senza piangere. La voce le si sarà contratta per il dolore.

– Ti farò un po' male, devi resistere, – dirai facendoti forza e vincendo lo schifo.

Allargherai un poco il taglio e vedrai il vetro immergersi in profondità nella carne, tra i fasci di muscoli. Il sangue renderà scivolosa la scheggia e farai fatica a stringerla fra le dita. A ogni tentativo la bambina tremerà percorsa da un fremito di dolore che le farà piegare la bocca e arricciare il naso. Avrai solo il suo respiro affannato nelle orecchie. Ti sentirai maldestro e le tue grosse mani saranno capaci solo di arrecarle piú pena.

– Non ci riesco. Mi scivola. Avrei bisogno di una pinza o qualcosa del genere, – le dirai e sentirai un groppo salirti su per la gola. Avrai lo stomaco chiuso in un gomitolo.

– Con i denti, devi levarmela con i denti, – farà lei con un filo di voce.

Sarà sdraiata a terra e terrà, poggiandosi sui gomiti, il busto rialzato. Ti guarderà incitandoti a operare.

Neanche i cani fanno cosí. Chirurgia tribale, penserai.

– Forse è meglio se troviamo un medico, – risponderai perplesso. Continuerai a tenerle la gamba sollevata, reggendola per la caviglia.

– Levamela. Non parlare, – insisterà lei.

Tu allora avvicinerai la bocca alla pianta del piede. Sentirai l'odore forte e stucchevole del sangue che si va coagulando. Le mani ti si saranno riempite di quel liquido viscido. Poggerai le labbra fino a bagnarle; il sapore salato e pastoso del sangue ti riempirà il palato. Spegnerai l'accendino e sprofonderete nel buio.

Con tutte e due le mani prenderai il piccolo piede attraversato da un leggero tremore. Chiuderai gli occhi e farai forza con la bocca contro il taglio. Con i denti percepirai le labbra sfilacciate della ferita e vi poggerai per un attimo, solo per un attimo, la lingua sopra. Tratterrai il respiro.

La ragazzina emetterà dei lamenti soffocati.

Sentirai gli spigoli affilati della scheggia e la stringerai con forza. Tirerai. Il frammento di vetro scivolerà all'in-

terno della carne viva e te lo ritroverai in bocca. Lo spu-
terai a terra. Potrai finalmente respirare.

Durante tutta l'operazione lei sarà rimasta in silenzio
trattenendo il respiro. Non un lamento, non un grido.

– Va meglio? – chiederai.

– Sí, va meglio, – ti risponderà svuotandosi dal male.

Tu sentirai il sangue intorno alla bocca che ti si andrà
seccando. Userai di nuovo l'accendino per fare luce.

– Sembri un vampiro assetato di sangue, – ti dirà cercando di ridere. Nonostante tutto continuerà a sorridere.

*Probabilmente è necessario qualche punto e anche una bel-
la antitetanica non ci sta niente male*, penserai tra te.

Cercherai di levarti il sangue passandoti la manica della giacca sul viso.

– Aspetta. Vieni qua. Fatti pulire, – ti farà lei con la
voce non ancora del tutto distesa.

Tu ti avvicinerai incerto. Gli occhi le brilleranno illu-
minati dalla fiamma.

*Parla come se avesse vent'anni. Quanti anni ha? Mi trat-
ta come se le fossi coetaneo*, ti dirai stranamente agitato.

Lei si bagnerà i polpastrelli sulla lingua. Piccola, rossa
e carnosa. Poi incomincerà a passarti le dita intorno alla
bocca, sopra le labbra.

– Bisognerà fasciarlo quel piede, – riuscirai a dire dandoti un contegno.

Non sarai sicuro di esserci riuscito.

Il sangue seguita a fluire dalla ferita.

Non si ferma.

– Fammi vedere. Illumina, – farà lei.

Si prenderà il piede in mano e si piegherà mentre tu
continuerai a fare luce con l'accendino. Lei si guarderà
il taglio profondo che le attraversa il piede e poi senza
dire niente prenderà un lembo del vestito e farà forza.

La stoffa nonostante la sua apparente inconsistenza non
si strapperà.
– Aiutami. Per favore.
Perché mi capitano queste cose? Che cosa c'entro io?
Perché? penserai. Spegnerai l'accendino.
Tenebre.
Al buio afferrerai la stoffa tra le mani e comincerai a
tirare. Niente. Tirerai con piú forza. Finalmente il panno
cederà e nel silenzio intervallato dai respiri della ragazzina sentirai uno STRRRRRAAPP. Ti rimarranno nei pugni
brandelli di vestito.
È *nuda*, penserai.
Farai luce tenendo gli occhi abbassati a terra. Poi tirerai su lo sguardo piano, timido, cercando di non sembrare
sconvolto e te la vedrai davanti coperta solo dalle mutande da bambina. Abbasserai lo sguardo imbarazzato. Spegnerai di nuovo la fiamma. Strapperai deciso l'abito tra-
sformandolo in strisce cercando di non pensare a niente.
Attento solo a farle dritte.
– Tieni l'accendino. Ora te lo fascio, – dirai e ti accorgerai di avere una strana voce, piú rauca e indecisa.
Lei farà luce e tu, a quel punto, maledicendoti ma desi-
derandolo, non potrai fare a meno di guardarla, lí nuda e
distesa davanti a te tra l'immondizia. Il tuo sguardo cor-
rerà, e tu non potrai farci niente, sui seni tondi e stranamente prominenti, sui capezzoli scuri e sul ventre piatto.
Sentirai un calore nascerti da dietro, desiderio e imbarazzo
mischiati insieme, in fondo alla schiena, e risalirti a vampa-
te lungo la colonna fino a invaderti la nuca e trasformarsi
in brividi di freddo alla radice dei capelli.
Perché l'hai voluta guardare?
Non vorrai accettare il fatto che tra sentimenti contra-
stanti che ti si accavalleranno sul cuore il desiderio si in-

grosserà riempiendoti d'imbarazzo. Ti sembrerà pazzesco che a te possano passare quelle idee per la testa. Ti scaturiranno nel cervello strane immagini che ti metteranno a disagio. Ti sentirai caldo in volto.

Chiuderai gli occhi.

Chissà come ti starà guardando?

Riaprirai gli occhi sul suo volto. Lei ti starà sorridendo. Che fai? Non guardi? Non partecipi al banchetto? ti starà dicendo con il sorriso complice quella stronza. Non ti interessa? Sei sicuro?

– Alza la gamba! – dirai.

Afferrerai le fasce. Cercherai di essere piú determinato, di interrompere quella brutta spirale che ha preso il tuo cervello.

– Alzala di piú! – dirai deciso, arrabbiato. Con chi? Con te o con lei?

Basta!

Avvolgerai le bende. Le avvolgerai nel migliore dei modi. Alzerai un attimo lo sguardo, solo per prenderne un'altra e rimarrai colpito dal colore scuro di quel corpo, da quel ventre coperto di pelle liscia, dai peli sottili che le escono dalle mutande.

Finirai il tuo lavoro. Gli stracci che le stringono il piede si sono già tinti di rosso.

Non vuole smettere di sanguinare. Che devo fare? penserai.

– Puoi camminare? – le chiederai già sapendo che sarà impossibile, che sarebbe costretta a saltellare su una gamba sola.

Dovrai caricartela in braccio.

– No, non credo! – ti dirà.

Lei vuole questo. Vuole che io le metta le mani addosso, ti dirai.

Si alzerà in silenzio, per niente pudica e ti guarderà come aspettandosi qualcosa da te.

È bellissima. Ha un corpo da gazzella. Non ho mai visto niente del genere, penserai.

– Ti porto in braccio, – dirai senza guardarla. Non vorrai tirare su lo sguardo. Ogni volta che le parlerai sarai costretto a guardarla e tu non vuoi guardarla quindi cercherai di parlare poco.

Ti avvicinerai impacciato e cingerai la sua schiena con il braccio destro, lei ti abbraccerà attaccandosi stretta al tuo collo. Le poggerai la mano sinistra su una coscia e la solleverai.

Non è difficile. È leggera e inconsistente.

Vedrai a pochi centimetri dalla tua bocca il nasino all'insú, i suoi occhi neri piantati dentro i tuoi. Ti incamminerai.

La luna sarà finalmente comparsa tonda ed enorme investendo di pallore il borgo distrutto. Lei respirerà e anche tu respirerai, solo piú accelerato, piú profondo. Ti incomincerà a pesare sempre di piú tra le braccia, man mano che andrai avanti in quel labirinto, e le mani prenderanno a sudarti. Ti scivolerà e con la mano destra sentirai l'attaccatura del seno, la sua consistenza.

Sei troppo preso da queste sensazioni per capire dove stai andando.

La stretta intorno al tuo collo si è fatta progressivamente meno decisa ma tu non te ne renderai conto subito. Non ti renderai conto che il suo corpicino è divenuto piú sciolto, piú libero, tra le tue braccia, che si sta trasformando in un mucchio di ossa e carne. Sarai troppo preso a sentire piaceri impercettibili attraverso i polpastrelli e a camminare, per capire che si sta spegnendo.

Si spegne e tu cammini.

Poi non ti accorgerai di una buca che ti farà sobbalzare. La stretta intorno al tuo collo si scioglierà e le braccia senza vita cadranno in basso sul petto senza vita, e la testa ciondolerà senza vita.

Che farai allora?

Ti fermerai. Cercherai un posto dove adagiarla. La allungherai su un mucchio di calcinacci e vedrai quel corpo sciolto risplendere di luce lunare davanti a te. Ti piegherai su di lei, la scuoterai, ma scuoterai solo carne, solo avanzi di vita.

– Che hai?! Che hai?! – urlerai impazzito, mentre il gelo ti salirà su per le gambe stringendoti in una morsa ghiacciata i testicoli.

Poggerai la testa tra i suoi seni. Il cuore sarà lontano, impercettibile, starà faticosamente battendo gli ultimi colpi.

Disperato continuerai a scuoterla, pensando di poterla riattivare, riportarla in vita.

Ma non è possibile e lo sai pure tu.

Lo sai e basta.

Metterai, impazzito, l'orecchio contro le sue labbra candide, contro la sua bocca spalancata e ti impossesserai del suo ultimo respiro.

(1997)

Racconto per bambini cattivi

Quando c'è la crisi economica il Paese diventa povero e i poveri diventano, se possibile, ancora piú poveri. Questa è la storia di una famiglia che non aveva un soldo, nemmeno per uscire a mangiarsi una pizza, per un gelato, un giro in macchina visto che la macchina non ce l'avevano. Erano delle brave persone, non si lamentavano, stringevano i denti e andavano avanti sperando che i governanti che decidevano del loro Paese si interessassero anche a loro. I due figli, Mario e Luisina, i giocattoli se li costruivano da soli e si divertivano con Soriano, il gatto di casa. A scuola, per fortuna, nessuno li prendeva in giro perché avevano toppe e buchi perché tutti avevano toppe e buchi.

Quando Natale si fece vicino, la signora Roberta, la mamma di Mario e Luisina, parlò con suo marito: – Senti Giovanni, i bambini non chiedono mai niente, non vogliono nemmeno i regali di Natale, però la vigilia dobbiamo fare una bella cena di pesce. Quei due ragazzini, al massimo, conoscono il tonno in scatola. Quindi, per favore, vendi questa –. Gli diede una collanina con una medaglietta della Madonna. – E compra un po' di pesce e delle vongole.

Giovanni era disperato, senza lavoro e senza soldi, doveva vendersi la collanina di sua moglie, il suo unico bene prezioso, per dare un po' di gioia ai suoi cari. Ma alla fine che c'è di piú bello di una famiglia che festeggia il santo

Natale? Uscí di casa ma sulla strada incontrò due ladri. Cominciò a scappare. Ma i due erano giovani e lui aveva una gamba che non funzionava bene. Lo acchiapparono e dopo avergli dato un po' di calci gli presero la collana. Quando si rialzò da terra iniziò a piangere. E ora? Come avrebbe fatto? Come poteva presentarsi a casa senza un accidente di niente? Andò lo stesso al mercato del pesce. C'erano banchi pieni di calamari, ostriche, sogliole e tutto il bendidio che ci offre il mare. I prezzi però erano altissimi e solo i ricchi potevano permetterselo. Spesso durante le crisi economiche i ricchi diventano ancora piú ricchi. Giovanni pregò i pescivendoli di dargli qualcosa. Gli andavano bene pure le interiora e le teste dei pesci che non mangia nessuno, tranne i gatti e i cani randagi. Niente. Lo cacciarono come fosse un barbone.

Il pover'uomo vide su un bancone un enorme pesce spada. Doveva pesare cinquanta chili. Era bellissimo con la sua spada affilata, la pelle azzurra e un occhio grande come un uovo al tegamino. Sarebbe stata una sorpresa meravigliosa portarlo a casa. Avrebbero mangiato per sei mesi mettendolo dentro i barattoli con l'acqua e il sale. Doveva rubarlo. Lui non aveva mai rubato nulla in vita sua, era onesto e sapeva che Non rubare è uno dei dieci comandamenti. Ma forse Dio, per una volta, avrebbe chiuso un occhio e se non lo chiudeva non importava. Giovanni aspettò che fosse il momento giusto, che nessuno lo vedesse e corse verso il pesce velocissimo nonostante la gamba zoppa. Afferrò il pescione per la coda e con uno slancio violento se lo gettò sulla spalla pronto a scappare, ma un dolore terribile, come una pugnalata, gli strappò il respiro. Fece finta di niente e cominciò a correre verso le stradine del quartiere vecchio dove era facile far perdere le tracce. Avanzava a denti stretti, il pesce sulla spalla. Il dolore nella schiena era cosí forte che gli veniva da vomitare. Sentiva dietro di sé i pescivendoli che gli urlavano di fermarsi, che era un maledetto ladro. S'infilò in un vicolo e poi in un altro e in un altro ancora. Era solo. Era riuscito a disperdere gli inseguitori. Si fermò senza fiato e lasciò cadere a terra il pesce. Si toccò la schiena, lí dove gli faceva piú male. Era tutto bagnato e aveva un taglio profondo. Si guardò le mani, impastate di sangue. Si era pugnalato da solo quando si era buttato il pesce sulla spalla. La lunga spada lo aveva infilzato nella schiena. Giovanni sentí una cosa salata che gli saliva su per la gola. Sputò uno spruzzo di sangue. La punta doveva avergli bucato lo stomaco. Non importava, sicuramente non era niente di grave e poi aveva la sorpresa per la sua famiglia. Con fatica prese il pesce da terra, questa volta stringendolo tra le braccia come fosse un bambino e si avviò verso casa. Piú camminava e piú si sentiva debole e piú il pesce pesava. Gli girava la testa e tutto, le case, le strade, gli alberi gli si sfocavano davanti. Nelle orecchie aveva un ronzio ma riusciva a sentire la gente negli appartamenti che festeggiava la nascita di Cristo. – Adesso arrivo! Vedrete come sarete contenti, – disse, ma le gambe gli erano diventate dure come legno e la testa infuocata. Finí a terra diverse volte ma continuò fino a casa, lasciandosi dietro una striscia rossa. Arrivato davanti alla porta fece cadere il pesce e si accorse che non ce la faceva a bussare. Cadde in ginocchio e con le ultime forze rotolò dietro un mucchio di spazzatura. Stava morendo, vedeva l'angelo della morte nella sua tunica nera che attendeva pazientemente che il suo cuore smettesse di battere.

– Possiamo aspettare ancora un attimo? Un attimo solo, – supplicò Giovanni.

La morte, arrotando la falce, fece segno di sí.

Steso nell'immondizia vide che la porta si apriva e usciva Luisina. Cominciava a saltare felice e chiamava la mamma e il fratellino. I tre portavano dentro il pesce e dopo un po' avvertí un odore cosí buono e fresco che gli sembrò di essere dentro il mare.

Stavano preparando la cena.

Giovanni sorrise, guardò la morte e sospirò. – Adesso possiamo andare.

– Ti porto in Paradiso, amico mio.

E il cuore di Giovanni, senza piú un goccio di sangue, si fermò.

(2012)

Il Festival Piú Importante Del Mondo

Avevo da poco pubblicato i racconti di *Fango*. Cominciavo a scrivere qualche articoletto per i quotidiani quando un mensile mi chiamò a collaborare insieme a un sacco di altri scrittori (pagavano bene). Il direttore mi chiese che volevo fare e io dissi: – Mi piacerebbe andare a Sanremo. – Perfetto, – fu la sua risposta.

Cosí mi ritrovai al Festival, in quel casino, tra i giornalisti e i cantanti con un pass appeso al collo. Ero eccitatissimo. Seguii tutte le serate in sala stampa, tra centinaia di giornalisti che scrivevano furiosamente seguendo le esibizioni in diretta su un grande schermo. All'inizio provai anch'io a fare la cronaca, ma immediatamente capii che non era roba per me e cominciai a buttare giú un racconto di fantascienza (a quel tempo ero appassionato di Douglas Adams, l'autore di *Guida galattica per gli autostoppisti*) che poi ho finito a casa.

Per il Festival di Sanremo vale quello che ha detto David Foster Wallace a proposito di una crociera ai Caraibi: «Una cosa divertente che non farò mai piú».

Cachemire se ne stava accasciato sulla poltrona del suo camerino e rifletteva che nonostante fosse da molti considerato l'unica vera alternativa alla tradizione musicale italiana e racchiudesse in sé tutte le caratteristiche piú personali di un grande compositore e di un grande interprete, di tutto ciò, detto a chiare parole, non gliene poteva fregare di meno.

Mancavano oramai poche ore all'inizio della CXXIII edizione del Festival Piú Importante Del Mondo e si sentiva depresso come poche volte gli era capitato di essere nella vita. L'esistenza della popstar lo aveva stancato.

E odiava San Geronimo con tutto il cuore. Un laido baraccone dove da piú di dieci anni inscenava la farsa del compositore latino che riesce a raggiungere un respiro internazionale rimanendo imbevuto dello spirito della sua cultura.

Ma quale cultura e cultura?

Non sopportava piú quella settimana di apnea che si doveva sciroppare ogni anno. Una tassa necessaria per poter sopravvivere. I giornalisti sempre a criticarti, il pubblico che si comporta come una banderuola. Pronti a esaltarti, a dirti che sei il piú grande di tutti e poi appena molli un attimo, appena hai una normale crisi creativa, ti buttano via come uno straccio.

E poi c'era sua madre. Aveva settantaquattro anni e

viveva a Nemoli, in Basilicata. Che errore terribile aveva fatto a montarle in casa il Salvalavita Beghelli. Ma lui che ne poteva sapere, che quello era un oggetto infernale, fatto apposta per farti saltare i nervi. Gli era arrivato a casa un pacco dono dalla Beghelli, lo sponsor del Festival, e dentro c'era un Salvalavista Tv, un Salvalavista Computer 626 e il dannatissimo Salvalavita. Lo aveva regalato a sua madre, che diceva di soffrire di coronarie e quella ci si era attaccata come fosse un telecomando della Tv.

Per tre volte Cachemire si era precipitato a Nemoli per scoprire che sua madre stava benissimo, era solo in pena per quel figlio che conduceva quella vita zingara. L'ultima volta, in preda a una crisi isterica, lo aveva strappato dal telefono e lo aveva gettato dalla finestra. Ma la madre aveva spedito la garanzia e con una astuzia malvagia era riuscita a farsene rimandare uno nuovo.

Cachemire si attaccò alla bottiglia di Uliveto e poi si studiò allo specchio. Aveva le occhiaie. Aprí la bocca e tirò fuori una lingua che sembrava un calzino da tennis. Il nuovo look, capello corto, basetta alta e barba sfatta non lo convinceva completamente. Oramai aveva una certa età, non poteva continuare a fare l'adolescente. Tutta colpa di quella cretina della sua parrucchiera.

In questo oceano di dolore aveva almeno una consolazione. Quest'anno cantava *Pietre di fuoco*, un pezzo d'ispirazione new-age, in duo con Azam, giovane scoperta della canzone italiana di origine mediorientale, le cui doti vocali fuori dal comune ben si sposavano con la raffinata ricerca vocale da sempre al centro della sua esperienza artistica. Oltre che essere una grande interprete era anche una ragazza sensibile, non una delle migliaia di buzzicone che affollavano il palco del Festival. Praticava lo yoga ed era una buona conoscitrice della cultura orientale. Amava l'architettura e il teatro giapponese, le poesie di Emily Dickinson e la musica romantica mitteleuropea. La loro fusione avrebbe potuto far emergere una nuova linea melodica, intimista e meditata, che non aveva niente a che spartire con la merda dei Garden of Grace.

Doveva radersi. Intinse un asciugamano nell'acqua calda, lo strizzò e se lo mise in faccia per ammorbidire la pelle. Prese un bel respiro e cercò, per cinque minuti, di liberarsi la testa da tutte le preoccupazioni. Stava là là per addormentarsi quando sentí bussare alla porta.

Deve essere Azam. Poverina, sarà preoccupata, si disse, *in fondo l'unica esperienza importante che ha avuto è stata alle Voci Nuove di Fabriano con Nino Salvini.*

– Entra! Avanti! – fece senza levarsi il sudario caldo dalla faccia. Ma non sentí nessuno. *Sarà un fan, vaffanculo a quegli imbranati della sicurezza.* – Avanti! Forza! – ripeté, si levò l'asciugamano e si pisciò addosso.

Sulla porta c'era il fan piú brutto che avesse mai visto. Era alto quasi due metri, era squamoso, aveva una testa da cavalletta, due chele coperte di bava e sei gambe da aracnide. Lo guardava con tre occhi piccoli e malvagi e apriva e chiudeva una specie di bocca ricoperta di zanne appuntite come chiodi. Cachemire balzò dalla sedia e corse alla finestra. Erano solo due piani, si sarebbe rotto l'osso del collo ma mille volte meglio vivere su una sedia a rotelle che finire in pasto a quell'aragosta. Provò ad aprire la finestra ma si rese subito conto che non ce l'avrebbe mai fatta. Era di quelle a baionetta, tentò di sradicarla dal muro quando fu avvolto dall'ombra dell'essere, si girò, digrignò i denti, impugnò il phon ma non ebbe nemmeno il tempo di azionarlo che l'insettone gli piombò addosso con le sue mascelle velenose.

E Cachemire, per la prima volta in quella giornata, si sentí leggero, ma cosí leggero che perse i sensi.

A piú di seimila parsec, tremiladuecento chilometri e non so quanti metri da San Geronimo, ai limiti della Nebulosa del Granchio, Altz se ne stava nella sua tana, felice come una Pasqua, a covare le uova, quando ricevette un segnale telepatico proveniente dal termitaio: RECARSI IMMEDIATAMENTE AL SETTORE D. SOTTOSCALA 432. BUCA 36/21.

Altz conosceva la buca 36/21. Ci lavorava oramai da settant'anni. Era l'ufficio della polizia federale che si occupava della ricerca e cattura di criminali pericolosi fuoriusciti dalla galassia. Altz baciò una per una tutte le uova e poi le avvolse dentro una coperta e uscí dalla tana chiedendosi che cosa diavolo volessero ancora da lui. Stava in maternità, che cavolo.

Quando fu lí, per un attimo credette che quei mattacchioni avessero organizzato una festa. Dieci aragoste se ne stavano spaparacchiate su un divano davanti a uno schermo al plasma e fumavano, bevevano e cantavano insieme a Francesco Davoli. Sul muro avevano appeso una lavagnetta con su scritti tutti i nomi dei cantanti e i punteggi. Davoli aveva addirittura 9: lí, alla buca 36/21, era molto amato.

– Ehilà, Altz, vecchio mio. Ti abbiamo chiamato per dirti che siamo molto felici, – disse il procuratore Fretsi, capo della buca 36/21, una vecchia cavalletta grigia amata e rispettata dai suoi sottoposti.

– Non sapevo che vi piacesse San Geronimo, – disse Altz estroflettendo i palpi labiali e cominciando a succhiare una bibita gasata. – Ero sicuro che foste degli appassionati del Festival delle lune di Ganimede. Chi vince?

– Sara Montroni ha buone chances. Ma non è per il Festival, che francamente quest'anno fa schifo, siamo felici per questo, guarda –. Fretsi spinse dei tasti e sullo scher-

mo apparve Cachemire. Era sul palco e cantava insieme
ad Azam. – Lo riconosci?

– Certo. È Cachemire. È molto amato dalle larve. Ha
una tendenza innata a esplorare la musica con nuove frasi
melodiche come vuole la tradizione italiana e nello stesso
tempo è vicino allo spirito delle grandi chart internazionali.

– No, è uguale identico, ma non è Cachemire. Quello
è il malefico Zingam.

A quel nome, Altz si sentí mancare gli arti distali.
Zingam. L'orrendo Zingam. Il criminale piú inafferra-
bile della Nebulosa. Un insettone fascista con un cordone nervoso di appena tre neuroni e le ghiandole salivari
dorsali. Aveva messo a ferro e fuoco i termitai di Hoyt,
ne aveva fatte piú di Carlo in Spagna e poi si era dileguato senza lasciare traccia. Era stata la sconfitta piú cocente
della carriera di Altz.

– E come fate a dire che è lui?

– Il computer ha prodotto un algoritmo che prende
in relazione diverse variabili tra cui il riflesso pupillare,
l'estensione vocale, il livello d'istruzione e il numero di
scarpa, ed è uscito fuori che poteva essere al 7% il tastie-
rista dei 999, all'1,5% un opossum e al 91,5% Zingam.
Certamente non è Cachemire.

Altz guardò attentamente la registrazione e si rese conto
che non c'era bisogno degli algoritmi per dire che quello
là non era Cachemire. Stonava come una campana, sputava sul pubblico peggio di Sid Vicious, palpava il culo a Simona Somaini e prendeva a calci il direttore d'orchestra.
Era chiaro: Zingam aveva sciolto l'esoscheletro e si era
insediato tra gli organi interni del cantante lucano dando
origine a una Jejuna, un essere ibrido e perfido. Esterna-
mente uguale a Cachemire, ma internamente una cavalletta spietata e cafona.

Altz sentí il vecchio poliziotto che c'era in lui spingerlo a dire: – Capo, vado, lo acchiappo e torno. Intanto, per favore, potrebbe covarmi lei le uova?

A San Geronimo: Cachemire, barricato nel camerino, era indeciso su come suicidarsi. Con un colpo di fucile come Kurt Cobain o affogato nel vomito come Jimi Hendrix? Ma il vomito di chi? No, meglio un'overdose di eroina come Janis Joplin. Era l'unica cosa che gli rimaneva da fare dopo il casino che aveva combinato sul palco. Ma che cosa gli aveva preso? Doveva avere gravi turbe della personalità, in altre parole era schizofrenico. Prima il terribile incubo dell'insettone e poi il disastro sul palco. Aveva toccato il culo alla Somaini, era caduto giú dalle scale, non si ricordava le parole della canzone. Era come se non fosse lui, come se dentro di lui ci fosse un altro che gli faceva fare un sacco di stronzate. Come se la sua mente fosse stata posseduta da un'entità maligna.

Che figura di merda!

Azam se n'era tornata in Medio Oriente, urlandogli che era un poveraccio, che le sue doti vocali erano simili a quelle di un bulldog asmatico. E ora gli toccava suicidarsi. Solo cosí avrebbe salvato la sua carriera dalla polvere, doveva fare come Tenco. Il problema era che, in fondo, a quella vitaccia di merda ci era attaccato. E sicuramente, anche se aveva fatto schifo, non poteva essere andato peggio di Debora California. Cominciò a riflettere su dove avrebbe potuto trovare l'eroina per farsi l'overdose, quando bussarono alla porta.

– Andatevene via. Lasciatemi morire in pace. Via! Via!
– urlò.
– Apri, per favore, sono Frenk.

– Non posso. Mi devo suicidare con l'eroina.

– Ascoltami. Io ti posso aiutare.

Cachemire gli aprí la porta. – Ma che, hai della roba?

– No, mi spiace, non la uso.

Frenk entrò. Cachemire lo abbracciò e cominciò a piangere come una fontana. Frenk lo carezzava e gli diceva:

– Caro, caro, caro. Non fare cosí.

Che peccato, ci fossero almeno state le telecamere a siglare tutto ciò.

Dario Palatone, in arte Frenk: un personaggio che per ventisette anni aveva privilegiato l'introspezione e il riserbo degli artisti autentici rispetto ai clamori dello show business, le «voci dentro» rispetto alla platealità e ai ghiribizzi del divismo. E Cachemire: un personaggio che rifuggiva dal presenzialismo gratuito ma assolutamente affabile nonostante la figura di merda che aveva fatto.

– Non so che mi è successo, Frenk. Sto tanto, tanto male. Chissà che diranno domani i giornali. E Azam se n'è andata, mi ha lasciato cosí, come uno stronzo. Quello che hai visto prima non ero io, mi credi? – frignò il cantante lucano.

Frenk si rimise a posto i boccoli da paggio timido che stimolavano il senso materno delle ammiratrici e serio serio disse: – Sí amico mio, certo che ti credo. Ora tu mi devi asc…

Ma Cachemire lo interruppe: – Allora se mi credi aiutami a scrivere una lettera d'addio. Deve essere una bomba. Deve essere scritta benissimo, tipo Bukowski per intenderci. Tutti i giornali dovranno metterla in prima pagina. Cosí poi prendo il disco di platino e mia madre a Nemoli è felice –. Corse al tavolo e accese il computer. Lo schermo s'illuminò. – Guarda Frenk, guarda che bello. Ci ho montato il Salvalavista Computer. È una luce elettroni-

ca calibrata che è stata costruita per funzionare insieme
al computer e disegnata per illuminare la postazione di
lavoro in accordo con il provvedimento della legge euro-
pea 90/270/EEC.

Cachemire fece appena in tempo ad accenderla che
Frenk cominciò a tremare come se fosse folgorato da una
scossa, a sbavare una schiuma verde, a strabuzzare gli occhi e infine a saltare per il camerino rimbalzando contro
le pareti come una palla magica e addosso al Salvalavista
come una falena contro una lampadina. Cachemire se ne
stava buttato in un angolo e si strappava i capelli piangendo disperato: – Frenk! Frenk! Che ti succede? Che ti
succede?

Frenk si rotolava per terra e mugugnava: – Ssssssppe-
ghhhhhh... ssshhhpppeeeegnn... sppp... il Salvala...

Finalmente Cachemire capí. – Vuoi che spenga il Beghelli?

Frenk fece debolmente segno di sí con la testa. Cachemire lo spense e subito il corpo del cantante di *Viaggio nel
mio cuore* si sciolse senza piú vita a terra, apparentemente morto ma un istante dopo cominciò a tremare, come
se stesse gelando. Un'espressione di agonia attraversò la
faccia dell'artista, che emise un grido raccapricciante. La
bocca iniziò ad allargarsi, allargarsi, allargarsi e spuntò fuori una lunga chela nera e poi un'altra e infine un'enorme
cavalletta nera e lucida.

Cachemire, disperato, si era rannicchiato sotto il tavolo. Era di nuovo in preda alle allucinazioni.

La cavalletta gli si avvicinò e cominciò a parlare: – Ascoltami, non è niente di grave. Tranquillo, non sei pazzo. Frenk
tra poco starà bene come prima e non ricorderà niente di
tutto questo. Anche tu sei stato posseduto. È per quello
che hai combinato il casino sul palco e hai cantato male.

Dentro di te c'era un terribile fuorilegge, l'orrendo Zingam. Io sono Altz, un poliziotto, provengo dalla Nebulosa del Granchio e sono qui per portarmelo via. Hai capito? Cachemire non capiva. Urlava e basta. La cavalletta continuò: – Ascoltami, lo so che non sono bello ma tu pure non scherzi. Dimmi una cosa, per caso avevi già acceso il Salvalavista?

Cachemire fece segno di sí e poi stentatamente disse: – ... dopo aver cantato la canzone sono tornato in camerino e mi volevo rivedere. Cosí ho acceso la televisione e il Salvalavista Tv. Poi non ricordo piú niente.

– Ecco qua spiegato perché non sei piú posseduto da Zingam. È scappato quando hai acceso il Salvalavista. Quell'affare deve produrre scariche elettromagnetiche con lunghezza d'onda estremamente nociva per noi alieni. Quando prima lo hai acceso mi sono sentito malissimo. Mi sembrava d'impazzire a stare dentro Frenk. Ora, scommetto una delle mie uova che Zingam sarà penetrato in un altro cantante. Aiutami a trovarlo, ti prego.

Cachemire fece segno di sí con la testa.

Il piano era semplice ma efficace. Cachemire e Altz, che si era rinfilato dentro Frenk, dovevano fare il giro dei camerini, andare da tutti i cantanti, prima dalle nuove proposte e poi dai campioni, abbagliandoli con il Salvalavista Beghelli. La scusa era che loro due erano testimoni di quel magnifico prodotto e che il cavalier Beghelli in persona gli aveva chiesto di spiegarne i pregi ai cantanti. Cominciarono subito. Altz/Frenk girava la testa quando Cachemire azionava il dispositivo. Fu veramente difficile perché la maggior parte degli artisti li mandava a quel paese. Come potevano preoccuparsi di quelle cose mentre, sul palco del Festival, si decidevano le sorti della canzone italiana? Ma i nostri eroi ribattevano che il Salvalavista

Tv si accende e si spegne insieme al televisore e che la sua luce calibrata rilassa la retina e dà una sensazione di conforto agli occhi. Cosí riuscirono a illuminarli tutti, e scoprirono che Sergio Calzone era posseduto da un abitante di Andromeda ma che era innocuo e anzi lo aveva aiutato a uscire dal periodo nero e a scrivere *Tulipani*, la canzone che proponeva quell'anno.

Tracce dell'orrendo Zingam, nessuna.

– Secondo me o si è incarnato in un giornalista o in un ospite straniero. Non vedo altre possibilità, – fece affranto Cachemire.

– Ma li abbiamo controllati proprio tutti, non manca nessuno? – domandò sconfortato Altz/Frenk.

Cachemire consultò l'elenco. – Be', in verità, una possibilità ci sarebbe ancora.

Il pubblico era in delirio. Mai in vita loro avevano sentito una voce cosí celestiale e profonda. Neanche Larita possedeva un'ugola cosí. Letizia D'Amore era al centro del palco e cantava. Appena ventenne, milanese di nascita, la cantante non vedente era una ragazza con le idee chiare. Sotto l'aspetto spiritoso e il sorriso sbarazzino nascondeva una determinazione e una grinta davvero sorprendenti: quelle di chi ha deciso il suo obiettivo e non si lascia sviare da incidenti di percorso.

Era chiaro che *Con la forza e con il dolore*, scritta e prodotta da Luca Raffelli, era destinata a vincere. Letizia era passata senza difficoltà all'ultima serata e ora gareggiava testa a testa con i big. Stava per concludere quando sul palco apparvero Cachemire e Frenk. Cachemire impugnava un Salvalavista. Il pubblico cominciò a rumoreggiare, i giornalisti, in sala stampa, a battere furiosamente sui tasti dei portatili e gli italiani, a casa, a risvegliarsi dal torpore.

Che volevano quei due? Che stavano facendo? Le guardie, i buttafuori, il presentatore Paolo Desiati, Simona Somaini si avventarono sui due cantanti per fermarli. Frenk usando colpi di full contact li buttava giú tutti. L'unica che non si era accorta di niente era Letizia che continuava a cantare serena. Cachemire con un salto superò il direttore d'orchestra e si piazzò davanti alla cantante. Le puntò in faccia il Salvalavista Beghelli e lo accese. Letizia strillò come se le avessero gettato del vetriolo in faccia e poi disperata urlò: – Bastardo! Spegnilo subito! – Si girò e con un incredibile salto montò sulle ripide gradinate lanciando componenti dell'orchestra della Rai a destra e a sinistra. Improvvisamente sul teatro calò un silenzio innaturale. Nessuno fiatava, poi qualcuno cominciò ad applaudire, e tutti si unirono esplodendo in un boato. Una cicciona coperta di pelliccia si alzò e urlò: – Miracolo! Miracolo! Il Salvalavista Beghelli ha ridato la vista a Letizia D'Amore –. E tutti gli italiani urlarono: – Miracolo! Miracolo! Ci vede! – A casa sua il cavalier Beghelli era in un'estasi religiosa. Ma non era ancora finita. Cachemire la raggiunse e la folgorò di nuovo. Letizia cadde a terra e cominciò a tremare e a sbavare come un epilettico. Lo share stimato era del cento per cento. Le centraline dell'Auditel esplodevano. Mandarono la pubblicità. La gente a casa spaccava i mobili. Volevano sapere. Quando finalmente ritornò il collegamento videro una cosa incredibile: il palco era pieno di gente svenuta. Anche il presentatore giaceva senza sensi accanto a Frenk. Letizia D'Amore era accasciata, apparentemente morta, sulle scale. Al centro, sotto la scritta SAN GERONIMO, c'erano due enormi cavallette nere che si fronteggiavano in una danza di morte. Alla fine una fu piú rapida dell'altra. Le montò sopra e le strinse le mascelle intorno al collo sottile. Poi, una luce potentissima: centomila watt inondarono il palco. Quando si spense le due cavallette erano scomparse.

La CXXIII edizione del Festival di San Geronimo rimase memorabile, anche piú di quella dell'85, in cui vinsero gli Animal Death con *Se mi vuoi bene*.

Cachemire ricevette insieme ad Azam il Premio della critica e una medaglia al valore da Oscar Luigi Scalfaro. Con la sua canzone sbancò le chart internazionali.

Letizia D'Amore vinse il Festival. Divenne piú famosa di Larita, soprattutto in Nicaragua.

Il cavalier Beghelli diventò, se possibile, ancora piú ricco. Lo scultore astigiano Alex Sollima gli eresse una scultura in oro zecchino. Il Salvalavista divenne parte dell'armamentario dei due di *X-Files*.

L'orrendo Zingam fu condannato a scontare centomila anni di detenzione nella colonia penale di Hyperion.

Le uova di Altz si schiusero. Dodici piccole e scatenate cavallette che fecero la felicità del poliziotto.

E Frenk? Frenk se ne andò a vivere in un pianeta della Nebulosa del Granchio e vinse il Festival di Kassd.

Sei il mio tesoro

scritto con Antonio Manzini

> Avete sentuto, suppongo, lo nome di Groppone
> da Ficulle. Fu lo piú grande capitan di Tuscia e io son
> colui che con un sol colpo d'ascia lo tagliò in due.
>
> *L'Armata Brancaleone*

Vedendolo addormentato sul divano con un rivolo di bava che gli colava sul mento e con quella mezza bottiglia di Pampero stretta al petto, non gli avreste dato una lira. E invece quello era un uomo importante.

Nato nel 1960 a Città di Castello da una famiglia di artigiani del legno. Liceo classico a Perugia. Laurea in Medicina con centodieci e lode all'Università di Firenze. Specializzazione in Chirurgia plastica all'Università di Burlington, Master in ricostruzione maxillofacciale con il professor Roland Chateau-Beaubois a Lione. A trentacinque anni assistente primario al Bambin Gesú e a quaranta primario della clinica privata San Roberto Bellarmino alle falde di Monte Mario.

Il suo nome era Paolo Bocchi, professor Paolo Bocchi.

Il professore dormiva su un divano di un attico da cui si vedevano i mosaici di Santa Maria in Trastevere e piú in là Sant'Andrea della Valle che spuntava tra le fronde ingiallite dei platani del lungotevere.

Il telefono attaccò a suonare e ci mise circa tre minuti a eccitare il sistema nervoso centrale del professore, intasato di cocaina e rum.

Bocchi estroflesse un braccio, tastò il pavimento alla ricerca del cordless e lo afferrò emettendo un dittongo gutturale che poteva essere scambiato per un sostantivo celtico ma che voleva essere un semplice pronto.

La voce all'altro capo del filo era decisamente piú dinamica. – Professor Bocchi, sono la segretaria della clinica San Bellarmino, la chiamo solo per ricordarle che alle dieci e mezza lei avrebbe un intervento di mastoplastica additiva. Se ha problemi ad arrivare il dottor Cammarano è disponibile a sostituirla.

Bocchi di quel monologo afferrò tre concetti:

1) doveva rifare le zinne a qualcuna;

2) l'intervento non era domani ma oggi;

3) quel figlio di puttana di Cammarano era pronto a metterglielo nel culo.

Diede una risposta rapida e concisa: – Arrivo –. Abbassò il telefono e finalmente aprí gli occhi. Lo sguardo gli cadde sul tavolinetto di Gae Aulenti su cui giacevano tre piste bianche e un sacchetto di cellophane che conteneva, piú o meno, un chilo di cocaina purissima proveniente dalla Cordigliera orientale a centocinquanta chilometri da La Paz.

Col movimento plastico e sinuoso che solo un serpente corallo ha quando punta la preda, Bocchi strisciò verso il cristallo e con un sapiente colpo di narice inalò una delle tre piste.

Ora stava decisamente meglio.

Si osservò.

I mocassini di Ferragamo erano coperti di fango come il risvolto dei pantaloni. Sul maglioncino di cotone Ralph Lauren aveva decine di forasacchi e dai calzini gli usciva una pianta di ortica. Le tasche erano piene di terra.

Dove cazzo sono finito ieri sera? si domandò.

Si ricordava di essere arrivato sulla terrazza dell'*Hotel ES* insieme a... a quel punto la memoria s'inceppava e dopo c'era il buio.

Comunque la sensazione complessiva era di aver passato un'ottima serata.

Barcollò fino al terrazzo. Un bel sole, sopra i tetti, non aveva ancora incominciato ad arrostire la città. Giú, nel vicolo del Cinque, c'era il casino di sempre. Clacson, voci, cani. Non sopportava piú Trastevere. Una villa a Saxa Rubra era il suo prossimo obiettivo.

Si tolse tutto quello che aveva addosso e cominciò a lavarsi con la pompa per innaffiare le piante.

Dalla conformazione fisica del corpo del professor Bocchi si intuiva che in gioventú aveva fatto sport. Era stato un discreto giocatore di tennis e aveva vinto diverse volte il torneo Aureggi di Borgo Sabotino. Ora però il tono muscolare si era rilassato. L'unica tensione che gli restava era quella del ventre dilatato e ovale come un pallone da rugby. I capelli, che normalmente amava portare indietro impastati di gel, erano pieni di terriccio rosso. Gli occhi piccoli e infossati sotto la fronte squadrata come un mattone erano divisi da un naso che lui definiva importante, ma che era solo una protuberanza grossa e schiacciata.

Mentre si asciugava contro il telo dell'ombrellone, lo sguardo gli scese lungo la facciata della casa di fronte, fino all'angolo del vicolo sulla vetrina del vecchio snackbar *Quattroni*. In piedi c'era un tipo che a prima vista sembrava un turista svedese. Biondo, pantaloncini corti, zainetto e Birkenstock, faceva finta di leggere una mappa di Roma.

– Bastardi! – Anche da turisti nordeuropei si travestivano. – Credete di incularmi cosí? – Quello non era un turista, ma un agente della narcotici.

Lo tenevano sotto controllo.

Nell'ultimo mese aveva già individuato almeno cinque agenti in borghese che lo spiavano da sotto il bar *Quattroni*: una finta massaia carica di buste della spesa, uno spazzino, un punkabbestia con tre cagnacci (chiaramente antidroga), un elettricista che fingeva di cambiare la lampadina del lampione stradale, e sicuramente Ciarin, la sua filippina a ore di cui si fidava meno di un Boeing della Egyptian Airways.

Si vestí di corsa con un completo fresco lana di Comme des Garçons. Si infilò il Rolex.

Le nove e trentacinque!

Doveva precipitarsi in clinica. Non si ricordava minimamente se oggi Ciarin sarebbe venuta a fare le pulizie. E se approfittando della sua assenza saliva con una squadra antidroga e coi cani?

Non poteva lasciare la coca a casa. Si fece le due piste, ripassò avanti e indietro il cristallo con la lingua, afferrò il pacco di cellophane, se lo mise nella tasca della giacca e uscí di casa.

Dove cazzo stava la Jaguar?

Buio.

Vide passare una Multipla con sopra la targhetta «Taxi». Sollevò una mano.

Il lungotevere era intasato come lo scolo di un cesso della stazione Tiburtina. Le mani gli sudavano. Ne sollevò una. Sembrava avesse il Parkinson.

Dietro c'era una massa compatta di lamiera strombazzante, uno scooterone si era appicciato come un tafano al culo del taxi fin da ponte Garibaldi. Lo guidava una ragazza, cosí lontana dal classico poliziotto in borghese da essere vera. E perché non svicolava tra le macchine come ogni cristiano dovrebbe fare?

Ora però doveva bloccare il tremore che dalle mani si era diffuso alle spalle e cominciava ad azzannargli il collo. Era improrogabile l'assunzione di un'altra dose anche minima, sennò non sarebbe mai riuscito a operare.

Si accucciò e infilò una mano in tasca. Affondò la proboscide direttamente nella busta e fece un tiro deciso.
Svenne.

– Dottò? Dottò!
Il chirurgo si riprese quando il taxi lo depositò davanti alla clinica. Mollò cinquanta euro al tassista e scese.
Gli arti gli si erano inchiodati come se gli avessero iniettato del Vinavil nelle vene. Ginocchia e gomiti erano rigidi come profilati d'alluminio. Barcollò dentro la reception. Avanzava lento, ondeggiando come Robocop dopo uno scontro a fuoco.
Per darsi un tono rilassato, si era infilato tra i denti irrigiditi dal rictus un Cohiba Lanceros che casualmente si era ritrovato nel taschino della giacca. Con un saluto romano dette il buongiorno alle signorine della reception e prese l'ascensore.
Il corridoio che portava alla sala operatoria non finiva mai. Paolo Bocchi lo percorse con il cuore che gli pulsava nei timpani. In gola aveva il fiele.
Neanche un caffè ho preso, si disse incrociando un portantino nero che accompagnava una vecchia sul girello.
– Buongiorno, dottore.
Con un sorriso stirato Bocchi ricambiò il saluto.
Chi cazzo è?
Un altro infiltrato.
Entrò nello spogliatoio e ci trovò Sara, la sua assistente di fiducia. – Ah, ce l'hai fatta.
– Che vuoi dire?
– Niente. Con questo traffico...
Anche Sara, con cui aveva lavorato per dieci anni, era passata dall'altra parte. *Puttana!* Anche lei preferiva quel frocetto di Cammarano.

Era solo, circondato da schiere di nemici.

Si sterilizzò le mani mentre l'infermiera gli infilava il camice. – Non si vuole levare la giacca, professore?

– Col cazzo –. E si toccò la tasca gonfia.

Gli misero i guanti, la mascherina e la cuffia.

Prese un bel respiro e a mani alzate entrò nella sala operatoria.

Una bella donna giaceva nuda e anestetizzata sul tavolo operatorio. Era lunga, bianca e magra.

– Chi è? – chiese Paolo Bocchi all'anestesista.

– Simona Somaini. L'attrice della televisione.

– Che problema ha col naso?

Durante il tragitto in taxi la mente del chirurgo, come uno scolapasta, non aveva trattenuto quello che gli aveva detto la segretaria della clinica.

L'équipe lo guardò imbarazzata, poi Sara gli si avvicinò. – È una mastoplastica additiva –. E indicò due enormi protesi in silicone pronte sul carrello.

Aveva poco seno in effetti, ma erano due tette niente male.

Forse bisognava cercare di farla ragionare. Rischiava una lordosi con tutto quel peso davanti.

Ma 'sti cazzi.

Il chirurgo chiuse gli occhi. Le mani gli si rilassarono e tornarono agili come quelle di Glenn Gould durante le *Goldberg Variations*.

Le ansie, le paure, le angosce gli finirono in un cassetto della mente.

– Bisturi.

Al contatto dell'acciaio con i polpastrelli fu di nuovo il grande chirurgo, quello che aveva restituito la gioventú a schiere di babbione romane. Si muoveva agile e aggraziato come Oriella Dorella nel *Lago dei cigni*.

Con un colpo di fioretto incise un lungo taglio sotto il seno sinistro e incominciò a scavare la ghiandola.

Gli assistenti e le infermiere riconobbero il tocco del maestro.

Poi, cosí come era cominciato, l'incantesimo svaní. Le mani tornarono rigide e sbatté con la punta del bisturi contro una costola. Sudava e il sudore gli finiva sugli occhi accecandolo. – Infermiera, per favore, mi asciughi la fronte!

– Non è troppo larga l'incisione? Si vedrà la cicatrice... – osò domandare l'assistente.

– No, no... È meglio cosí. La protesi è grande.

Alzò lo sguardo verso l'équipe. Li guardò in faccia a uno a uno. Lo sapevano... Sapevano tutto di lui. E la cosa che piú gli fece male fu capire che avevano paura. Paura che potesse fare del male alla donna. Riprese a lavorare stringendo i denti e desiderando come mai nella sua vita un'altra striscia di cocaina.

A un tratto entrò un'infermiera, gli si avvicinò e gli disse in un orecchio: – Professore, ci sono due persone che le vogliono parlare.

– Ora? Ma non vede che sto operando? Chi sono?

Imbarazzata, l'infermiera sussurrò: – Poliziotti... Dicono che è molto urgente...

La stanza prese a ondeggiare. S'aggrappò alla coscia della paziente anestetizzata per non finire steso a terra.

– Professore, che succede?

Fece segno che andava tutto bene. Si girò verso l'infermiera: – Dica ai poliziotti che non posso...! Sto operando, cazzo...

Bocchi si rese conto di quanto aveva aspettato quel momento. Finalmente era tutto finito. Ora ci sarebbe stata solo una bella comunità dove disintossicarsi e intrecciare canestri. La cosa non gli dispiaceva neanche tanto.

Di fronte all'inevitabile è meglio disporsi bene, diceva suo padre. Sante parole.

Una vocina antipatica però gli sussurrava: *Bello, dove credi di andare? Guarda che addosso hai tanta coca che come minimo ti prendi dieci anni.*

– Professore che le succede? Si sente male? – Le parole dell'assistente lo risvegliarono.

– Scusatemi... mi passi la pinza numero cinque, – balbettò.

Gliela diedero e cominciò, trattenendo a stento le lacrime, a rimuovere tessuto connettivo.

Forza stronzo, fatti venire un'idea. Forza.

E l'idea venne.

Il cervello glassato di coca del chirurgo la cacciò fuori cosí, spontaneamente, quasi che la fatina buona dei tossici gliel'avesse suggerita.

Fece un bel respiro e chiese all'assistente di prendere del filo che si trovava nell'altra sala operatoria, allo strumentista disse di controllare se l'apparecchio della pressione sanguigna funzionasse bene, poi mandò l'infermiera a prendere la cartella clinica della paziente.

E ci fu un attimo, un istante, che fu solo.

Lui e l'attrice.

Prese la protesi sterile di silicone e se la cacciò nella tasca sinistra della giacca. Intanto, da quella destra, tirò fuori la busta di coca e la infilò dentro la tetta della Somaini.

Perfetta.

L'operazione proseguí rapida, senza complicazioni. Incise l'altro seno, infilò la seconda protesi, quella vera, e con mano ferma le sistemò entrambe sotto le ghiandole mammarie.

– Bene! Abbiamo finito. Suturate e portatela in sala rianimazione, – disse il chirurgo. Poi: – E ora andiamo a vedere che cosa vogliono questi signori.

Due anni dopo

Sotto un cielo pesante come una padella di ghisa, le porte del carcere di Rebibbia si aprirono e ne uscirono tre uomini. Il primo era Abdullah-barah, uno scippatore algerino recidivo che s'era fatto sei mesi. Il secondo era Giorgio Serafini, un lavoratore della Siae che s'era stornato a suo favore i diritti d'autore della canzone *Gioca Jouer* del dj Claudio Cecchetto. Il terzo era un chirurgo plastico e il suo nome era Paolo Bocchi.

La cosa incredibile è che non si era fatto quei due anni per detenzione e spaccio di stupefacenti. Nel 1994 Paolo Bocchi aveva sottratto del denaro agli aiuti umanitari per i bambini mutilati della Cambogia. La cifra ammontava a diversi miliardi delle vecchie lire, che lui aveva rinvestito nell'ordine:

1) un attico a Trastevere;

2) un dammuso a Pantelleria ristrutturato dalla nota design di interni Scintilla Greco;

3) un Riva Superacquarama del '72 che aveva affondato nel lago di Bracciano;

4) una quantità imprecisata di sostanze stupefacenti;

5) per finire, l'iscrizione vitalizia al circolo canottieri Biondo Tevere.

Dal carcere uscí pulito dalla droga e da ogni suo bene. Era un uomo povero.

In quei due anni, mentre il chirurgo marciva in una cella che divideva con tre mafiosi cinesi, l'attrice Simona Somaini, grazie anche all'operazione al seno, era diventata un astro della fiction televisiva italiana.

È storia della recitazione la sua interpretazione di Maria

Montessori nell'omonimo sceneggiato in settantasei puntate che tenne incollata una nazione per otto mesi. Grazie al piccolo televisore cinese Psaoin, Bocchi non se ne perse una. Rimaneva incollato ai seni stupefacenti dell'educatrice romana divorandoli attraverso il tubo catodico. Ma la sua non era una primitiva pulsione sessuale.

Lí dentro sballonzolava il suo tesoro.

Sopra la branda teneva appeso il calendario di «Max» dove la Somaini, senza troppe remore, mostrava il suo décolleté esagerato. Bocchi aveva cerchiato con l'evidenziatore la tetta sinistra. A Rebibbia era considerato il fan numero uno della Somaini. Tutti i detenuti gli passavano tonnellate di rotocalchi rosa dove l'attrice veniva seguita nel suo percorso sentimentale. L'unica altra lettura che si era concesso durante la prigionia era il *Conte di Montecristo* di Dumas.

Bocchi uscí dal carcere con addosso quindici chili in piú. La rota secca che s'era fatto in cella, il cibo di merda ed ettolitri di sakè lo avevano gonfiato. La sua pelle aveva il colore delle statue di madame Tussaud. I capelli grigi se li era rasati a zero. Indossava lo stesso completo di frescolana con cui era entrato. Ci stava dentro a malapena. Tutto quello che gli rimaneva era un biglietto dell'Atac, regalo di Ling Huao, trentamila lire, oramai fuori corso, una busta piena di «Novella 2000» ed «Eva 3000» e un piano infallibile per recuperare il suo tesoro.

Una volta rientrato in possesso di quello che gli apparteneva, si sarebbe involato verso un paradiso tropicale dove passare il resto dei suoi giorni.

Prese la metro e scese al Circo Massimo. Erano passati due anni, ma Roma faceva schifo lo stesso.

Si incamminò verso San Saba. Arrivò in via Aventina

al numero 36. Sulle targhette del citofono c'erano solo gli
interni, suonò al 15.

Gli rispose la voce di una filippina: – Che vole?

– Sono un amico di Flavio... è in casa?

– Flavio chi? No Flavio!

Un portiere elegante e con l'incedere aristocratico di
Alec Guinness lo osservava disgustato come se fosse uno
stronzo di cane.

In quello sguardo penetrante come una tomografia as-
siale, Paolo Bocchi vide la sua condizione.

Un dropout, un emarginato, uno che nella scala sociale
era solo un gradino sopra un senegalese appena sbarcato
a Lampedusa.

Lui, il chirurgo dei vip, adesso si sentiva intimorito davanti a un portiere. Mai lo avrebbe potuto immaginare.

– Posso esserle utile?

– Sono un amico di Flavio Sartoretti... – lo liquidò
Bocchi.

Il portiere cominciò a ondeggiare la testa facendo segno di no.

– No che?

– Non abita piú qui... – Girò le spalle e se ne andò.

Bocchi, con un gesto oramai abituale, si aggrappò alle
sbarre del cancello. – E dove abita adesso?

Il lord alzò le mani al cielo e rientrò nella guardiola.

Flavio Sartoretti era un attore comico di fama nazionale.
Grande imitatore, cabarettista e attore di film impegnati,
era esploso quando era diventato una colonna portante del
programma *Buona Domenica* e mattatore indiscusso del
Maurizio Costanzo Show.

Flavio Sartoretti e Paolo Bocchi si erano conosciuti fre-
quentando il *Body and Soul*, un centro-benessere a Por-

tuense, dove dietro peeling e massaggi ayurvedici si nascondeva un giro di zoccole russe, spaccio di stupefacenti
e vendita abusiva di armi.

Lí i due si scopavano insieme Irina, si tiravano la qualsiasi e s'erano comprati due kalashnikov coi quali andavano a sparare alle pecore a Maccarese.

Il momento di massima popolarità, Flavio Sartoretti lo
raggiunse grazie all'imitazione irresistibile del centravanti della Roma Paco Jiménez de la Frontera, comprato per
trenta miliardi dal River Plate, Pallone d'oro nel 2001 e
idolo indiscusso della capitale.

Poi, nel 2002, Flavio Sartoretti s'era dissolto come un
calcolo renale bersagliato dai campi magnetici. E di lui non
si era saputo piú niente.

Dopo una ricerca estenuante, Paolo Bocchi lesse su un
trafiletto del «Gazzettino dell'Agro Pontino» che il suo
vecchio amico si sarebbe esibito quella sera alla Sagra del
raviolo all'astice a Nettuno.

Paolo Bocchi smontò dal pullman della Cotral giusto
pochi minuti prima che il comico finisse il suo recital di
fronte a una comitiva di anziani della casa di riposo Villa Mimosa.

Sartoretti non fu particolarmente felice di rivedere il
suo vecchio compagno dei tempi d'oro, ma accettò di an-
darsi a mangiare qualcosa alla *Pagoda azzurra*, un ristorante cinese al centoduesimo chilometro della via Pontina. Di
fronte alle zuppe agrodolci i due si guardarono. Ognuno
pensò che l'altro era invecchiato malissimo.

– Ma che cazzo t'è successo? – si chiesero all'unisono.

Paolo Bocchi gli raccontò che gli ultimi due anni li aveva passati in Afghanistan, dove s'era unito a Medici Senza

Frontiere per curare gli orrori della guerra. Sartoretti lo
guardò. – Incredibile... anch'io! Sono partito per l'Ango-
la per far ridere i bambini negli ospedali... ho capito che
si vive solo una volta ed è importante far sorridere chi ne
ha realmente bisogno...

Ordinarono pollo alle mandorle e calamari al bambú.

Mentre s'ingozzavano Bocchi decise che era arrivato il
momento di passare alle cose serie. – Ho un piano... per
fare un po' di soldi... e pensavo...

– Quanto? – lo interruppe Sartoretti.

– Diecimila euro!

– Che devo fare?

– Mi devi aiutare a entrare in contatto con Simona Somaini.

– L'attrice, certo, – fece Sartoretti tirando su un anello
di calamaro dalla broda calda. – Ma sai... stando in An-
gola i contatti...

– Basta con le cazzate! Non serve che tu la conosca!
Adesso ti spiego... Ho studiato a lungo la biografia della
Somaini. Ha una vita apparentemente perfetta. Successo
professionale, dopo il premio Salerno per *Sms dall'aldilà*
è la regina della fiction. È piena di soldi. Presenterà Sanremo con Samantha De Grenet. Tu dirai, cosa le manca? Non ci crederai, ma qualcosa le manca per chiudere
il cerchio. Una storia sentimentale da smuovere i rotocalchi. Quella che si è fatta con Michael Simone, il pierre
dell'*Excalibur*, è una stronzata montata dai giornali. Quella con quel playboy... Graziano Biglia, un'altra bolla di
sapone. A Simona le manca solo una cosa: il calciatore!
– e indicò Sartoretti.

– Che cazzo c'entro io?

Bocchi annuí sornione: – C'entri, c'entri eccome. Mi ti
trasformi da Paco Jiménez de la Frontera e la inviti a cena!

Al nome del centravanti argentino, il comico per poco
non si strozzò con una scaglia di bambú. – Scordatelo, –
bofonchiò. – Non c'è cifra per una cosa del genere.

Flavio Sartoretti, dopo due teiere di sakè caldo, confi-
dò all'amico che il 25 marzo 2002, alle 16,30, era andato
dal suo dentista, il dottor Froreich a via Chiana, per farsi
un'ortopanoramica.

Mentre era in sala d'aspetto avevano fatto irruzione
nello studio quattro ultrà: il Bresaola, Pitbull, Rosario e
Undertaker.

Il Bresaola, che sul bicipite destro aveva tatuata la
lupa coi gemellini e su quello sinistro i primi dodici esa-
metri dell'*Eneide*, l'aveva acchiappato per la collotto-
la e sbattuto nel portabagagli di una Ford Ka. Quando
l'avevano tirato fuori si era trovato sul vaporetto Civi-
tavecchia-Olbia.

Lo avevano trascinato per i capelli sul ponte di prua e lí
aveva preso la parola Rosario, il teologo del gruppo.

«L'immagine di Paco Jiménez de la Frontera non è ri-
producibile. Né con i disegni, né tanto meno con le tue
pagliacciate. La tua imitazione è un atto blasfemo! E secondo la legge coranica vai punito!» E lí gli avevano legato
la caviglia a una cima e gli avevano fatto fare, alla vecchia
maniera dei bucanieri, quattro giri di chiglia.

Quando lo avevano tirato su piú morto che vivo, Undertaker, che sulla schiena aveva tatuato il grande raccordo
anulare compreso di uscite e distributori, gli aveva gentilmente suggerito che l'imitazione del mitico centravanti
non andava piú fatta.

Paco Jiménez non si divertiva.

«D'ora in poi dovrai essere invisibile e silenzioso come
una loffa», gli aveva consigliato Rosario.

«Scordati la televisione. Manco le televendite», aveva ringhiato Pitbull.

La stella di Sartoretti da quel giorno si era eclissata.

– Cazzo... questa non ci voleva... e per ventimila euro?
– No no... io non lo posso fare. Quelli m'ammazzano.
– Ma guarda che non ti vede nessuno. La devi solo invitare a cena fuori. Poi le metti nel bicchiere una pasticca di Roipnol. Al resto ci penso io.

Il resto consisteva nell'operare l'attrice e riprendersi la sua cocaina. Dopo avrebbe acchiappato un bell'aereo e si sarebbe sbattuto per il resto della vita su una spiaggia corallina dell'arcipelago delle Mauritius, ricco e felice.

Bocchi ci mise esattamente tre ore e ventitre minuti a convincere il comico.

A venticinquemila euro Sartoretti capitolò.

Simona Somaini stava cercando di leggere la sceneggiatura di *La dottoressa Cri 2*, il seguito della fortunata serie televisiva che la vedeva protagonista assoluta.

Non le piaceva per niente. Troppo tecnica. Tutti quei nomi scientifici: epidurale, mammografia, cartilagini, Saridon, le facevano esplodere la testa. Mancava l'amore, il sentimento, le grandi passioni. Quello voleva il suo pubblico. Non storie di aborti, drogati e portatori di handicap.

Chiamò per la quarta volta la sua agente, Elena Paleologo Rossi Strozzi. – Ele... non va! Pare de sta' al Cottolengo! Spastici, zoppi, mongoloidi, tossici... e che è?

– Simo, stai calma! Ho una grande notizia. Sei seduta?

L'attrice si guardò. Era sulla cyclette. Quindi era seduta.

– Sí. Dimmi! Hollywood?

– Meglio!

– Oddio il Telethon!

– Di piú…

– Ti prego dimmi! Lo sai che non mi piace stare sui rovi ardenti!

– Hai un invito a cena…

– E capirai. Chissà che mi credevo.

– Non vuoi sapere con chi? Paco Jiménez de la Frontera.

L'agente sentí un tonfo seguito da un silenzio preoccupante.

– Simo ci sei?

La Somaini, strisciando a terra, riafferrò il cordless.

– Non mi prendere mai piú per il culo! Non lo sopporto!

– È vero! Dopodomani. Simo, è fatta! Questa è la svolta! Ai fotografi ci penso io!

L'attrice scattò in piedi come se le avessero infilato un petardo su per il culo.

– Che mi metto? – urlò. – Non ho niente! Oddio!

– Simo, domani sguainiamo le carte di credito e non facciamo prigionieri!

– Va bene… va bene, – rantolò. – Mannaggia che non ho il tempo per tirarmi un po' su gli zigomi…

Era un piano complesso, quello architettato da Bocchi.

Per prima cosa doveva recuperare una macchina di lusso degna del grande calciatore argentino.

I suoi compagni di cella cinesi lo avevano indirizzato da un certo Huy Liang, che senza una parola gli diede le chiavi di una 131 Mirafiori del '79 verde bottiglia.

Poi Sartoretti, con la voce roca di Paco, prenotò un tavolo per due alle *Regioni*, il piú esclusivo locale della capitale gestito dall'imprevedibile chef bulgaro, Zóltan Patrovič, grande amico della Somaini.

Nella perfetta organizzazione incapparono in uno scoglio imprevisto: Jiménez vestiva solo Prada.

E Sartoretti nel suo monolocale a Forte Boccea possedeva solo una tuta acetata Sergio Tacchini e uno smoking tempestato di paillettes.

A quel punto il look fu studiato da Mbuma Bowanda, un pastore sudanese di sessantatre anni squamato da una devastante psoriasi, che al momento divideva con Bocchi uno scatolo abitativo sotto ponte Sisto. L'unico bene di Mbuma era il suo vestito da cerimonia di iniziazione alla vita pastorizia, stipato gelosamente in una busta del GS: una lunga tunica di cotone grezzo decorata con fantasie rupestri. Secondo Mbuma e Paolo Bocchi, Sartoretti era elegante e casual nello stesso tempo.

– Ma siete sicuri? – disse osservandosi nello specchio putrido del fiume.

Oltre alla tunica africana indossava le vecchie College di Bocchi, che furono preferite a un paio di ciabatte arenatesi sull'argine del Tevere. Per finire, gli tinsero i capelli di un biondo Barbie con l'ammoniaca fregata all'addetto delle pulizie del Bambin Gesú.

Era perfetto.

Elena Paleologo Rossi Strozzi se ne stava sul divano, sommersa dallo shopping selvaggio. Come un'orda di Visigoti armati di carta di credito avevano depredato le vetrine di mezza via Condotti.

La Somaini, nuda, girava per il salotto. Chiunque con un po' di testosterone nelle vene avrebbe massacrato la famiglia pur di stare lí.

Aveva due cosce lunghe come la tangenziale est, che terminavano in due emisferi che sembravano progettati da Renzo Piano. La vita era stretta e gli addominali sagomati proseguivano fino al pube coperto da una strisciolina di lanugine color malto scozzese. La chioma folta, lucente e ribelle incorniciava il suo viso dove risaltavano le labbra carnose color susina e gli occhi neri di una berbera.

Ma tutto questo impallidiva di fronte a quel capolavoro della chirurgia moderna che erano le sue bocce. Floride e sproporzionate, piantate sul busto come due trulli pugliesi.

Elena Paleologo Rossi Strozzi era sanamente eterosessuale, ma una cosina se la sarebbe fatta con la sua cliente preferita.

Si guardò. Magra come un mezzofondista etiope, piatta come l'elettrocardiogramma di un morto e alta come un fantino della Contrada del Bruco, si chiese perché il Padreterno, nella sua infinita perfezione, distribuiva i suoi doni a cazzo di cane.

– Allora, che mi metto? – chiese Simona alla sua agente.

– Il meno possibile, tesoro!

Alle 19,42 Sartoretti-Jiménez era pronto.

Montò sulla 131, Bocchi e Mbuma lo spinsero sul lungotevere. Ingranò la seconda e partí.

L'attico di Simona Somaini era nel prestigioso quartiere Parioli, in via Cavalier d'Arpino, che, grazie a Dio, era in discesa.

Sartoretti suonò al numero 15. Rispose la voce gracchiante di una filippina. – Pronto?

– Soy Paco.

– Siniora scende subito.

Il cuore del comico si arrampicò nell'esofago. Camminando su e giú si ripeteva: «Ce la puoi fare. Ce la puoi fare!»

Anche la Somaini in ascensore si ripeteva: «Ce la puoi fare. Ce la puoi fare!» Si diede un'ultima occhiata allo specchio. Nemmeno alle voci giovani di Castrocaro aveva osato tanto. Sotto un tubino di carta velina era praticamente nuda. Le porte dell'ascensore si spalancarono. Prese un respiro e tacchettando attraversò l'atrio di marmo e *tromp l'œil*.

Quando la incrociò l'ingegner Caccia, che tornava con il suo alaskan malamute dalla pisciatina serale, sbandò e per poco non gli saltò il bypass.

L'attrice aprí il cancello e uscí in strada. Non vide Paco. Davanti a lei c'era solo un uomo travestito da negro. Si chiese se fosse carnevale, ma era giugno. Eppure il viso assomigliava a quello di Jiménez. Solo che sembrava fosse reduce da un attacco di tifo petecchiale. Se lo ricordava decisamente piú attraente e in forma. E poi era sicura avesse i capelli biondo naturale, non ossigenati e cosí radi sulla fronte.

Ma non era quello il momento di farsi problemi.

Il calciatore le si avvicinò. – Olà... chica...

– Ciao Paco. Sono un po' emozionata a conoscere un Pallone d'oro –. Gli si avvicinò per farsi dare un bacio sulla guancia. Paco si limitò a stringerle la mano.

– Tambien tambien... vamos...! – e le indicò una cosa poggiata su quattro ruote parcheggiata in seconda fila.

Simona non riuscí a mascherare lo sconforto.

– No te gusta? Es un carro vintage. Es muy de moda a Londra... saves quanto costa?

Simona scosse la testa.

– Mas... muy mas!

La Somaini salí perplessa sulla 131. Fu aggredita da un tanfo di aglio e fritto che le fece tornare su lo Jocca che aveva mangiato due giorni prima.

A motore spento Paco fece scivolare la macchina giú per la discesa. Poi con un gesto deciso ingranò la seconda.

La macchina con un colpo di tosse partí e una luminaria
da presepe illuminò il cruscotto e i coprisedile leopardati.
– Esto es un carro, chichita!

Paolo Bocchi era in sella al Fantic Caballero del cognato di Sartoretti e seguiva come un'ombra la 131 Mirafiori,
che si infilò sputacchiando per viale Bruno Buozzi.
Il piano meditato nel buio di una cella per due anni finalmente era partito.
Il suo tesoro era lí.
Sartoretti stava andando alla grande. Anzi, alla grandissima.

Flavio Sartoretti guidava e soffriva. Mai come in quel
momento la sua condizione di esiliato gli faceva male.
Per colpa di un calciatore bastardo e privo di umorismo,
era stato relegato ai confini dello sfavillante mondo dello spettacolo. In quelle zone oscure si nutriva di sagre del
tortello, di serate in night club di provincia e di concorsi
di bellezza in paesini dell'Aspromonte.
E adesso, come una punizione dantesca, era costretto
per qualche spicciolo a interpretare l'artefice della propria disgrazia.
Un tempo una come la Somaini se la sarebbe ingroppa-
ta con la facilità con cui mangiava i tramezzini di Vanni.
Si guardò, vestito come un vu cumprà, a inscenare
quell'ignobile farsa.
– Chi ha disegnato il tuo abito folk, Paco? – La voce
della Somaini frantumò la ragnatela dei suoi pensieri.
– Es un stilista magrebbinio. Muy famoso… – fece, im-
pedendosi di girare la testa. Se le avesse guardato le tette,
se la sarebbe scopata lí, a piazza Quadrata.
Diede una sbirciata nello specchietto retrovisore.

Bocchi, in sella al Caballero, gli stava appiccicato come una remora.

Il ristorante *Le regioni* era stato costruito dall'architetto giapponese Hiro Itoki come un'Italia in miniatura. Guardandolo dall'alto, il lungo edificio aveva la stessa forma e proporzioni della penisola italica, con tanto di isole. Era suddiviso in venti stanze, che corrispondevano per forma e specialità culinarie alle regioni italiane. I tavoli avevano i nomi delle città. Sartoretti e la Somaini furono condotti nella «Sicilia», una delle regioni piú esclusive e appartate, ad appena cinque metri dalla Calabria.

La particolarità del ristorante era che nessuno ti rompeva i coglioni per autografi e foto in posa, perché la clientela era selezionata con grande attenzione.

Avevano prenotato il tavolo Siracusa, che era separato dagli altri tavoli da un gigantesco acquario marino in cui si aggiravano aragoste, cernie e murene. Li scortò una cameriera che indossava un tradizionale abito delle donne siciliane.

Il presidente del Coni, dal tavolo Catania, vide entrare Paco Jiménez de la Frontera con quella tunica e gli sparò:
– Ahò, a Paco, ma che sei sbarcato a Lampedusa? – e gongolò felice del battutone insieme alla sua signora.

– Olà chico... – rispose appena Sartoretti.

Dall'alto del tavolo Caltanissetta Sergio Pariani, il titolare della maglia numero uno della Roma, vide il centravanti argentino prendere posto insieme a quel gran pezzo di figa della Somaini. Sputò sul piatto la prima forchettata di caponata di melanzane e si schiacciò sul piatto come un marine nella foresta vietnamita.

– Abbassati abbassati! – disse a Rita Baudo. – C'è Paco, porca troia!

A quel nome la nota presentatrice del Tg4 saltò sulla sedia. – Dove? – Sergio, a quattro zampe sotto il tavolo, la fermò: – Stai zitta! Lo vuoi capire che se mia moglie… E se m'ha visto?

– E certo che t'ha visto. Ha fatto finta di niente. È un signore, mica come te!

Il portiere, utilizzando l'antica tecnica respiratoria del Qi-Yi, tentò di espellere l'ansia che lo attanagliava. Rilassò la muscolatura addominale provocando un abbassamento del diaframma ed emettendo un rantolo strozzato.

– Ma che cazzo stai a fa'? – lo interruppe la giornalista.

– Ansia ansia ansia… Lo chiamo? Che faccio, lo chiamo? Lo chiamo! Sí, lo chiamo.

Afferrò il cellulare.

Era chiuso in un angolo. Non aveva piú cartucce e la torcia si era esaurita. Gli era rimasto solo il piccone. Tre infermiere zombie lo circondavano e avanzavano verso di lui. Ne colpí una, che si disintegrò. Ma le altre due oramai lo avevano azzannato.

Il telefono squillò. Paco buttò il joypad della PlayStation 2 e rispose: – Chi scassa?

– Pronto, sono Sergio…

Paco odiava essere chiamato dopo le sette e mezza. – Dimmi…

– Tu non m'hai visto!

Paco rimase interdetto. – In che senso?

– Nel senso che non mi hai visto. Se Luana lo viene a sapere…

– Ma cosa?! Abla piú forte che non sento, cabròn! Dove sei?

– Sto a Caltanissetta! Mi vedi?

– E nooo –. Paco si passò una mano sulla fronte. – Dopodomani abbiamo il derby… che ti sei fumato?

– Aspetta che sollevo la mano, cosí mi vedi... ecco, mo'
mi vedi?

Paco smozzicò un würstel che teneva accanto al divano su una graticola elettrica. – Sergio, cominci a rompere!

– Ahò, certo la Somaini... bella figa, eh?

– Sí –. Non capiva.

– Ma te rendi conto? Stiamo tutt'e due in Sicilia. Vedi alle volte la vita... Comunque questa è la regione migliore... io mi so' fatto la caponata. Ti consiglio la pasta
alla Norma.

– Sergio, hai rotto il cazzo!

– Scusami, non ti volevo disturba'... è che siccome stai a
Siracusa te volevo da' un consiglio. Ma se la prendi cosí...

I due calciatori si stavano incartando come un etto di
mortadella.

Dopo un quarto d'ora la matassa cominciò a sbrogliarsi.

– Hai ragione, non puoi essere tu. Ti vedo, non hai il
cellulare. E allora chi è quello?

– Fammi capire. Ci sono io al ristorante e non sono io?

– Esatto. Ma parla come te, si muove come te. Certo è
vestito strano, però...

– Va bene Sergio. Ho capito. Grazie. Ci penso io –.
Paco attaccò.

Simona Somaini si sentiva stanca e le si chiudevano le
palpebre.

Incredibile, da due anni a questa parte dormiva appena tre ore a notte e non era mai stanca. Per essere preci-
si, dall'operazione al seno era pervasa da una energia incredibile, un vigore che non la faceva mai fermare e che
le permetteva di affrontare orari di lavoro che avrebbero
stroncato un elefante.

E invece stasera che era a cena con Paco Jiménez de la

Frontera, e probabilmente la sua agente aveva già piazzato fuori dal ristorante un esercito di fotografi, desiderava
solo mettersi sotto le pezze.

Non doveva addormentarsi. Non ora. Non stasera. Non
con Paco.

Cosa sarà stato? Lo Chardonnay Planeta ghiacciato, lo
sfincione, il pane con la meuza maritata? Flavio Sartoretti non lo sapeva. Ma non si sentiva cosí bene e a suo agio
come da quando aveva vinto il Telegatto nel '99. L'unica
nota stonata era osservare la Somaini che crollava e cominciava a non ascoltarlo piú. I tre Roipnol che gli aveva sciolto nel bicchiere quando lei era andata alla toilette
stavano facendo effetto.

Che peccato, stasera avrebbe pure potuto scoparsela.

Ma aveva un'urgenza da soddisfare prima che l'attrice svenisse.

– Simona, ascoltame, conosci un actor, un grande actor,
un actor muy lindo che se llama Flavio Sa...

Improvvisamente si ritrovò in un ambiente diverso, liquido, davanti non c'era piú Simona Somaini, ma una cer-
nia che lo guardava perplessa. Deformati dal vetro dell'acquario vide Rosario, Pitbull, Bresaola e Undertaker che
gli facevano ciao con la mano.

Poi fu acciuffato per i capelli.

Paolo Bocchi, fuori dal ristorante, controllava nervosamente l'orologio. Erano dentro da un sacco di tempo
e secondo il piano la Somaini a quest'ora doveva essere
svenuta.

Da un momento all'altro Flavio sarebbe uscito con l'attrice. Entrò nella 131. Guardò l'ingresso del ristorante.
Finalmente le porte si aprirono. Quattro orchi usciti dal

Signore degli Anelli trascinavano un fagotto zuppo che somigliava alla tunica di Mbuma.

Bestemmiò. Il piano era andato a farsi fottere.

Vide una cosa impossibile in natura. Uno degli ultrà piegava Sartoretti come un dépliant e lo infilava, contro ogni legge della fisica dei solidi, nel bagagliaio di una Ford Ka.

Poi i quattro salirono sulla macchina e partirono.

Bocchi uscí di corsa dalla 131 e montò in sella al Caballero.

Non lo poteva abbandonare cosí.

– Te lo ricordi il film *Ben-Hur* con Charlton Heston? – chiese Rosario a Flavio Sartoretti, che stava per terra al centro del Circo Massimo incatenato a una Harley-Davidson Wide Glide dell'83.

Sartoretti emise un rantolo che voleva essere un sí.

Il Bresaola portò i giri del bicilindrico a quattromila con una sgasata che intossicò il comico.

– Te la ricordi la corsa delle bighe?

Sartoretti aveva capito. Quello era uno dei suoi film preferiti, insieme a *Kramer contro Kramer*.

– Quanti giri avevano fatto?

Sartoretti sussurrò: – Qua... ttro... come i gi... ri di chiglia...

– Bravo –. Poi Rosario si rivolse a Bresaola: – Vai va'...

Bresaola fece un burnout producendo con la ruota posteriore una fumata coreografica. Sfrizionò, sparò dentro una seconda e partí su una ruota sola.

Bocchi, dall'alto del roseto comunale, vide il suo amico trascinato per l'antico stadio romano. Si dibatteva dietro la moto come un marlin preso al traino tra i serci, le cacate di cane e i cocci di bottiglia.

L'ex chirurgo si nascose il viso tra le mani. Mentre il rombo della Harley rimbalzava contro la Domus Augustea fu assalito dalla disperazione.

Doveva trovare un altro piano!

Due mesi dopo

Furono due mesi molto duri per Paolo Bocchi.

Passò i primi quindici giorni dopo il fallimento steso nello scatolo sotto ponte Sisto a sentire le macchine che gli sfrecciavano sulla testa. Si sforzava, ma un piano alternativo proprio non gli veniva.

Mbuma tornava a tarda sera e non era di conforto, preso dalla nostalgia delle distese aride del suo Paese. Bocchi decise che era tempo di reagire.

Sartoretti, in coma clinico al Fatebenefratelli, non era piú utilizzabile.

Una mattina, mentre si guadagnava qualche euro lavando le vetrine di Trony, vide su un televisore al plasma Simona Somaini che rilasciava un'intervista alla *Vita in diretta*. Mollò lo straccio e si fiondò nel negozio.

– Sarò di nuovo la dottoressa Cri. Impegnata come sempre ad aiutare la gente bisognosa. Abbiamo cercato di aderire il piú possibile alla realtà. Insomma sarà esattamente come in un vero ospedale.

– Ci sono novità nel cast? – chiese l'azzimato presentatore.

– Certo. Innanzitutto un nuovo regista. Michele Morin... un maestro... e...

Bocchi ebbe un terremoto nell'emisfero destro, quello dove risiede la memoria.

Michele Morin...

Lo aveva operato cinque anni fa.

Era stato il suo capolavoro. Uno di quegli interventi che meritano di finire sui telegiornali e nelle pagine di «Nature», ma di cui non si poteva parlare. Per una cifra esagerata aveva firmato un contratto di segretezza, vista la natura estremamente intima e riservata dell'operazione. Il chirurgo aveva portato a venticinque centimetri il membro di Michele Morin, che in erezione arrivava a malapena a nove. Sette ore era durato l'intervento.

Michele Morin era alla sua mercé.

Antonella Iozzi se ne stava nuda sul divano di pelle di un appartamento di viale Angelico. Aveva una chioma biondo cenere tagliata corta. Gracile, un paio di occhiali tondi con la montatura d'oro le penzolava sulle tette mosce. Il naso curvava verso il basso e divideva gli occhi piccoli e cerulei. Era ferma come se fosse in una sala d'attesa della stazione. Di fronte a lei, in piedi a gambe larghe, coperto solo da un kimono, c'era il noto regista Michele Morin.

Morin non era particolarmente impressionato dalla bellezza della sua segretaria di edizione, ma Umberto, il capo elettricista della sua troupe, gli aveva assicurato che Antonella faceva pompini con un entusiasmo cosí sincero e totale che tutto il resto passava in secondo piano.

Per regola Michele Morin, prima di cominciare a girare, si faceva fare un pompino da tutte le donne della troupe. Non lo faceva per una squallida libidine, ma per due ragioni: una di ordine professionale, in quel modo avrebbe creato una maggiore complicità con le sue collaboratrici; l'altra di ordine personale, per gratificare i suoi venticinque centimetri.

– Spizzate 'sto cefalo de fiume! – le disse con una metafora colorita mentre tirava fuori dal kimono il suo membro eretto.

Antonella, a cui mancavano diverse diottrie, inforcò gli occhialetti e mise a fuoco. – Fischia che mafero! – esclamò con un forte accento umbro-marchigiano.

Il regista l'afferrò per i capelli come Perseo con la Medusa e la tirò a sé.

In quel momento delicato sentí a trenta metri di distanza il campanello della porta.

– Chi è che sfonda?

Però se era Grazia, la costumista, la cosa poteva farsi interessante. Rimase indeciso, poi l'idea di farsi una cosa in tre fu piú forte.

– Aspettami qua! Ho una sorpresa...

Quando aprí la porta rimase deluso.

Era un uomo.

– No guardi, non compro niente. E poi chi l'ha fatta entrare? – Alla prossima riunione di condominio avrebbe chiesto la testa del portiere.

– Michele! Non ti ricordi di me, vero?

Il regista fece una rapida ricerca nella sua famosa memoria fotografica, ma quella faccia non gli diceva un cazzo. Doveva essere uno dei soliti attorucoli sfigati che pietivano una comparsata.

– No. Mi scusi... sono occupato... – e fece per chiudere la porta.

Ma l'uomo infilò un vecchio mocassino di Ferragamo nello stipite. – Michele, che tono sicuro che hai. Il blocco psicologico l'hai superato, allora? – E gli guardò il membro che gli penzolava fuori dal kimono come il batacchio delle campane del Duomo di Orvieto. Michele si riannodò nervosamente la vestaglia. – Vada via! Ma che vuole?

– Quello lí è il mio capolavoro! – indicando il pube del regista.

La mente di Morin fu proiettata nel passato, cinque anni prima, quando alla clinica San Bellarmino aveva incontrato... come si chiamava... Bo... Bocchi! Paolo Bocchi. Erano nello studio del chirurgo che gli soppesava l'appendice. – Con quattro o cinque centimetri dovresti superare il problema... – No dottore. Voglio esagerare.

Se quel luminare si era scomodato, forse aveva scoperto delle controindicazioni, dei problemi, forse una crisi di rigetto incipiente.

– Professore, mi perdoni! Non l'avevo riconosciuta. Entri! – Lo fece accomodare nel suo studio.

Antonella poteva aspettare.

– Mi dica, dottore, ma c'è qualche problema?

Bocchi si accomodò e si accese una sigaretta. – Sí, in effetti qualche problema c'è!

– Oddio dottore, non mi tenga sulle spine –. Si toccò l'inguine senza rendersene conto.

– Immagini di aver girato un film... un capolavoro... che ne so? Apocalypse Now, ma di non poterlo far vedere a nessuno. Come si sentirebbe?

Dove voleva andare a parare il professore? – Ci starei male...

– È quello che dico anch'io. Quello, – e indicò nuovamente l'uccello del regista, – è il mio masterpiece. Che ne dice se cominciassi a fargli un po' di pubblicità?

Michele Morin sbiancò. – Che... che significa?

– Lei lo sa che esiste una documentazione fotografica del prima e dopo l'operazione? Sono convinto che parecchi giornali pagherebbero profumatamente del materiale cosí! Soprattutto perché appartiene a un famoso regista.

Un'immagine passò nella mente di Morin. Centinaia di donne che sghignazzavano alle sue spalle, battute mortali. Lui appeso per il collo a una corda. Una retrospettiva delle sue opere su Rai3 alle due di notte.

Quella merda umana lo stava ricattando.

Piagnucolò. – Lei non può! È contro le leggi di Esculapio. Lei mi rovina. Lei ha firmato un contratto di segretezza e io...

– Che fa? Mi fa radiare dall'Ordine? – fece rilassato Bocchi. – Già fatto. In galera? Già stato. Una causa? Nullatenente. Come vede non ho niente da perdere. Lei invece... bella figura di merda, no?

– Ho capito. Lei è un infame senza cuore, lei si approfitta delle debolezze altrui...

– Bravo.

Non c'era via d'uscita. Quel figlio di puttana lo aveva incastrato come un Range Rover in vicolo de' Renzi.

Morin si accasciò sconfitto sul divanetto Luigi XVI.

– Quanto vuole?

Bocchi scosse la testa. – *Cosa* vuole? Questa è la domanda giusta.

– Va bene. Cosa vuole?

Bocchi spense la sigaretta. – Lei sta per iniziare le riprese dello sceneggiato *La dottoressa Cri*. La terza puntata la scrivo io.

Morin non capiva. – Perché?

– Perché sí. In questa puntata la dottoressa Cri, poverina, scoprirà un nodulo al seno sinistro e verrà operata. Da medico diventa paziente. Drammaturgicamente non fa una piega. E per operarla verrà chiamato un famoso chirurgo statunitense. Io. Accompagnato dal suo assistente afroamericano Mbuma Bowanda junior.

Morin si chiese se avesse esagerato con lo Xanax la notte prima. – Ma perché professore? Vuole fare l'attore?

– No.

– Ma io non posso... non conto un cazzo. Decide tutto
la Rai. La Somaini si opporrà. Io...
– Signor Morin, io non discuto con lei. Le cose stanno
cosí. Fra due giorni avrà la sceneggiatura. O la terza puntata o «Novella 2000»! La saluto.
Bocchi si alzò e uscí di casa.

SCENA 12 SALA OPERATORIA INTERNO GIORNO

*La dottoressa Cri è stesa sul lettino della sala operatoria,
anestetizzata. L'équipe aspetta con ansia l'arrivo del famoso
chirurgo John Preston.*

CLAUDIO
Ma quando arriva?

LINDA
Il suo jet privato è già atterrato all'aeroporto. Non capisco...

*In quel momento si aprono le porte della sala operatoria.
Entra John Preston seguito dal suo fido braccio destro Mbuma
Bowanda junior. Gli assistenti sono intimoriti, hanno davanti
una leggenda della medicina moderna. Le donne non possono
credere alla bellezza di quell'artista del bisturi.*

LINDA
Dottor Preston! È un onore...

DOTTOR PRESTON
Per prima cosa chiamatemi John. Per seconda, noi siamo
una squadra e perdio qui dentro siamo tutti uguali. Voglio
il meglio da voi e so che per la dottoressa Cri me lo darete.

CLAUDIO
Professore, io vorrei essere dispensato.
Per me la dottoressa Cri è...

Il dottor Preston ferma con un gesto l'assistente.

DOTTOR PRESTON
Claudio. Non mollare ora. Mi servi. Questa donna...

– Questa donna...? – Bocchi sollevò la testa dal foglio.
– Questa donna...? – chiese a Mbuma che stava abbru-
stolendo del pane casereccio sul falò accanto al greto del
fiume. L'africano guardò lontano, verso l'isola Tiberina.
Il sole basso colorava d'arancio i tetti delle case e strisce
di nuvole viola screziavano il cielo. Poi lento e solenne recitò: – Questa donna sarà la madre dei tuoi figli, Claudio,
e porterà il tuo gregge fino al grande fiume!
– Grande, sei un grande! – E riprese a scrivere col mozzicone di matita.
Al terzo piano di viale Mazzini era in corso da tre ore e
mezza una riunione straordinaria. Attorno al lungo tavolo
di radica pieno di bottiglie d'acqua e bicchieri di plastica
sedevano nell'ordine Ezio Mosci, capostruttura Rai, il regista Michele Morin, Francesca Vitocolonna, producer Rai,
l'attrice Simona Somaini, l'agente Elena Paleologo Rossi
Strozzi e il presidente della fiction Ugo Maria Rispoli.
La lettura della terza puntata era terminata.
Nessuno parlava.
Fu Mosci a rompere il silenzio. – Sei sicura Simona che
vuoi mostrare il seno? Si potrebbe pensare a un calcolo renale, a una cisti sebacea...
Simona Somaini si stava asciugando le lacrime. – No!

È bellissima cosí... Finalmente c'è cuore, anima, vita. È la piú bella puntata della serie. Per una puntata cosí sono piú che disposta a mostrare il seno, che è un problema di tante donne.

E da grande professionista qual era Elena Paleologo Rosso Strozzi prese la palla al balzo: – Ovviamente c'è da ritoccare il cachet della mia cliente!

– Ma certo, certo, – la liquidò infastidito Ugo Maria Rispoli. – Sí, ma la scena nella sala operatoria quando la dottoressa sta per morire non è troppo cruenta? Tutto quel sangue, i defibrillatori... Ricordatevi il nostro pubblico.

– No dottore. Lí tutti penseranno che la nostra protagonista sta morendo. Un picco di share.

– È vero, – si infervorò la Somaini, – è una scena madre. È giusto il sangue. Questo pubblico deve capire che anche la dottoressa Cri è una donna normale, e può morire sotto i ferri come chiunque altro. Ci si riconosceranno!

Ugo Maria Rispoli era dubbioso: – Vabbè. Speriamo solo che non ci rompano i coglioni le associazioni varie...

– Ma stia tranquillo. Non mostreremo tanto. Voglio commuovere, non fare macelleria, – intervenne il regista.

– Morin... lei è legato a un filo. Mi toppa questa e può scordarsi la miniserie su Pertini.

L'aria si gelò, come se avessero messo al massimo i condizionatori.

Il regista si passò la mano nei capelli e pensò: *Vabbè, qua rischio il culo ma salvo il cazzo.* Guardò Ugo Maria Rispoli e dondolò la testa sereno: – Non si preoccupi. Lasci fare!

– E chi avreste pensato per il ruolo di John Preston e del suo assistente... coso là... Mbuma? – chiese Francesca Vitocolonna, che stava prendendo appunti sul suo palmare.

– Ce li ho io, – intervenne Morin, – sono due attori esordienti. Vengono dal teatro.

Nessuno ebbe niente da dire.

– Va bene... allora... si fa, – concluse Ugo Maria Rispoli, si accese un toscano e si alzò. – Ma mi raccomando co' 'ste tette. Siamo in prima serata!

Al teatro di posa numero 2 di Formello, gli scenografi avevano già allestito la sala operatoria. Nel piano di lavorazione della giornata l'ultima scena da girare era la famosa operazione alla dottoressa Cri.

Nel camerino 12 Paolo Bocchi e Mbuma Bowanda erano già passati in sartoria. Bocchi, col camice verde da chirurgo, si guardò allo specchio. Quella era la sua seconda pelle. Ci si sentiva a suo agio. Mbuma un po' meno. La truccatrice gli aveva intonacato la faccia con tre chili di cerone per nascondere la psoriasi e il suo viso aveva assunto una colorazione verde zombie.

– Questa è la volta buona. Me lo sento, Mbuma. Ce ne andiamo alle Mauritius. Spiagge bianche. Ragazzine creole. Il mare. Non facciamo una mazza tutto il giorno...

Bussarono.

Era l'assistente alla regia. – Allora, se volete scendere siamo pronti...

Bocchi guardò Mbuma, poi fece un cenno di assenso: – Pronti! – Afferrò un pacchetto e se lo infilò nella tasca dei pantaloni.

– Mettime 'na frost! 'Sta luce spara... 'nnamo un po'! – Era Marzio De Santis, il direttore della fotografia che girava come un rabdomante puntando in aria l'esposimetro. Gli elettricisti stanchi trascinavano i quarzi e i proiettori aspettando solo la fine di quella giornata infernale, in cui avevano girato diciotto scene.

– A Marzio quando finiamo? So' le sei! Io Natale lo
vorrei passa' a casa! – fece Umberto, il capo elettricista.
Un macchinista stava finendo di montare il carrello.
– A Umbe', almeno mo' se guardamo la Somaini... – e
con le mani disegnò le generose rotondità dell'attrice.
– Ragazzi! – intervenne l'aiutoregista, un giovane col
codino e il pizzetto. – Set blindato. Nessuno fra i coglioni
quando giriamo. La Somaini non vuole!
– Che palle! – si sollevò un coro deluso.
– Correggi. Due e otto e siamo pronti, – fece Marzio
De Santis al primo operatore, che cambiò immediatamen-
te il diaframma alla cinepresa.
– Ci siamo? Forza che devo girare. Dài, gli attori! –
Morin era davanti al monitor, accanto ad Antonella Ioz-
zi seduta su uno sgabello col suo inseparabile blocco di
edizione.
Entrò la Somaini coperta da una vestaglia. La parruc-
chiera continuava a domarle la chioma.
– Ciao Simona... ci siamo!
– Buonasera a tutti! – fece l'attrice alla troupe.
– Buonasera signora... – La trattavano con una certa
deferenza e nello stesso tempo sbirciavano, sperando di
vedere un po' di carne.
– Chi non serve fuori dal set –. Morin s'infilò le cuffie
e regolò il contrasto del monitor.
Entrò l'attore principale, Fabio Saletti, che proveniva
dal reality-show *Guantanamo*, dove otto concorrenti vivevano incatenati per quattro mesi in una cella tre per due e
una volta alla settimana erano pure torturati.
Il palestrato si avvicinò a Morin. – Cosa devo fare?
Il regista lo prese sotto il braccio e lo piazzò accanto al
lettino operatorio, vicino agli altri attori già pronti per la
scena. – Allora Fabio, tu ti metti qui, buono buono, stai

fermo, non toccare niente e quando devi dire le battute le dici. Tranquillo. Nessuno ti mangia.

Morin tornò al monitor scuotendo la testa. Era stato piú facile dirigere lo sciame di vespe africane nel suo primo lungometraggio *Puntura fatale* che far dire due battute a quel decorticato di Fabio Saletti.

Bocchi e Mbuma fecero il loro ingresso. L'attrezzista si avventò su Bocchi. – Chi è il chirurgo, te o il negro?

– Io, – rispose Bocchi.

– Allora... – e gli mollò un bisturi in mano. – Mo' ti spiego come si usa, lo prendi con due dita...

Bocchi lo fermò. – Lo so come funziona. Grazie.

Intanto la Somaini si era stesa sul lettino, si era coperta con il lenzuolo operatorio e s'era tolta la vestaglia. Sembrava che tra lei e il telo avessero poggiato due angurie mature.

– Allora, partiamo con Simona che è già anestetizzata. Dal taglio del bisturi... è pronto il sangue finto?

– Pronto! – rispose la voce dello scenografo.

– Bene, fate tutta l'operazione e andate avanti fino al mio stop. Mi raccomando, al momento della rianimazione vi voglio veri, tonici, dovete pensare che sta morendo davvero. E tu Simona, mi raccomando, devi tremare come... – Non gli veniva. – Vabbè lo sai... sei una grande attrice. Macchine pronte e ciak in campo.

– Allora, dovete stare zitti e spegnete i cellulari sennò do lo stop! – urlò Roberto, il fonico, che non ne poteva piú di quel set di cafoni.

– Ciak in campo...

Bocchi si avvicinò al lettino ed estrasse una siringa tenendola nascosta nel palmo della mano.

Quante volte aveva sognato quel momento. Il suo tesoro era lí a mezzo metro, sepolto sotto la ghiandola mammaria della Somaini. Il cuore gli galoppava come la prima volta che aveva operato. Si calmò. Doveva essere preciso e veloce. Guardò il pastore sudanese. Anche lui sembrava pronto.

– Ho chiesto ciak in campo! – urlò Morin. Bocchi si piegò sul lettino e veloce piantò la siringa sotto il seno sinistro dell'attrice.

Dentro la siringa c'era un cocktail di lidocaina, mepivacaina e benzodiazepine che le avrebbe provocato un'anestesia loco-regionale nella regione toracica, ma che lasciava comunque la Somaini sveglia e cosciente.

L'attrice sobbalzò. – Ah! Che era?

– Qui c'è uno spillo nel lenzuolo –. Bocchi mostrò solo la punta dell'ago della siringa.

– Ma state attenti! – si innervosí l'attrice.

– Allora motore!

– Partito.

– Ciak in campo.

– 12-24 prima!

– Aaaazione! – urlò Morin.

La cinepresa girava.

Bocchi si avvicinò col bisturi al seno. Lo poggiò sulla carne. Provò a incidere. La lama non aveva il filo.

Cazzo, era finto! Come aveva fatto a non pensarci?

Eppure il sangue, pompato dallo scenografo, usciva copiosamente dal seno sinistro dell'attrice.

Mbuma guardò Bocchi. S'era accorto che qualcosa era andato storto.

In quel momento la Somaini cominciò a tremare secondo copione.

– Bene, bene! – sussurrava Morin davanti al monitor. – Zoomma zoomma. Vammi sul seno, – ordinò all'operatore.

Bocchi osservò la Somaini. O la sua era una grande interpretazione, oppure... cazzo! I sintomi c'erano tutti.

Tremore muscolare. Depressione dell'attività respiratoria. Pupille a spillo. Colorito cianotico.

Overdose da cocaina!

Quando le aveva fatto l'iniezione l'ago della siringa aveva forato il sacchetto e la droga le era entrata in circolo.

Stava morendo.

Bocchi guardò il monitor dell'elettroencefalogramma. Era spento! Lo colpí con un pugno senza rendersi conto che era un elemento scenografico.

– Defibrillatori! – urlò all'attrice al suo fianco.

Lei glieli passò. Bocchi li afferrò. – Duecentocinquanta joule! Scarico!

Morin era in estasi. Una scena cosí vera non l'aveva mai girata.

La Somaini non respirava. A bocca aperta cercava di succhiare aria ma i muscoli del torace erano paralizzati. Bocchi poggiò i due elettrodi sul petto dell'attrice. Ma non accadde nulla. Li sollevò ancora e si accorse che i fili non erano attaccati a niente.

– Ma che cazzo è? – urlò verso Fabio Saletti.

– Sono finti! – gli uscí all'attore.

– Ma vaffanculo! – Bocchi li scagliò sul setto nasale del bellone.

– Ahio, cazzo! Il naso! – Si piegò in due mentre il sangue gli inzuppava il mento.

– Battute! Battute! – urlò Morin sollevandosi verso i suoi attori.

Il fonico intervenne: – Questa si doppia. Non me ne frega un cazzo!

– Presto, dottor Preston! Stiamo perdendo la dottoressa Cri, – recitò la sua battuta la finta infermiera.

Mbuma si guardò intorno e con l'antica saggezza africana si girò e scappò dalla sala operatoria.

Intanto Bocchi stava cercando di effettuare un massaggio cardiaco, ma il cuore della Somaini era lontano, spento come una stella morente.

Sanguinante, ma sempre dentro la parte, Saletti recitò la sua battuta: – Dottore dobbiamo intubarla!

– Ma con che cazzo la vuoi intubare, imbecille? Questa sta morendo!

Antonella Iozzi, imperturbabile, controllava intanto il copione. – Michele, ma questa battuta non c'è!

– Chissenefrega! Gira! Gira! È splendida!

Bocchi si tolse la mascherina. – È morta! – disse sconfitto. Poi notò che Mbuma si era dato alla macchia.

Voltò le spalle al set e lo imitò.

Quattro giorni dopo

Il sole sopra piazza del Popolo era già alto e arrostiva il tappeto umano che copriva il selciato. La cittadinanza romana aveva risposto commossa alla morte della grande attrice di fiction televisiva. Erano lí già dalle prime ore del mattino per darle l'estremo saluto. Troupe dei Tg spuntavano dappertutto. La polizia aveva formato un cordone per permettere alle autorità di accedere alla chiesa degli artisti. Sopra il centro storico ronzavano gli elicotteri della polizia e dei carabinieri come mosche su una carcassa. Erano misure preventive contro sommosse popolari e attacchi terroristici. Il traffico era stato deviato. E il sindaco aveva imposto la bandiera a mezz'asta in tutti gli edifici pubblici e le targhe alterne.

La chiesa, stipata all'inverosimile, attendeva in silenzio il feretro. Centinaia di corone di fiori erano addossate all'altare coperto a lutto. L'intera orchestra di Santa Cecilia accordava gli archi. Il maestro Renzo di Renzo a capo

chino pregava. Dieci chierichetti con gli incensieri inon-
davano di folate mefitiche le navate. Seduti sulle prime
panche c'erano tutti i parenti della Somaini arrivati con
un pullman direttamente da Subiaco, dove la famiglia ri-
siedeva da secoli.

– Chi si sposa? – Nonna Italia, affetta da grave arterio-
sclerosi, non aveva capito un cazzo.

Giovanna Somaini, la sorella maggiore di Simona, per
l'ennesima volta spiegò alla nonna che era morta sua nipote. Giuliana Somaini non aveva piú lacrime e non riusciva
ancora a spiegarsi il perché della morte di sua figlia, che
era tutta la sua vita. Affranta poggiava il capo sulla spalla
di Elena Paleologo Rossi Strozzi, che indossava uno Cha-
nel a lutto. Poi cugini, nipoti, cognati, suocere, e mezza
Subiaco. In quella folla distrutta dal dolore c'era un uomo
teso e concentrato che fissava il tappeto dove avrebbero
deposto la bara. Era l'ultima occasione per Paolo Bocchi
di riprendersi quello che era suo.

Il piano, stavolta, era di una semplicità inquietante.
Dopo la cerimonia si sarebbe impossessato, in qualche
modo, del carro funebre e lo avrebbe portato nella pineta
dell'Infernetto vicino Ostia, dove Mbuma, armato di pin-
ze e martello, lo attendeva per profanare il catafalco. Da
lí Fiumicino e le Mauritius erano a un passo.

Il maestro sollevò le braccia e l'orchestra cominciò a
eseguire il commovente adagio di Barber.

– Sta arrivando, – mormorò la folla. Tutti si girarono
verso l'entrata. Fuori era parcheggiato il lungo carro funebre Mercedes. Aprirono il portellone. Un uomo, lontano, cominciò ad avanzare marziale verso l'altare. Paolo
Bocchi non capiva.

Come poteva un uomo solo caricarsi sulle spalle la bara?
Ma la bara non c'era. Portava in mano un'urna...

Quella gran puttana si era fatta cremare!

Paolo Bocchi aveva sopportato stoico due anni di carcere. Aveva visto un piano perfetto fallire per l'idiozia di un comico coglione. Era arrivato quasi a toccare quello che gli spettava di diritto, aveva superato una grave depressione, ma alla vista dell'annientamento della sua ragione di vita una rabbia antica e folle, covata per troppo tempo, gli esplose dentro come una bomba nucleare. Si sollevò in piedi sulla panca e urlò straziato: – Il mio tesoro! Ridatemi il mio tesoro!

La folla lo guardò.

Un fan impazzito che non reggeva al dolore.

– Si calmi... – Lo afferrò il cognato della Somaini.

– Un cazzo mi calmo! – e si lanciò verso il corridoio della navata centrale. Si librò con un fosbury superando due file di panche e finendo su nonna Italia che, colpita, fece due giri su se stessa e caracollò a terra.

Tac!

Il femore era partito.

– Porcoddio! – bestemmiò la vecchia coprendo l'adagio del compositore americano.

Bocchi si rialzò. Tutti gli si lanciarono addosso come in una mischia di rugby. Mollò una gomitata sul muso del piccolo Pietro incastonandogli nelle gengive l'apparecchio ortodontico.

– Ahhhh! – Il piccolo Somaini si buttò a terra in lacrime.

– Stronzo! Ti ucci... – urlò il padre. Ma Bocchi, con un rigoroso calcio nei coglioni, lo azzittí. Una foresta di mani lo stava afferrando. Con uno scarto improvviso il chirurgo strappò l'incensiere a un chierichetto e cominciò a rotearlo come una mazza ferrata falciando chiunque provava ad avvicinarsi.

– In nome della legge si fermi! – L'appuntato La Rosa estrasse la Beretta d'ordinanza. – Le intimo di fermarsi.

Bocchi, roteando la sua arma micidiale, marciava in una nuvola d'incenso come un cavaliere dell'apocalisse verso l'uomo delle pompe funebri. Lo sdraiò con un colpo preciso sulla nuca. Quando cadde, Paolo afferrò al volo l'urna come un running back dei Miami Dolphins e si involò verso la piazza.

All'uscita fu accolto da un applauso che si spense non appena Bocchi scartò di lato e si schiantò sui tavolini del caffè *Rosati*.

Rita Baudo e la sua troupe del Tg4 fu l'unica a riprendere il fan impazzito che si sollevava dai cocci dei Campari soda e dalle tartine al salmone.

L'appuntato La Rosa l'aveva raggiunto. A gambe larghe e a braccia tese gli puntava contro la pistola. – Si fermi! Si fermi!

Bocchi, come un ninja impazzito, afferrò un portacenere di cristallo, lo scagliò e colpí il militare sugli incisivi.

– Me li evo appena vifatti, poccatvoia! – si accasciò in ginocchio il rappresentante delle forze dell'ordine.

Il chirurgo afferrò da terra la pistola e sparò in aria tre colpi. La folla si aprí e cominciò a fuggire per le vie laterali.

Marco Civoli, delle truppe speciali antiterrorismo, penzolava con il suo fucile di precisione dall'elicottero che stazionava sopra piazza del Popolo.

– Ma che sta succedendo? – urlò ai piloti.

Duecento metri piú in basso, un uomo correva al centro di via Ferdinando di Savoia in direzione Tevere, inseguito da una folla inferocita.

La radio fece una pernacchia: – A tutte le unità, soggetto pericoloso e armato si dirige verso ponte Savoia. È pericoloso. Fermatelo!

Marco Civoli sorrise. Quanto tempo aveva passato sparando a sagome di cartone. Quella era la sua occasione.

L'elicottero picchiò deciso verso il fuggitivo.

– Dài che lo becchiamo! – fece Civoli, e mise il colpo in canna.

Bocchi sotto un braccio stringeva l'urna, e correva. Gettò la pistola. Si girò. La folla non mollava. La milza gli pulsava e non aveva piú fiato. Sopra di sé sentiva le pale degli elicotteri. Attraversò il lungotevere evitando una Micra ma non una Smart, che lo prese in pieno sfondandogli tre costole. Si risollevò a fatica e fu investito da un Burgman 250. L'urna rotolò sul ciglio del marciapiede. Bocchi aveva perso la sensibilità della gamba destra, zoppicando raggiunse il contenitore e lo raccolse.

– È mio! È mio! – bofonchiò sputando fiotti di sangue. Vedeva tutto appannato. I platani, le auto, il cielo stinto. Poi si accorse che il muretto del lungotevere, proprio lí di fronte, si apriva e una scala ripida scendeva verso il fiume. Gli sembrò che Dio l'avesse messa apposta per lui. Scese urlando di dolore a ogni gradino.

C'era un silenzio innaturale. Nelle orecchie aveva solo il suo respiro.

Il mare di fronte a lui era fermo e trasparente e i gabbiani si inseguivano planando sullo specchio d'acqua.

Le Mauritius... Era arrivato.

Alla fine ce l'aveva fatta. Era stato facile.

Fece solo un passo verso la spiaggia e il petto gli esplose. Abbassò lo sguardo. Sulla giacca fetida di fresco lana c'era un foro rosso. Ci infilò un dito.

Sangue.

Crollò sulle ginocchia sollevando le braccia al cielo. L'urna cadde davanti a lui e si aprí. Le ceneri si sparsero sul

selciato. Un velo gli colorò il panorama di rosso. La testa
lentamente si rovesciò indietro e in avanti e rimase come
in bilico sulle ginocchia, poi cadde di faccia nella cenere.

– Il... mi... o... te... s... oro...! – rantolò e pippò l'ultimo respiro.

Civoli aveva fatto centro al primo colpo. Il tenente pi-
lota tirò su il pollice. L'elicottero si alzò.

Il cadavere steso sulla riva del fiume, il ponte, la gente
affacciata, le volanti, i tetti, Castel Sant'Angelo, San Pietro, il raccordo anulare, il mare.

Il mare.

(2005)

Apocalisse

Cara Franci,

ti scrivo innanzitutto per sapere come stai tu e come stanno Eris e i vostri figli meravigliosi. E poi volevo sapere se pure da voi in Australia è arrivata l'apocalisse. Manu dice che non è detto che sia arrivata pure laggiú, voi siete in un altro emisfero, e che l'Australia è un Paese abbastanza vergine e che la gente lí non può aver commesso lo stesso numero di peccati che da noi. Secondo me è una stronzata, non ci può essere un'apocalisse a metà, parziale. E poi alla televisione dicevano che era un problema globale. Non solo qui. Ma vatti a fidare. Comunque spero che da voi non sia arrivata e abbia ragione Manu. Comunque con Manu continuiamo a litigare nonostante l'apocalisse. Da un paio di anni non si parlava d'altro che dell'apocalisse che sarebbe arrivata e saremmo morti tutti. Soprattutto gli esperti, in televisione, avevano ognuno una ricetta su come sarebbe successo. Ma tutti concordavano su 'sta storia dei cavalli colorati. L'Anticristo sarebbe arrivato sopra un cavallo bianco ad annunciare la fine della terra. Poi sarebbe arrivato un cavallo rosso che avrebbe fatto scoppiare una guerra totale su tutta la terra tra tutti i Paesi. Poi un cavallo nero che avrebbe portato fame e carestia anche in conseguenza della guerra. E per finire un cavallo giallo, dopo ventuno mesi, quando un quarto della popolazione è morta. Di questi cavalli non c'è stata traccia, o

almeno, qua da noi, a Pistoia, non si sono visti. E non ci
sono stati nemmeno terremoti e piogge di meteoriti. Però l'apocalisse c'è stata. È arrivata cosí, senza trombe del
giudizio ad annunciarla. Mi sono svegliato una mattina e
ho scoperto che mi faceva male tutto. Ogni movimento,
anche solo piegare un dito mi faceva male. Persino sbattere
le palpebre fa male. Un dolore costante che non ti abbandona mai. Camminare è quasi impossibile senza urlare. È
difficile da spiegare ma qualsiasi processo biologico produce dolore. Pure la crescita della barba, dei capelli e delle unghie. I denti sono tutti irritati. Digerire poi ti lascia
praticamente senza fiato, cominci a piangere. È come se
Dio avesse tolto a tutti gli uomini l'anestetico che ti per-
mette di vivere senza soffrire e di divertirti, di campare
in santa pace. Sai quella storia che si raccontava delle en-
dorfine che vengono prodotte dal nostro cervello per farci
stare meglio? Ho capito che la carne, le cellule, il sangue
stesso soffre per esistere e che Dio (e pensare che io non
credevo) aveva infuso sostanze anestetiche che ora ci ha
tolto. Ora, qui, non abbiamo piú niente che ci protegge e
ogni secondo è una sofferenza continua. Come se fossimo
torturati ventiquattro ore al giorno. Scopare, scusa se mi
esprimo cosí, è praticamente impossibile. L'altro ieri ho
avuto un'erezione e per poco non sono svenuto a terra.
Di eiaculare non se ne parla. Non vedo come si riuscirà a
fare figli. E le donne incinte sono quelle che soffrono di
piú, tutte abortiscono in preda a spasmi lancinanti. Detto
ciò, non la voglio buttare sul drammatico esagerato, forse
passerà. Forse il Padreterno ci ricoprirà di questa droga
naturale che rendeva la vita degna di essere vissuta. Certo
le nostre droghe non funzionano. Alla ASL distribuiscono
gratis ogni tipo di droga e anestetico, pure l'eroina e l'op-
pio. Ma non servono a niente. Che strano, nessuno aveva

pensato a questa punizione. Era la peggiore di tutte. Tutti a parlare. Ora però pure parlare è impossibile. Le corde vocali le usiamo oramai solo per lamentarci. Ora devo smettere di scrivere, la mano mi si sta paralizzando e gli occhi mi si appannano, anche guardare fa male. Di là il piccolo Ettore non smette di piangere da un mese e Manu quando lo allatta deve stringere una pezza tra i denti per non implorare pietà. Spero tanto che lí da voi non sia cosí. Se a voi non è successo, dovete pensare che la vita che vivete è meravigliosa, gustatene ogni secondo, respirate a pieni polmoni, correte, baciatevi, scopate.

Ti voglio tanto bene. Ah, non ti ho detto che ogni battito del cuore è una fitta che mi strappa un sottile lamento.

Tuo,

Filippo

(2012)

Indice

Questo libro è stampato su carta contenente fibre certificate FSC
e con fibre provenienti da altre fonti controllate.

MISTO
Carta da fonti gestite
in maniera responsabile
FSC® C018290
FSC
www.fsc.org

Stampato per conto della Casa editrice Einaudi
presso Mondadori Printing S.p.a., Stabilimento N. S. M., Cles (Trento)
nel mese di aprile 2012

C.L. 21240